立人天地

斯嘉丽的女人们

《飘》与女性粉丝

【美】海伦·泰勒 著

王安娜 蒋凤英 译

黑龙江出版集团

黑龙江教育出版社

版权登记号：08-2017-017

图书在版编目（CIP）数据

斯嘉丽的女人们：《飘》与女性粉丝 /（美）海伦·泰勒著；
王安娜，蒋凤英译.
——哈尔滨：黑龙江教育出版社，2017.2
ISBN 978-7-5316-9152-5

Ⅰ.①斯… Ⅱ.①海… ②王… ③蒋… Ⅲ.①长篇小
说 – 小说研究 – 美国 – 现代 Ⅳ.① I712.074

中国版本图书馆 CIP 数据核字（2017）第 050327 号

斯嘉丽的女人们：《飘》与女性粉丝
SIJIALI DE NÜREN MEN:《PIAO》YU NÜXING FENSI

作　　　者	［美］海伦·泰勒　著	
译　　　者	王安娜　蒋凤英　译	
选 题 策 划	吴迪	
责 任 编 辑	宋舒白　杨佳君	
装 帧 设 计	Amber Design 琥珀视觉	
责 任 校 对	张爱华	
营 销 推 广	李珊慧	

出 版 发 行	黑龙江教育出版社（哈尔滨市南岗区花园街 158 号）
印　　　刷	北京鹏润伟业印刷有限公司
新 浪 微 博	http://weibo.com/longjiaoshe
公 众 微 信	heilongjiangjiaoyu
天 猫 店	https://hljjycbsts.tmall.com
E－mail	heilongjiangjiaoyu@126.com
电　　　话	010—64187564

开　　　本	880×1230　1/32
印　　　张	10
字　　　数	220 千
版　　　次	2017 年 5 月第 1 版　2017 年 5 月第 1 次印刷
书　　　号	ISBN 978-7-5316-9152-5
定　　　价	42.00 元

目 录
Contents

2014年版序言

很多人可能从未读过《飘》，也没有看过根据这本书翻拍成的电影，但是我相信，几乎所有人都曾听说过《飘》这个名字。就像我们所熟知的那样，它囊括了无数赞美之词：它是一部"传奇之作""经典之作"，一部"熠熠生辉之作"，它"带给了读者一段奇妙的文学之旅"，是"有史以来最有影响力的反战题材小说之一"。"明天又是新的一天""接生孩子的事儿我一点儿也不懂""亲爱的，坦白说，我一点儿也不在乎"，这些话反复出现在小说、电影和电视剧中。有时候也许我们会认为，这部史诗般的著作仅仅讲述了美国南方白人贵族在美国内战前后所经受的苦难，与多元文化的21世纪并没有什么现实的联系，但每当出现这种想法时，《飘》又会以一种全新的方式再次流行起来。

每一次的出版纪念日或者首映纪念日，都伴随着新一轮的出版、放映、展览、戏仿以及人们的热议，这些一直都在提醒我们，《飘》一直在我们的生活中，从未离去。2013年，维多利亚和阿尔伯特博物馆举办了一次"好莱坞服装展"，主要展览了朱迪·加兰（Judy Garland）在《绿野仙踪》里穿过的红鞋子、电影《泰坦尼克号》《哈利·波特》以及《加勒比海盗》中的服饰。其中，最让人激动的，莫过于斯嘉丽·奥哈拉的绿色天鹅绒长裙和帽子，那是她的奶妈用塔拉庄园的窗帘为她缝制的。正如华纳图书的董事长说的那样："随着岁月的流逝，《飘》在我们记忆中的形象变得越来越清晰。"

《斯嘉丽的女人们：〈飘〉与女性粉丝》一书于1989年出版，那是一个没有互联网的时代，人们无法在网络上倾诉心情或者谈论书籍、电影等。作为一名《飘》迷，我十分好奇为什么《飘》对女性读者和观众如此重要。于是，我写了一些普通信件，发表在报纸、杂志以及一些组织机构内部的简报上，以便收集《飘》迷们对于《飘》的感想。那个时候压根儿没有什么脸书、推特、妈妈网（Mumsnet），只有像《国家家庭主妇时事通讯》、女性研究会《家国》、城镇女性指南《城镇女人》这样的一些女性杂志和报刊。

我的信得到了数百名女性的回应，她们有的给我回复了情真意切的信件，有的完成了调查问卷，而这些形式多样的回应也丰富了书中的内容。其中，最有趣的是那些年长一些的女性的回复。她们见证了《飘》的首次出版，看了《飘》的首映。对她们来说，《飘》成就了她们一系列激动人心的人生之最：读过的最长的小说；看过的最宏伟、奢华的好莱坞电影，第一次感受电影的染印法色彩、第一次看一部带中场休息的电影；卖过的第一部以一位性格多面的女性而不是某个男主角的情人为女主角的小说。如今，那一代人大部分已经去世。对她们来说，斯嘉丽是一个邪恶而危险的人物，而梅兰妮则代表了她们心中向往的好女人。当然，她们也都看到，书中的"老好人"梅兰妮最终死去，而所谓的"超级泼妇"斯嘉丽却活了下来，她挥舞着自己的拳头向命运宣战，下定决心日后一定要重获瑞德的心。值得注意的是，所有人都认为，在最终征服了无比性感的瑞德·巴特勒后，斯嘉丽对懦弱的阿希礼·威尔克斯的单相思就是一个极大的错误。

年轻一些的女性对男性角色的评价与年长的女性一致，然而，她们对斯嘉丽的评判却有不同。小说的第一句话描述斯嘉丽"样貌并不出众"，但她却出现在小说和电影的每一个情节当中，在人们心中，她就是一个受欢迎的普通女子的形象。她是一个缺点缠身、麻烦不断的人，实在称不上是一个模范人物。但是，像很多小说中招人喜欢的女主人公一样，比如伊丽莎白·贝内特①、布里奇特·琼斯②等，斯嘉丽会让各类女性产生共鸣。相较于其他女性角色，斯嘉丽的人生囊括了许多女性的遭遇——肉体与精神的空虚、丧亲之痛、爱情遭拒，这些都是女性人生中典型而又普遍的经历。作为女儿，她叛逆；作为妻子，她结过三次婚；作为母亲，她并未尽职尽责；作为朋友，她粗心大意；而作

① 简·奥斯丁《傲慢与偏见》中的女主角。——编者注
② 海伦·菲尔丁《布里奇特·琼斯单身日记》中的女主角。——编者注

为家园的守护者，她可称得上是一个勇敢的"女斗士"。所有这一切，都伴随着历史的变革和社会的动荡，为了生存，为了更好的生活，她必须一次次地思索，想办法解决人生困境，应对突如其来的事件。斯嘉丽并非一个牺牲品。在故事的结尾，她所爱的瑞德·巴特勒离她而去，留她一个人独自伤心，然而，她最终振作了起来，决心要明天再想这件事。现实中，却有多少女人正感到懊悔，懊悔自己未做到的事，懊悔自己轻视了母亲和姐妹，懊悔忽视了爱自己的人，对这样的女人来说，《飘》的确塑造了一个伟大、崇高的女英雄。

我写这本书的时候，非裔美国人巴拉克·奥巴马正处于他当总统的第二任期，世界人民都已经深深意识到种族分离造成的严重后果，很多国家正采取措施消弭黑奴贸易和奴隶制的影响。在这样的背景下，你也许会想，《飘》在现代或许是一个尴尬的存在。近期就有一位评论员称，《飘》是"奥斯维辛集中营里的浪漫故事"。每当这部小说再版或者电影重放，每当看到肥胖的、可笑的奶妈，忙着为"她的"白人家人劳作，看到碧西撒谎说她会接生孩子，结果被扇了一巴掌，读者或观众们都会觉得十分尴尬。在丽贝卡·韦尔斯（Rebecca Wells）1996年的畅销书——《丫丫姐妹的神圣秘密》（*Divine Secrets of the Ya-Ya Sisterhood*）一书中有这样的情节：年轻的薇薇在1939年去亚特兰大看《飘》的首映礼，她的黑人女仆被拒之门外，并遭到了优越的白人女性的虐待，这让薇薇震惊不已。这个情节不禁让人想起，当时所有的黑人演员都被禁止参加那场盛典，还有非裔美国演员巴特福里·麦奎因（Butterfly McQueen）的证词，他抗议导演大卫·O.塞尔兹尼克（David O.Selznick）使用"黑鬼"这个词，并坚持厕所应该解除隔离制。

本书自出版后，大量的出版物、电影、电视剧在美国相继涌现，尤其是美国南部。这一类作品大多以奴隶制、美国内战以及有色人种与白种人的关系为题材。去佐治亚州亚特兰大市旅游时，游客们可以追寻着《飘》的踪迹，一路来到玛格丽特·米切尔的故居博物馆，那里正是米切尔创作《飘》的地方。在小说和电影中，《飘》的故事情节和隐晦结局在托妮·莫里森的著作《宠儿》（Beloved）中得以重现，并出现在了《丫丫姐妹的神圣秘密》和凯瑟琳·斯托克特（Kathryn Stockett）的《相助》（The Help）以及安卓亚·勒维（Andrea Levy）的关于牙买加的小说《长歌》（The Long Song）中。在关于种族歧视和奴隶贸易的激烈辩论中，电影制片人用伟大的影视作品做出了回应：1997年的《断锁怒潮》（Amistad）、1998年的《宠儿》、2012年的《决杀令》（Django Unchained）和《林肯传》（Lincoln）以及2013年的《为奴十二年》（12 Years a Slave）。然而，《飘》——一部史诗般的古装剧，追忆了白人统治下繁盛的南方世外桃源；它的魅力长久不衰，吸引着全球的亿万观众，也使其他的优秀作品黯然失色。

玛格丽特·米切尔49岁时去世。生前，她曾收到过数千封信件询问"瑞德走后又发生了什么"，并请求她能够写一部续集。

玛格丽特拒绝了这一请求，但她的遗嘱执行人十分精明，认为写续集绝对有利可图，便无视了她的遗愿。我写这本书的时候，亚历山德拉·瑞普利（Alexandra Ripley）被正式委托撰写《飘》的续集。之后，她写的《斯嘉丽》1991年出版并被拍成电视迷你剧。后来，又有了唐纳德·麦凯格（Donald McCaig）2007年的小说《瑞德·巴特勒》。遗嘱执行人还曾试图委托安东妮亚·费瑟（Antonia Fraser）写续集，但也因此与经验丰富的续集作家爱玛·泰南特（Emma Tennant）发生了冲突。显然，遗嘱执行人反对作家们将关注点放在批判黑暗的奴隶制以及南方重建方面，禁止小说中提及种族通婚、种族混血人物或者叛逆的性行为。

杰出的南部小说家派特·康诺伊（Pat Conroy）也曾打算发表一部关于《飘》的系列小说，还开玩笑说，他的小说要这样开头："他们亲热之后，瑞德转过头对阿希礼说，'阿希礼，我有没有告诉过你，我的祖母是黑人？'"后来，因对这种审查制度不屑一顾，他没有完成这件事。但他的确为2011年出版的《飘》（75周年纪念版）写过一篇序。在文中，他描述了小时候母亲激情饱满地为他朗读《飘》的情景。他觉得在他母亲的心里，《飘》"就像一盏明灯一样指引着她，让她相信即使在黑暗中也不会迷路……她可以在书中开辟自己的天地，寻回灵魂最深处的梦想和已逝去的少女时代"。这些语句有些夸张，但在我看来，却道出了许多女性对《飘》的感情。

非裔美国女作家爱丽丝·兰德尔（Alice Randall）对《飘》十

分了解，她以一种自然的讽刺方式展现了《飘》对她个人创作的影响。2010年，爱丽丝的《风已逝去》（*The Wind Done Gone*）出版，她认为这本书是对原著的"政治戏仿"。在小说中，她采用了一种平淡无奇的方式，展现了充斥在南方的各种性与种族的秘密以及虚伪。小说的主人公希娜拉曾经是一个奴隶，是"别人（斯嘉丽）"的父亲与黑人所生的混血儿，她后来嫁给了丧偶的"R（瑞德）"，这段婚姻关系因为家里一些种族间的秘密而遭到破坏。小说的结局却十分理想化——塔塔（塔拉）庄园最终遗赠给了R（瑞德）的黑人男管家；书中所有人物，无论是黑人、白人还是混血儿都被埋葬在一起。评论家玛乔丽·嘉伯（Marjorie Garber）认为，这本小说也许可称之为一种"文化报复"，以一种寻求解放的语调和语气，为沉默的女性和奴隶发声。米切尔的遗嘱执行人对此表示了强烈的反对，并指控兰德尔抄袭。后来，兰德尔申诉成功并出版了这本书，还公然宣传其小说为"未经授权的戏仿"。

2008年4月，英国著名导演特雷弗·纳恩（Trevor Nunn）在伦敦创作了一部多元文化的音乐剧，试图颠覆《飘》中所体现出来的反动思想和种族元素。斯嘉丽·奥哈拉这一角色深深吸引着他，纳恩表示，他的作品关注奴隶自由的问题，意在让米切尔的黑人角色在音乐剧中获得以前不曾有过的发声机会。当同名歌曲《飘》在剧终响起，对纳恩来说，这是一个重要的时刻。那一刻，歌词所传递的不再是那些逝去的东西，而是那些十分重要却再也无法拥有的东西。可惜的是，尽管这一部音乐剧有其可圈可点之处，但由于乏味无趣，遭到了评论家们的批判，观众们对它也兴趣不大，两个月后便停演了。

1989年，《斯嘉丽的女人们》刚出版时，受到很多热情媒体的关注，我也收到了更多的来信，有了更多与书迷和批评者对话的机会。25年后的今天，我仍然经常收到人们对《飘》的不同见解，她们有的来自美国联邦高级司令部，信封上还贴了一张带有"上帝保佑南方女性"字样的邮票；有的是纪念品收藏家，想知道怎样才能收集到斯嘉丽的纪念玩偶和啤酒垫；还有些是普通读者，她们在信中表达了对这本不可多得的书的热爱之情。直到现在，我仍然会与朋友谈论起《飘》引起的巨大反响。最近，我和著名的小说家希拉里·曼特尔（Hilary Mantel）谈到此书。希拉里告诉我，她的同学曾借给她一本珍贵的《飘》，书是用线装订在一起的，页面上污迹斑斑，还留有她妈妈和两个姐姐的泪渍。那时正值20世纪60年代中期美国公民权利运动期间，她通过妈妈了解了电视新闻里的三K党。当希拉里开始读《飘》时，她渐渐有了政治意识，对书中的种族议题感到不安。"因此，我再也无法将它当成一个故事来读。但是，我内心依然想去读它，而且我读得越来越快。"她说道。

这便体现了一个重要的悖论。从1989年到现在的漫长岁月里，大量的作家和电影制作者让我们看到了无数关于奴隶制、美国内战及其影响的作品，这些作品呈现的政治思想更加尖锐，情感上也更加清晰。然而,《飘》这部作品,尽管存在着无法否认的政治偏见和缺点,但它依然让人爱不释手,在好莱坞的黄金时代也取得了巨大的成功,是人们心中一部里程碑式的巨作。站在个性好强又魅力四射的女主人公的角度,通过一个复杂且凄美的浪漫故事,《飘》为女人们讲述了我们的愿望、遗憾,讲述了我们对爱人的付出和忠贞,肯定了我们成为一个合格的母亲、孝顺的女儿、称职的爱人和忠实的朋友的能力。难怪,在万千女性的心里,《飘》一直占据着特殊的位置。

海伦·泰勒

2014年3月

 第一章

了不起的《飘》

作为一部传世经典，《飘》似乎一直屹立于永恒的艺术王国。在这个王国里，斯嘉丽在迷雾中拼命奔跑，猫王在舞台上疯狂摇摆，麦克白颤抖着血淋淋的双手放声哀号……

——汉娜·威尔金斯（Hannah Wilkins）

过去这几年里，无论是在工作中、在火车上还是在聚会时，每当跟人谈到我正在写一本关于《飘》的书时，人们总会给我讲点儿与《飘》相关的趣事。比如，一位朋友说，她的爸爸像极了克拉克·盖博所饰演的瑞德，并因此掳获了她妈妈的芳心；一名学生不忍心丢下小猫咪独自去欣赏这部电影，便带它一同去了电影院，结果猫咪在那儿睡了整场；有些人告诉我，小说《飘》是他们的祖母或姨妈最喜欢的书，情绪低落的时候便拿出来读一读；一位同事对小说的结局耿耿于怀，便把书翻来覆去地读，总希望再读时，结局会有所不同；有人告诉我，在我工作的地方不远处，有座房子叫作"塔拉"；还有许多人欣然向我展示了他们的一些收藏品，比如印有《飘》中人物形象的收藏盘、茶巾、海报，等等。然而，从来没有人问我，"什么……飘？"

　　《飘》是迄今出版的最成功的小说之一，根据它改编的电影在好莱坞也风靡已久，广受赞誉。1936年6月30日，《飘》首次出版，一夜之间便成了畅销书。仅前六个月内这部书就售出了上百万册，之后又售出多达250万册。迄今为止，《飘》已有至少155个版本，被译成27种语言，并且在37个国家顺利出版。1937年，《飘》荣获普利策文学奖。这部小说获得了非凡的成功，玛格丽特·米切尔声名远扬，对她的社会关注也随之而来。在其短暂的余生里，米切尔忙于应对各类社交活动，再无其他作品问世。

1939年12月15日，在美国佐治亚州亚特兰大市，根据《飘》改编的电影（下文称作电影《飘》）首次进入人们的视野。至今，看过这部电影的人数已远远超过了美国的人口总数。1940年4月18日，电影《飘》第一次登上了英国的银幕。从那时起，这部影片便成了人们心中的挚爱。据估计，这部电影的总收益不低于三亿美元。20世纪70年代末，米高梅电影公司将该影片的20个电视放映权出售给了哥伦比亚广播公司，价格高达3500万美元。随后，电影《飘》的电视首映吸引了数以亿计的观众。目前，这部电影的字幕已被译成24种语言，配音也有六种之多。电影《飘》一举夺得13项奥斯卡提名，最终将八项大奖收入囊中，其中一项史无前例地授予了一位黑人演员——海蒂·麦克丹尼尔（Hattie McDaniel）。这部影片常被称作电影史上最优秀的作品，电影杂志称其为"电影之典范"。

《飘》已然家喻户晓，它绵延在大众的想象中，不停地被引用、模仿、娱乐。在讲英语的国家里，诸如"明天再说吧""明天又是新的一天""亲爱的，我一点儿也不在乎"以及"接生孩子的事儿我一点儿也不懂"等，都是妇孺皆知的流行语。在1939年的纽约世界博览会上，书迷们将一本《飘》封入一个时间胶囊里，5 000年后，也就是6939年才能启封；佛罗里达的名人堂里，小说中人物的蜡像形神兼备，惹人驻足；女音乐家琼尼·米切尔（Joni Mitchell）为新歌取名为《斯嘉丽说》；乡村音乐人梅尔·哈格德（Merle Haggard）则命名他的新歌为《飘》；马天尼推出了一款以苦柠檬、石榴汁、冰块调制的红马天尼鸡尾酒——"斯嘉丽·奥哈拉"；在日本，这部小说被多次改编成戏剧或音乐剧，其中一个版本的角色全部是女性；美国游戏"全民猜谜大挑战"里有这样一个问题："《飘》的最后一句话是什么？"诸如此类，不胜枚举。

玛格丽特·米切尔的家乡亚特兰大，《飘》大部分的背景所在，以作者的名字命名了一条街道、一个图书馆阅览室和一所小学。无线电站的办公室名字"十二橡树"，源自阿希礼·威尔克斯的庄园名。洛夫乔伊庄园推出了以斯嘉丽萝卜为特色的"玉兰晚餐"。1986年，各级各地的庆祝活动举办得如火如荼，以纪念小说出版50周年。美国邮政总局发行了一美分的玛格丽特·米切尔纪念邮票，而麦克米兰出版公司发行了小说第一版的副本。整个6月里，亚特兰大主办了一场瑞德和斯嘉丽的模仿赛、一场战前舞会、一场"飘啊飘"拍卖会、一次赫布·布里奇斯（Herb Bridges）"世界最大"的《飘》纪念品收藏展以及一场佐治亚女孩们参加的题为"80年代的斯嘉丽"的写作竞赛。记者理查德·纳利曾写道，"《飘》是一种永不过时的风尚"①，其影响力远超呼啦圈、马鞍鞋和大卫·克洛科特帽。1989年，亚特兰大和其他一些城市再次举办了一系列的电影50周年庆祝活动，此次的电视专辑、新出版物、纪念品的数量更是远超上次。

关于《飘》的文章常常出现在新闻报刊中。1986年，两篇报道上了新闻头条。其一是詹姆斯·高德曼（James Goldman）为编剧、伯特·雷诺兹（Burt Reynolds）饰演瑞德，尝试拍摄《飘》的续集，期望能超越原版电影。其二是传言瑟吉欧·莱昂（Sergio Leone）正考虑重制1939版电影《飘》，启用不知名演员饰演瑞德与斯嘉丽，而知名明星则饰演配角。1987年2月，媒体曝出一条重大新闻，称玛格丽特·米切尔的遗嘱执行人之间经过了长期内部磋商，同意进行《飘》续篇的创作，美国顶级文稿代理商——纽约威廉·莫里斯经纪公司（William Morris），正寻找合适的委托作者。某报纸讽刺此举"或许是美国文学史上最严肃的挑战"（实际上许多人会同意这种说法）。一年后，我们有幸目睹了"这一时代最大的出版交易"，在媒体的翘首以盼下，亚历山德拉·瑞普利脱颖而出，成为玛格丽特·米切尔遗嘱执行人委托的《飘2》撰写人。

从某些关键方面来说，《飘》就是一部国际肥皂剧。小说和电

① 理查德·纳利（Richard Nalley），引自《美国联合航空杂志》，第100页，1986年6月。

影的最后，斯嘉丽与瑞德是否会重归于好？这个结局是隐晦的。因此，自1936年开始，大众就猜测《飘》可能会有续篇，其电影可能会拍摄续集。玛格丽特·米切尔和电影中的明星们——尤其是费雯·丽——的生活，成了媒体追逐的焦点，这也使得他们的余生深受其扰。从对斯嘉丽的扮演者长达两年的全球海选，为电影宣传做足了噱头，到后来米高梅公司与玛格丽特的遗嘱执行人——她的哥哥斯蒂芬斯·米切尔（Stephens Mitchell）对续集的提议纷争不断，加上好莱坞与媒体的煽动，《飘》的翻拍以及续集的拍摄面临巨大压力，以上种种，使得《飘》成了公众心中一个引人入胜、未完待续的故事。每当公众的热情衰减下来，又会有新一轮的丑闻、谣言、嘲讽兴起，并引发出版商、影视公司的炒作以及媒体和影迷的热烈回应。

　　只要你想看，《飘》随处可见。1984年5月的某周，在我刚刚开始研究《飘》时，米高梅公司正在伦敦放映这部电影，以庆祝公司成立60周年；某位"斯嘉丽"在《新政治家周刊》个人专栏发布征婚启事，寻找她的"瑞德"；布里斯托尔的一个酒吧举行了"飘之夜"晚会，晚会以"南方化装舞会服"和波旁豆为特色。那时，我开始意识到，丹尼尔·斯蒂尔（Danielle Steel）、茱蒂丝·克兰兹（Judith Krantz）等许多女性作家撰写的流行小说，都模仿了《飘》中的人物和情节线。我发现，电影中威尔克斯家烧烤宴的画面，在某本教科书中被作为判断题和阅读理解题的题干[1]；我还注意到，琼·柯林斯的自传中引用《飘》不下7次，并且她给女儿取名塔拉·辛娜拉。"塔拉"取自斯嘉丽的庄园名，"辛娜拉"引自厄内斯特·道森（Ernest Dowson）的一首诗，而《飘》这个书名正是出自其中："辛娜拉！很多往事我已遗忘，随风飘逝，我与人群狂欢，扔着玫瑰。"[2]我还记得，在电视剧《豪门恩怨》（*Dynasty*）中，《飘》频频被提及。剧中，琼·柯林斯饰演了令人敬畏的亚历克斯·科尔比——一位宛若斯嘉丽的女子。1987年，我又欣然听闻，左翼议会的工党成员"红色"肯·利文斯通（Ken Livingstone）在谈到他被下议院停职一事时说："坦白说，我不在乎"，由此得称"瑞德·肯"。

媒体曾将1986年的电视短剧《南方与北方》（*North and South*）与《飘》相提并论。许多观众，包括我在内，都注意到了这两者之间的类似之处，从南方淑女的人物塑造，到种植园的生活背景和场景，甚至莱斯莉-安妮·道恩（Lesley-Anne Down）饰演的麦德琳·法布雷和费雯·丽饰演的斯嘉丽也惊人地相似。

作为一名作家，我最终清楚地意识到，围绕着《飘》，一个完整的学术和出版业已经成熟起来，许多人（尽管女性明显少于男性）因此而知名，如斯蒂芬斯·米切尔，玛格丽特·米切尔的遗产执行人，他坚决维护米切尔拒绝创作续篇的夙愿；理查德·哈维尔（Richard Harwell），目录学家和评论家；赫布·布

---

① 《阅读的方式》，J.泰勒编，伦敦，麦克米伦出版公司，1986年。
② 琼·柯林斯（Joan Collins），《不完美的历史》，伦敦，皇冠出版社，1979年。

里奇斯，《飘》收藏家和作家。关于《飘》的各类书籍和文章可谓层出不穷、数不胜数。它们有些介绍了费雯·丽的生平、《飘》专辑、电影制作细节和演员表，有些探讨了这部小说和电影的历史真实性、其文学和电影的优点、南方的象征、女性、黑人、佐治亚等主题。[①]从一些书和文章的标题可以看出，此类资料的数量与日俱增且种类繁多，如《斯嘉丽热——〈飘〉的电影画册》《斯嘉丽、瑞德和千万演员》《电影〈飘〉的拍摄》《永远的塔拉》（*There Will Always be a Tara*）、《玛格丽特·米切尔：〈飘〉与〈战争与和平〉》（*Margaret Mitchell: Gone With the Wind* and *War and Peace*）、《黑人眼中的〈飘〉》（*The Black Reaction to GWTW*）、《聪明的绅士与恼人的女士：曼查的唐吉诃德与斯嘉丽·奥哈拉》（*The Ingenious Gentleman and the Exasperating Lady: Don Quixote de la Mancha and Scarlett O'Hara*）等。同时，许多

---

① 与之相关的最具影响力和吸引力的书籍有：赫布·布里奇斯、伦纳德·J.列夫，《电影〈飘〉的拍摄》（*The Filming of GWTW*），梅肯市，梅瑟大学出版社，1984年；罗兰·弗拉米尼（Roland Flamini），《斯嘉丽、瑞德和千万演员》（*Scarlett, Rhett and a Cast of Thousands*），伦敦，安德烈·多伊奇出版社，1976年；杰拉尔德·加德纳（Gerald Gardner）、哈里特·莫德尔·加德纳（Harriet Modell Gardner），《珍宝塔拉：〈飘〉的画报史》（*Pictorial History of Gone With the Wind*），美国康涅狄格州，韦斯特波特市，阿灵顿出版社，1980年；《玛格丽特·米切尔〈飘〉的信件集（1936—1949）》，理查德·哈维尔编，纽约，麦克米伦出版社，1976年（伦敦，西奇威克和杰克逊分社，1987年）；苏珊·迈里克：《好莱坞的白色圆柱——〈飘〉电影场地记录》，理查德·哈维尔编，美国佐治亚州，梅肯市，梅瑟大学出版社，1982年；《〈飘〉：小说与电影》，理查德·哈维尔编，哥伦比亚，南卡罗来纳大学出版社，1983年；悉尼·霍华德，《〈飘〉：剧本》，安德鲁·辛克莱编，伦敦，洛里默，1986年；杰克·坦普尔·卡比：《媒体操控下的美国南部：美国人眼中的南部》，巴吞鲁日，路易斯安那州立大学出版社，1978年；威廉·普拉特，《斯嘉丽热——〈飘〉的电影画册》（*Scarlett Fever: The Ultimate Pictorial Treasury of Gone With the Wind*），纽约，麦克米伦出版社，1977年。

畅销书也脱颖而出，比如，1976年，理查德·哈维尔的《玛格丽特·米切尔信件集》，这本集子曾被美国每月一书俱乐部选中（因为小说《飘》出版于40年前）；这本信件集已经卖出了3 000多本。我所撰写的这本书，也成了《飘》日益膨胀的资料市场的一小部分。目前，这种潮流仍然盛行不衰。

一个女人的《飘》

第一次读《飘》时，我只是个十三四岁的少女。那时的我，已然深深地爱上了这本书。1939年，我父亲在一次部队转移前送给了我母亲一本《飘》。于是，这本书成了我家少有的几本精装书之一，让我常常流连其中。小说的开场白"斯嘉丽·奥哈拉的样貌并不出众，但男人们却极少意识到这一点"，这句话让我深陷其中。对前半句话，我是多么的感同身受，又是多么的希望后半句话能发生在我的身上。我曾经许愿，假如我遇见了我的瑞德，他一定也要从巴黎给我买漂亮的帽子，也给我们的女儿取名为邦妮。养育我的父母曾经历过第二次世界大战的恐惧与混乱。那时，父亲正在服兵役，在敦刻尔克大撤退中差点儿死掉。母亲独守在家，抚养着尚在襁褓中的哥哥。尽管从未确切得知她的丈夫身在何处，面对残酷的战争，母亲仍然和她的妯娌相濡以沫、苦中作乐。我的父母一致认为，这场战争扰乱了他们的余生。对他们以及他们的同龄人来说，这场战争是一个敏感的话题，也是他们最难以忘怀的记忆和人生参照点。战时的态度影响着我们的家庭生活。在琐碎的小事方面，我们极为节俭。我们从不随意丢弃废料，做到物尽其用；我们重视健康，对小病小灾从不大惊小怪。从大的方面来说，这场战争孕育了一种强烈的保守主义。我们一家人都有一种不可动摇的、神圣而庄严的民族主义精神。在我成长的过程中，我一直坚信，温斯顿·丘吉尔几乎是单枪匹马赢得了这场战争。父母也认同英国与英国作风的伟大，明白了保守党执政下的政府强大、国家稳定是多么的重要，因为他们的战时经历早已印证了这一点。战争结束后，他们极其想要的，就是一个强大的、独立的、自给自足的小家庭。

与20世纪50年代的其他人一样，在战后的几年里，我的父母根本不想继续坚持战时的集体主义精神，也不想延续"同甘共苦"的思想观念。"我们的战士"在前线取得的胜利，在很大程度上，归功于后方集体的苦难和牺牲。对这种苦难和牺牲，人们虽满怀感激，却不再重视。取而代之的，是为自己的家庭以及平民生活的奋斗。我的母亲，舍弃了她只生一个孩子并做一名职业女性的梦想，带着三个孩子，做了一名全职家庭主妇。她的聪明和才干，都用在了家务劳动、照顾孩子上，用在了修补我家那摇摇欲坠、高额贷款买的房子上。而我的父亲是一名销售代表，大部分时间都不在家。我，家里唯一的女儿，能觉察到母亲的焦虑，而且或多或少地体会到了焦虑的滋味。这种焦虑，不仅仅源自糟糕的经济状况、家人的安康，还有在父亲驱车万里出差时，对他的安危的担忧。于是，在母亲忙于家务时，我寸步不离。我玩洋娃娃、穿高跟鞋、抹口红，无一不在模仿母亲的样子。我讨厌离开家，因为家里有温暖的安全感。受母亲的熏陶，我也爱读书。通过阅读，我逐渐了解了小说中的各种社会、阶级和男人。而在十几岁之前，我读过的女性写的小说却寥寥无几。

　　十几岁的我读了《飘》，有了自己的心得体会。这本书刻画了一个世界，在这个世界里，女人无处不在，男人偶尔稳定、可靠；这本书展现了一个社会，一个靠女人的力量、劳动和修修补补的能力而维系起来的社会，一个一致对抗逆境的社会。这本书指出了，男人这种生物是神秘的幻想的对象，他们看似会给女人强有力的肩膀依靠，却常常消失在黑暗中，并告诉女人们，她们完全有能力依靠自己。《飘》中，战时的女人们情同姐妹，她们一起挤在贝蒂姑妈的客厅里，一起围在阵亡将士的名单旁。这种场景，似乎重现了母亲曾给我讲述过的故事。故事里，女人们等待着、盼望着，却又随机应变、开拓创新。斯嘉丽对医院工作的厌恶让我想起，母亲曾羞愧地承认，因为一次晕血，她被免除了重要的战时护理任务。斯嘉丽手忙脚乱地给梅兰妮接生孩子、重建塔拉庄园的情节，我也特别熟悉，就像父亲不在家时，母亲勇敢地尝试修理洗衣机和自行车轮胎。最重要的是，书中熟悉的场景，触动了我的心弦，因为这些都与我父母的努力与信念那般相似。我的父母努力地工作，极力为我们兄妹三人创造一种体面的、舒适的中产阶级生活环境；我的父母总是相信，我们三人应该享受到他们不曾拥有的东西，比如，国民医疗系统保障下健康的体魄、新的学校制度、体面的工作以及个人的成功与发展。

自然而然地，《飘》被纳入了我家战后的生活哲学里。对于我这个生于20世纪40年代婴儿潮时期的人来说，《飘》也融入了我的生活哲学。第二次世界大战使国家生灵涂炭，也打碎了父母的少年梦想，导致他们在战后变得谨小慎微，甚至有点听天由命。但是对我来说，一个崭新的和平年代的到来，尤其是传奇的60年代，社会飞速发展，促使了新式的阶级、世代、性行为和关系的产生。《飘》中所有的力量与活力，都被赋予了那些在我看来极其离经叛道的人物。作为一个想象力天马行空却又循规蹈矩的少女，我对年轻的叛逆者重新定义的社会深感认同，尤其当这个叛逆者是一个和我一样年轻的女子时。她祷告时虔诚地低着头，心里却想着男人的肉体，自认命运不凡，不满足于做个贤妻良母。

与此同时，不管是小说还是电影，都激发了我对母亲的情感依恋。小说的文本让读者想象着坚强地面对父母的离世，给女性读者们留下了空间，在颂扬母亲的美德与价值观的同时，也挑战和轻视它们。《飘》给许多女性提供了机会，使她们对自己不同于母亲或者成为母亲的样子有了间接体验。因此，第一次读《飘》，我便明白，女人们影响着战争以及和平年代的经济；当然，后来的女性运动强调了在两次世界大战中，女人和她们的劳动起了重要作用。毫无疑问，这本书促使我承认，我对母亲，对那个有着强烈的保守主义，那个不管是在家里还是在不如意的兼职工作中都兢兢业业的母亲，怀有深深的爱与感恩。尽管我一直认为，母亲所经历过的挫折与不满，是女人命运的一部分，但是，这本书让我觉得，我无须经历这些，我也无须认同母亲的人生哲学和政治观。《飘》是我早期读过的、对我影响最大的书籍之一，它使我下定决心，永远不要仓促地结婚，不要让自己陷入被束缚的、沉默又绝望的从属境地，一如艾伦·奥哈拉。我可能会像斯嘉丽一样，叛逆、危险。我可能会与我的母亲截然不同，也可能会有一些人，像梅兰妮、奶妈、瑞德一样，给予我一个孩子无法得到的安慰与支持。

即便如此，少女时期的我，却性情忧郁，总是沉迷于悲剧的文字和命运。《飘》中那种浓浓的怀旧情结，那种对于消逝的爱、家园、生活方式、价值观所怀有的深深的遗憾，都把我逮住了。的确，它渐渐地激发了我青春的渴望与不满，激励我去创造一种与父母截然不同的人生，然而更多地，它唤醒了我内心的恐惧，惧怕离开温馨的家，脱离母亲的保护。对于斯嘉丽倔强也不肯依赖母亲艾伦，我是欣赏的。然而我又认为，正是斯嘉丽彻底脱离她母亲所代表的一切，才导致了她孤孤单单、知己甚少，最终被她人生中最好的"母亲"——瑞德所拒绝。

和许多人一样，《飘》是我读过的最长的小说。读《飘》的过程，就像是享受一场饕餮盛宴，即便现在，感觉仍是如此。十几岁时，我坚持读完了这部鸿篇巨制，而且深切地体会到，这部作品，在无垠的历史画卷上，将人生的经历绘成了浓墨重彩的一笔。读完这部书，我觉得像是完成了一项艰巨的任务。的确，这部小说的组织及撰写的方式，让我们这些读者深深地感受到，我们都是参与者，参与着那些具有深远历史意义的、具有神话色彩和普遍意义的事件。我们将《飘》称为"史诗小说"，因为它篇幅很长，分为两大卷和五个章节（就像悲剧和19世纪的小说）。它历史背景广阔，人物众多。早期的评论都将这部小说与一些"史诗小说"相提并论，如萨克雷的《名利场》、托尔斯泰的《战争与和平》等。

此外，从学校的英语课里，我熟读了莎士比亚的悲剧，了解了维多利亚时期的家庭传奇，它们多以动荡的社会——尤其是战争为背景。因此，我眼中的《飘》就是一本描述贵族生活遭到悲剧性地破坏的书，一个讲述南方白人在经历社会动荡不安之后重建权利与尊严的故事，一部善良最终战胜邪恶、秩序最终压倒混乱的经典。基于对南方历史的浅知拙见，我单纯地认为，所谓"命定的败局"，就是在带有白色圆柱的种植园房子里举行的烧烤宴会，而整部小说都在颂扬和美化这种败局，让人感到无比心酸。因而，我极其坚定地认为，斯嘉丽终将重归她的庄园，重回奶妈的怀抱，财产和土地毫无损失，生活也无忧无虑。

由于对美国内战知之甚少，对三K党、战后重建等了解不清，我解读《飘》的方式，也和许多其他读者一样。我全盘接受了它的历史背景，对战败的南方联邦的白人家庭心生恻隐。那时的我，只关注斯嘉丽的命运以及那些与她密不可分的人物的命运。而且，我把每个人、每件事，都置于斯嘉丽的命运和发展的大框架下。我欣然地忽略掉了描述政治和社会的无聊细节，把全部注意力都放在了斯嘉丽、阿希礼和瑞德的三角恋爱关系上，并从中获得了无尽的满足。

20多岁的时候，《飘》这部电影，我反复看了数次，心里美美地幻想着也能脱掉我的迷你裙，换上长长的裙撑和绿色天鹅绒裙。与其他20世纪60年代的精英一代一样，我期望一份稳定的工作，渴望政治和性的解放；我的成长历程伴随着无数好莱坞形象，我希望从美国汲取灵感，产生对电影的幻想以及对未来的展望。自然而然地，在伦敦求学三年后，我决定亲眼看看美国。于是，我便应聘去了路易斯安那州进行研究和教学。出于自己对南方一无所知的羞耻感，1969年我去了美国南方，在那里待了两年，并在那之后经常回去。从电视画面中，我看到了马丁·路德·金，看到了阿拉巴马和密西西比的种族斗争；我常常花数小时聆听三角洲蓝调、爵士乐和摇滚乐，观看《炎热的夏夜》（*In the Heat of the Night*）之类的电影；我读过卡森·麦卡勒斯的小说、读过田纳西·威廉姆斯的戏剧和埃德加·爱伦·波的诗歌。我曾经以为，美国南方极其多姿多彩，又颇具哥特风格。随着我逐渐了解南方，了解南方人，这一想法也渐渐地被动摇且淡了下来。

在路易斯安那州教大一时，我发现，对南方历史，对南方人物，我一开始持有的理想的或荒谬的看法，竟在某种程度上与学生们（大部分是白人）不谋而合。这些学生对自己生活的地方无可言说，甚至对其漠不关心。某次"大一写作课"上，我曾经要求学生们写一篇作文，谈谈自己最想生活在美国的哪个历史时期。结果，至少有四分之三的女生怀有和我一样的幻想，这种幻想直接来自《飘》。她们幻想能生活在内战前的南方，身着绿色泡泡袖花裙翩翩起舞，英俊的庄园主儿子们争先恐后地献着殷勤。与之相反，在少数的黑人学生中，没有人选择生活在那个年代，他们更愿意活在当下……

与许多南方白人女性聊天时，我清楚地看到，《飘》对于女性的幻想影响颇大，在流行小说界也有着超然的地位。这些女性和我一样，对这部小说追忆南方政治经济辉煌的鼎盛时期赞不绝口。有些女士，她们每年都会在密西西比的"纳切兹小径"上，或者在新奥尔良的"春季嘉年华"上，把自己打扮成种植园里的淑女模样；还有一些爱幻想的南方女孩子，在播放这部电影的剧场里泪眼婆娑。对这些人来说，《飘》淋漓尽致地表达了南方女性的希望、梦想以及恐惧。这些女性认为，这是属于"她们"的小说和电影，尽管她们能够接受我热衷此书的事实，却不认为，我这样一个英国女人，能真正领悟斯嘉丽·奥哈拉的本质。

在教了几年书又回到路易斯安那州之后，我对南方历史和文化的见闻广博了许多，并开始着手准备撰写一部关于路易斯安那州内战时期女性作家的书。这些女作家以中产阶级白人女性为主，她们创作了一些关于美国内战及战后题材的小说，尤其关注了内战及战后女性的生活与奋斗。她们的作品还经常引发一些政治争论，探讨19世纪后期美国南方女人和黑人的角色。有天下午，我在图书馆看书看累了，便决定去电影院逛逛。当地的电影院每隔几周就会播放电影《飘》，我去的时候正赶上这部电影放映。由于好几年没有再看过这部电影了，我竟突然发现，这部电影，无论是在观念、背景还是人物塑造方面，与我当时正在研究的19世纪的小说惊人地相似。那时的我对美国内战的历史和文学已经有了更为深入的了解，所以，我无比震惊地发现，这部作品有着深刻的历史和政治偏见，在对待亲南方联盟的问题上总是振振有词。那天下午，重温这部电影之后，我幡然领悟，《飘》对美国旧南方、对美国内战、对19世纪80年代南方各州重建白人主权之前的动荡时期的观点，是极具争议的，必将遭到自由作家和黑人作家们的反对。

虽然很反感这种政治争论，我对电影《飘》却是彻头彻尾地喜欢，被它非凡的魅力折服。其色彩、音乐、服装、壮观的效果，还有性感迷人的克拉克·盖博，无不挑动我的心弦。惑人的画面常常萦绕在我的脑海中，挥之不去。多少次我梦回青春，梦里是瑞德强揽我入怀，抱我上楼，或者是我俩一同驾车，穿越战火纷飞的亚特兰大，在瑰丽的夕阳下激情拥吻。

在看这部电影之前，我从未看过任何一部"南方电影"能够描绘出如此浪漫的美国旧南方，而这在20世纪30年代的电影界十分盛行。这类电影，比如《小上校》（*The Little Colonel*）、《小叛逆》（*The Littlest Rebel*）（1935）、《迪克西亚纳》（*Dixiana*）（1930）、《南方的日子》（*Dixie Days*）（1928）和《旧南方》（*The Old South*）（1932），给经济大萧条时期的观众呈现了一幅令人怀念的、完美的封建"失乐园"景象——那里有广袤的种植园、白色圆柱式的府邸、美丽的南方淑女、彬彬有礼的绅士以及忠诚又幽默的奴隶们。从电影史中我了解到，电影《飘》是好莱坞此类电影中的最后一部，也是最为人称道的一部。它沿袭了在那时看来十分流行实际上比较老套的背景、服装和人物塑造模式，甚至有些扭曲原著。比如，玛格丽特·米切尔描述的方砖房子坐落在小山坡上，雪松大道旁，装饰简洁，与电影制片人大卫·塞尔兹尼克用作塔拉庄园的豪华柱式府邸相差甚远。巴特福里·麦奎因饰演的碧西，比原著中的更为古怪，类似于此前电影中刻板的"滑稽黑人"形象。

尽管这部好莱坞电影扭曲了原著，但它以瑰丽的落日、洁白的棉花、奢华的乡村庄园和粗糙的城镇房屋，精彩地再现了美国那段神秘的历史，使我从中获得了极大的视觉愉悦。我全盘接受了这部超长电影，对其注入了满腔情感。我还接受了它所诠释的美国历史，不管它是真实的，还是传说的。同我读过的任何研究美国历史和文学的文字相比，它都生动得多。许多英国人将当代美国视作一部超长的露天电影或者冲浪派对，我则认为，美国的农业历史将永远是塔拉庄园的样子，而且这样想的绝不止我一人。事实上，大量统计数据显示，大种植园的数量少之又少，而穷困的白人的小农场则随处可见。即便如此，关于南方的故事依然流传甚广。故事里，南方一派和谐的景象。那里的人们，无论是何阶级、种族、性别，大家都生活在一起，其乐融融；周围木兰花开，香气氤氲。理智上，我十分清楚，大卫·塞尔兹尼克的南方种植园建在了好莱坞一个工作室的空地上，无论在空间距离还是在隐喻意义上，都与真正的佐治亚大地相差千里，它的建成与其说还原了历史，不如说是源自电影制片人和场景设计师的幻想。但在情感上，我仍然陶醉于塔拉所代表的那片极尽奢华、秩序井然的天堂。

于是，《飘》，它自相矛盾的典范，它的思想，一次次地打动了我，并一次次不同程度地满足了我。它帮助我解决了家庭矛盾，尤其是我和妈妈之间的矛盾；它又警告我，离经叛道会导致身陷囹圄。它助长了我的政治和个人激进主义，又指出了其存在的危险；它愉悦了我的感官，使我梦想成为斯嘉丽，渴望拥有瑞德，感动于两人之间的炙热情感，沉醉于电影华丽的服饰和恢宏的气势；同时，它又提醒了我，这个世界是多么的混乱不堪、难以捉摸。多年来，我所读的南方故事、我在南方的生活经历，彻底改变了我对人、对事的看法。而我对《飘》的痴迷，依然如故。

与之前的许多南方白人小说家一样，玛格丽特·米切尔为她的小说选择了极好的背景：美国南方历史上三个最天翻地覆、最惊心动魄、最跌宕起伏的时期，即种植园文化和奴隶贸易的鼎盛时期、血腥悲惨的内战时期和导致守旧派白人统治最终"救赎"的暴力重建时期。这部小说的新颖性在于，它从一个年轻女性的角度诠释了这段漫长又复杂的历史。一开始，这位年轻女性对除了自己以外的任何话题都缺乏兴趣，却注定遭受命运的极端逆转，忍受巨大的痛苦与迷失。她终究挺过了一切，重建了从前的庄园和生活方式，也明白了在自己的家乡、阶级和种族中她扮演了什么角色。

斯嘉丽·奥哈拉这个小说人物极为饱满。她每一步的成长历程都能使读者或观众产生认同感。她是一位自私自利的社交名媛，单恋阿希礼·威尔克斯；是一位诗意的追梦人，从未认同新的南方；她又是一位不安分的妻子，嫁过三个男人——因为阿希礼娶了梅兰妮而赌气嫁给了查尔斯·汉密尔顿，为了支付塔拉的战后税嫁给了弗兰克·肯尼迪，又为了肉体享乐嫁给了瑞德·巴特勒，而两人最终还是分道扬镳。最重要的是，斯嘉丽是一位与时俱进的实用主义者。在北方佬攻破亚特兰大的关头，她不受其扰，孤身为梅兰妮接生；在战后重建期，为了还账，她不惜与北方佬做生意，后来毅然回到塔拉，抚平了内心的伤痕，一切从头开始。她和我们所有人一样，也面临许多人、事的困扰：父母、姐妹、孩子、性、银行余额，等等。她交往的人物形形色色（小说中的多于电影中的），有的性格复杂，有的幽默滑稽，有的至情至性，他们穿梭于白人统治下危机四伏的南方，其栩栩如生的画面极富历史感又不乏故事性。另外，小说的情节进展迅速，节奏却张弛有度，画面不断地在静谧的塔拉与喧嚣的亚特兰大之间切换。其中人物众多，对白丰富，比如，杰拉德醉酒后言辞感伤、奶妈的社会评论浮夸、瑞德的色情玩笑低俗。整部《飘》弥漫着一丝丝哀婉的情感，追忆了那些根深蒂固的有关家乡、家庭、群体和爱情的观念和象征。

女人们的《飘》

本书主要关注《飘》出版后的前50年里，它所产生的六众意义、联想及其与读者或者观众的关系。我们所说的"读者关系"或者"观众关系"，[①]指的是与一本书或者电影产生的个人的、密切的同时也是集体的关系的过程。因此，我对这部作品的研究方式，并非通过批判地、孤立地看待这部小说和电影、作者和电影制片人，或者仅仅通过我自己的读者反应，而是通过调查《飘》如何存在于个人和群体的想象、记忆和经历中，也就是说，通过其粉丝们的眼睛来研究它。因为它的粉丝来自不同的国家、种族、年代和生活背景，他们通过小说的销售额、电影和电视剧的收视率、大量的相关纪念品和流行资料来评价它。尽管《飘》对男人和女人都有吸引力，但是，通过对亲朋好友进行的有限的研

---

① 关于阅读、读者反应以及大众文化的接收，有许多观点鲜明的讨论。

究调查，我发现，相比男性，女性对《飘》更为看重。因此，本书的关注点几乎完全在女性读者和观众身上，对此我并不觉得有失偏颇。本书中也会讲述男人与《飘》的故事，尤其是喜欢看战争题材的小说和电影的男性，但这不会是本书的重点。

鉴于此，1986年1月，我给许多报纸和杂志写了信，恳请《飘》的粉丝们给我写信，告诉我他们关于这部小说和电影的记忆、经历和观点。这封信被大量英国刊物刊载，包括女性研究会《家园》、城镇女性指南《城镇女人》《抉择》《女性评论》《女性》《U周刊》《职业女性》《平凡女人》《国家家庭主妇时事通讯之声》，还有布里斯托尔的两家报纸，分别是《西方日报》和《晚报》。借由这些刊物，我一共收到了427封信件。通过这些来信者以及其他来自英国和美国的调查对象，我收回了355份有效调查问卷，其中只有25份来自男性。

我在信中写道：

  亲爱的朋友们，有人委托我写一本关于《飘》的书，无论是小说还是电影，我都希望得到粉丝们的积极回应。请告诉我：你们在何时、何地第一次读这本小说或看这部电影；你们是否重温过这本小说或这部电影；最喜欢哪一部分；其中印象最深刻的情节是什么；小说或电影能否引发你们的联想和回忆。如对《飘》有任何批评或厌恶也欢迎随时来信告知。请告知你们是否已经做好准备完成这份详细的调查问卷

（邮费已付），并且/或者愿意接受采访。很遗憾，我不能给予来信者或者受访者相应的费用，但我会在出版的书中对出现名字的各位朋友表达感谢。

到来的信中，大部分是来自《家园》的读者（约110封），然后是来自《抉择》《城镇女人》或者其他不知名杂志的读者（或许也来自以上杂志）—粗略统计有65封。还有一些来自女性杂志，如《女性评论》和当地西部浪业的《西方日报》。少数来自于其他报纸，或者，以口头传递的方式，以一传百。直到现在，我偶尔仍会收到一些女性的来信。这些女性大多利用等牙医或者等待美发的间隙浏览旧杂志打发时间。收到的大部分问卷来自英国的东南部或者南部，包括伦敦在内，也有许多来自西南部和北部，出乎意料的是，还有少数来自中部地区、苏格兰、爱尔兰和威尔士。38份调查问卷来自美国，其中大多来自白水市、威斯康辛州、巴吞鲁日和路易斯安那州的学生和老师，少数来自其他国家，以丈夫在国外工作的英国女性居多。

给我来信的女性和我采访过的女性数量并未达到可以代表全部读者和观众的样本数。然而，她们是有趣又典型的一群人，年龄、地区、背景全然不同。即使我把这些阅读某种杂志和报纸的人群进行归类，也很难从信件和问卷中推断她们的阶级和收入。但是我认为，这些调查对象大部分是中产阶级女性，或者至少她们的父亲或丈夫从事专业或白领工作。她们大多数已经步入中年甚至晚年，受过良好的教育，家境殷实。据我所知，还有极少数的回信来自黑人女性。

在英国各地的女性及几十位美国女性发来的信件和问卷回复中，关于《飘》的各种观点、记忆、联想等，使我理解了《飘》经久不衰的魅力以及它在人们——当然也包括我的——心中的地位。信件和问卷回复的数量之多，令我十分满意，其语言条理清晰、妙趣横生又感人至深、引我深思。这些女性和极少数的男性，在信中抒发了他们的热情，使我从中获益匪浅。我汲取了他们的思想和记忆，以其来支持、质疑或者摧毁我对这部极具争议却又让人爱之热切的作品的历史性或批判性的解读。在本书的准备和撰写过程中，我对《飘》的情感不可避免地产生了波动和变化。因此，在本书中，我引用了来信者和受访者的观点，并提出了我自己的体会和判断，然而，这两者常常背道而驰。

这些信件和问卷，证实了我对人们思考文学和电影的方式日渐而生的质疑。从一名学生到一名英语教师，我已然习惯于用某种方式阅读，习惯于对我读过或看过的所有东西做出"恰如其分"的批判性反应。在这种专业化了的阅读消遣中，对作者或者作品油然而生的激情和刻骨铭心的热爱，却往往消失殆尽。作为一名教师，我渐渐了解到，学生们的阅读方式千差万别，他们表现出的感悟力、批判能力和读者反应迥然不同。在课上认真读了D.H.劳伦斯后，学生在表达对他的崇拜时，态度严肃、毕恭毕敬；而他们在学校餐厅与朋友分享前一晚的肥皂剧《邻居》时，则激情饱满，滔滔不绝，又带点儿讽刺的热情，这两种表现方式有着天壤之别。就我而言，结束一天的工作后，躺在床上，迷迷糊糊地翻一翻《时尚》杂志，这种阅读所留给我的美好回忆，不亚于全神贯注地阅读莎士比亚或者多丽丝·莱辛（Doris Lessing）。对于第一次约会时看过的电影，不管其美学素质如何，人们似乎总会记得特别清楚；而回忆看过的第一部色情小说或电视节目时，许多人甚至能将某些细节娓娓道来。

与我通信的人们也证实了这一点。信中，他们表达了对《飘》羞于启齿的热爱和坚定不渝的感情。对小说的叙事技巧和人物，他们通常会用"爱和恨"这样非文学、非理论的字眼来描述他们的情感。对他们每个人来说，《飘》都有特别的意义（有时是消极的），记忆中也总有些难忘的细节。这些意义，就是本书将要记录和探讨的内容。

我们那个时代的《飘》

我并不是说，《飘》仅存在于读者观众的思想和个人记忆中。在此之外，《飘》的存在也是毋庸置疑的。它由一位特别的作家在某个特别的历史时期撰写而成，根据它改编的电影，自1939年首映后，打破了所有的票房纪录。不管是小说还是电影，它们的结构和组织都引导着读者和观众形成各种理性的解读。因此，我不仅要记录《飘》的女性粉丝们的观点，还要探讨这部小说的撰写方式以及电影的拍摄方式，研究这些年来对这部小说及电影的各种评价。

《飘》纪念了美国历史上某个重要的历史时期，成了描述这个历史时期的终极版本。我将凭借来信者和已发表的评论家的观点，概述在这50年里，读者和观众对作品中的历史、社会、种族和性别等问题见仁见智的理解。

我希望能把在过去的半个世纪里《飘》所衍生的各种内涵和联想都串联起来，阐明这样一部作品是如何在人们的思想和记忆中绽放开来，又是如何彰显它的集体意义和社会意义，成为不同国家和集体的特殊参照点的。在过去的50年里，《飘》的意义日益丰富起来，但是这并不意味着《飘》对现代读者和观众的意义与它1936年刚出版时或者1939年电影首映时一样。就像其他的流行作品一样，《飘》也随着时代的变化而变化，对不同国家的后代产生了不同的影响。如果要定义在1989年《飘》所催生的联想和共鸣，我们就必须回顾过去50年里人们阅读和观看《飘》的经历。

第二章
斯嘉丽的女人们：记忆中的《飘》

我丈夫深信，在我心里，他们是真实的人物。他说对了，对我而言，他们的确是活生生的人。

——薇薇·埃利奥特（Vivienne Elliott）

《飘》对于我不仅仅是一部电影，它陪伴了我的成长。

——珍妮佛·S.帕克豪斯夫人（Mrs. Jennifer S.Parkhouse）

兴致盎然地，我展开了《飘》迷们寄给我的信件和问卷，各类女性与《飘》有关的种种生活和经历一一浮现在我眼前。对万千女性而言，似乎没有哪一部作品能像《飘》一样捕捉她们的想象力，并与她们的人生产生千丝万缕的联系。来信者中不乏博览群书的人，也有些电影爱好者。尽管如此，她们还是觉得《飘》具有特殊的魅力。来信者不约而同地认为，《飘》是"独一无二的"。许多女迷称它为"不朽的""神话""史上绝佳小说""魔性"等类似广告宣传的字眼。她们对《飘》的情感投入，与其说像一位公正的评论家，不如说像一个有毒瘾的人；她们是"狂热分子""瘾君子""走火入魔的""不能自拔的"。受《飘》商业成功的影响，部分人可能言过其实了；但毫无疑问的是，与我一样，在许许多多女性的心底和思绪里，《飘》占据着无可替代的一席之地。

　　许多女性在信中写道，她们将这部小说或电影反复看了数次，有些人甚至看了上百次！然而对绝大多数女性而言，第一次的阅读或观影最为愉悦，至今想来，那仍是一段珍贵的回忆。我收到的来信中，有相当一部分讲述了来信者的第一次阅读和观影经历。这一封封女士们寄来的信件，描述了她们的想象力所受到的情感震撼。这种震撼非比寻常，无可比拟。于是，她们将记忆中的细枝末节一股脑儿地倾诉了出来。

有些来信者说，第一次读《飘》是那时生活中的头等大事，甚至很多正事都因此被耽搁了。1936年，珍妮特·拉斯卡其（Janet Ruskatch）从图书馆借了一本《飘》，"我至今仍记得，那时天气寒冷，为了省钱，白天家里是不会生炉子的。我腿上盖着小毯子，蜷缩在厨房的桌子旁，读得入迷。我完全忘记了时间，直到听见我丈夫转动钥匙开门的声音，我才如梦初醒。"J.E.汉考克太太（J.E.Hancock）第一次读《飘》是在1944年，那时她还是个学生，在家照顾生病的妈妈。她把土豆烧煳了，就因为她"正忙着帮斯嘉丽给梅兰妮接生"。

电影《飘》时间超长又受万众瞩目。对它的首映，人们充满了兴奋感与仪式感。这也证实了这部电影对战时特定群体的巨大影响。西尔维娅·金（Sylvia King），小时候住在康沃尔郡赫尔福德河边的一个小村庄里，她回忆了那天的情景：

那天，我们十个孩子放学回家，爬过陡峭的小山山顶时，撞见了我们的妈妈们。她们一路欢声笑语，爬上山来。

我们都惊呆了——妈妈们要去哪儿？发生了什么事？

至今，我仍能回忆起那种目瞪口呆的感觉。那是自欧战胜利日以来，妈妈们人生中最重要的日子。她们一起步行了一英里，赶当地的公共汽车，去了五英里之外的费尔毛斯，看完《飘》之后，再打车回家。为了这件盛事，她们节衣缩食了好几周。那天，爸爸们也早早地回了家，做做家务，打理花草，并照顾孩子们。

A.M.林赛太太（A.M.Lindsay）记得，战争期间，她的妈妈和女友们也如此兴奋过。为了安定的生活，这群女人是从埃及坐船移居到南非的。她们相约去德班市看了《飘》。由于电影很长，她们在第二天乘坐运奶火车返回，一路上欣喜若狂。在这两种情况中，由于电影超长，需要一些特殊的交通安排。这样，女观众们就不会错过电影的结局。这两位来信者都描述了一群女人在成群结队地参与一场文化盛事时那种美妙的期盼与兴奋。西尔维娅·金和林赛太太共同指出，在20世纪40年代，女人们将某些电影看成对她们特殊的奖励，因为她们可以暂时抛开丈夫与孩子。过去，爸爸们不可能经常早早回家照顾孩子，外籍女子也不可能经常在外面过夜。这些女人对电影的追求，使社会和夫妻的关系产成了微妙的变化。

《飘》的"独特"魅力在于，对许多女性来说，拥有一本《飘》，或者能借到《飘》（特别是年轻一代）这本书或录像带，绝对是一件意义非凡的事。尤其是第一版《飘》的价钱很多人都担负不起，其副本就显得弥足珍贵。于是，许多人从朋友、同事、私人或者公共图书馆那里借阅，还有的与他人合买。海尔妲·弗莱彻（Hylda Fletcher）写道，1940年，她在过16岁生日时，收到了一张5先令的书券。于是，她花了4先令6便士，买了一本最便宜的《飘》。那时，她每周的薪水不过19先令6便士。由此可见，那时的许多女性根本无力拥有一本《飘》。1942年，玛歌·考克斯（Margo Cox）从一家商业借书馆里借了一本《飘》，付了3便士，借期两周。第二年，她的丈夫花了7先令6便士买了一本，"以这个价钱买书，在那个年代真是一笔不小的数目。"第二次世界大战之前，多丽丝·布莱希特（Doris Brecht）和她的丈夫曾在西汉姆公共图书馆做助理。据他们回忆，1936年，《飘》出版时，预约借阅的名单排了一长串。由于每个图书馆里只有一本《飘》，不可能在借阅者之间轮流借阅。他们必须等到战争结束，才能自己借到一本。许多来信者表示，他们特别感谢父母、丈夫或者姐妹送自己一本《飘》作为圣诞或者生日礼物。这些书，有许多已经卷了边、包了书皮、贴满了胶带，甚至重新装订了！很多书上还写有题词，纪念某些特殊事件。维娜·各兰特（Verna Grant）在扉页上记下了她每次重读的日期。几位来信者因为丢失或者借出的《飘》倍感失落，热切盼望它能重回自己手中。《飘》是很多人拥有或者读过的最长的书，而且是他们多次阅读的极少数书籍之一，对很多人来说，甚至是唯一一本多次阅读的书。许多人极少反复阅读同一本小说，甚至觉得这有点儿丢脸。而《飘》是一个例外。

电影《飘》首映后，去看这部电影，跟读到这本书一样，是一件奢侈又费时的事情。在20世纪40年代早期，伦敦的一张电影票价格在1先令10便士到8先令6便士之间。在其他省市，价格在4便士到1先令6便士之间。由于《飘》的片长，其电影票较其他电影还要贵一些。弗雷达·乌拉德（Freda Woollard）回忆，1943年，她花了2先令4便士去看了这部电影。当时，她只是一位办公室初级职员，每周的薪水是15先令。有几位女士在信中提到，早些年，她们根本没钱看这部电影。对20世纪40年代的观众来说，这是她们看过的最长的电影，第一部有中场休息的电影，也是第一部需要预约或提前排队买票的电影。一般来说，只有剧院里才有中场休息，而电影放映是不会中断的。有些来信者提到，看这部电影时，为了保持精力，观众们都会带着三明治、茶水等。另外，晚场电影结束之后，大部分公交车已经停运了，观众们不得不步行很远的路回家。所有这些，使得观看电影《飘》成了一个壮举，当然也是一件大事。难怪如此多的女士们还能记得第一次观影的详细经过！

随着录像机的出现，《飘》的观看方式也发生了天翻地覆的变化。影迷们喜欢隔一阵子就重温一下这部电影。有了录像机之后，只要按一下开关，电影播放就在眼前。那时，很多来信者立马购进了录像机或者电影的录影带。于是，在大屏幕前观看电影的仪式感荡然无存。不过，人们可以更多地享受到在家欣赏影片的乐趣，孩子们也更有机会早早地了解《飘》。

有些《飘》迷积攒了她们阅读或者观看《飘》的相关纪念物，以证明她们对《飘》的特殊情感。给我来信的人中，不少人收集了剪报、剧照、印刷品等，而且不放过任何一个参与讨论《飘》的机会。她们信件的长度、细节，她们对我的研究流露出的兴趣和忌妒之情，无不证实了她们的这种"爱好"。有些人的热情还激发了创造力。佩内洛普·惠尔赖特（Penelope Wheelwright）曾为麦洛戏剧公司写过一部剧，名为《随他而去》。这是一部反海洛因的戏剧，以伦敦南部的一噇公寓为背景，主角是一位年轻的女瘾君子。她吸毒时，幻想着自己就是斯嘉丽，海洛因是她的阿希礼，借给她钱的那个"骗子"供应商就是瑞德。大卫·科普森根据电影的剧照，为费雯·丽扮演的斯嘉丽画了一幅油画。许多人在来信中讲到，家人们如何以戏谑的口吻讲小说和电影中的重点台词或表演其中的场景。有位女士写了一部滑稽模仿剧《飘离锡德卡普》（*Gone with the 2 26 from Sidcup*），使得这部小说更加接地气儿了。

把《飘》带回家

这50年以来，《飘》的纪念品生意一直红火。这的确满足了人们想要拥有一件物品的愿望，以铭记对《飘》的热爱之惰。

《飘》首次出版之后，美国的大街小巷火爆流行着电影《飘》中的衣料，如斯嘉丽绿、梅兰妮蓝，还有连指手套、帽子、粉扑、古龙水、书状的美甲、印有小说场景的墙纸等。一家匹兹堡洗衣店打出了"随水而飘"的广告语；亚特兰大动物园里的四只新生狮子幼崽，分别取名为斯嘉丽、梅兰妮、阿希礼和瑞德。等到电影首映之后，又流行起了《飘》的人物玩偶、儿童假面舞会的服饰、室内游戏和钢笔等。①

从那以后，贺卡、拼图、收藏盘、棋类游戏、书籍、海报和版画、红极一时的费雯·丽和克拉克·盖博的影像等源源不断地被售出，商家可谓利市三倍。美国大格拉尼特公司发布了一份"《飘》及美国内战纪念品"目录册，其中包括一些出版物，如《〈飘〉101事》《舌尖上的〈飘〉》《〈飘〉节目单》（首版的重印版）、《〈飘〉的历史图片》等。这家公司推售了一系列海报，有玩扑克牌的瑞德、真人大小的克拉克·盖博、瑞德在战火连天的亚特兰大拥抱着斯嘉丽，还有对这一场景的滑稽模仿——罗纳德·里根在核战争爆发时拥抱着玛格丽特·撒切尔。公司还推售印有电影场景的明信片以及电影剧照系列的纪念邮票。另外，公司还出售瑞德和斯嘉丽的同款扇子、《飘》录像带、南方战场遗址上遗留的美国内战旗帜和扣子。只要79.95美元，你就能从好莱坞电影收藏家那里得到一套六本的《飘》服装设计册，册

---

① 赫布·布里奇斯："坦白说，亲爱的……"《〈飘〉之大事记》，美国佐治亚州，梅肯市，梅瑟大学出版社，1986 年。

子上有电影服装设计师沃尔特·普伦基特（Walter Plunkett）1983年离世前的签名及编号。再花195美元，你就可以有幸得到一个精美的富兰克林传家宝娃娃——斯嘉丽素瓷娃娃。娃娃19英寸高，身着绿色双绉裙，并附有米高梅公司签发的真品证书；或者，你可以买到一个《飘》的人物蜡像。这个蜡像系列由保罗·克里斯（Paul Crees）制作，他曾以新娘斯嘉丽蜡像在1984年第一届世界原创娃娃艺术家大会上获奖。埃德温·诺尔斯的八个《飘》收藏盘，自1978年面世以来，价值倍增。而我家花园里，六株斯嘉丽·奥哈拉水仙花，娇红蕊，鹅黄瓣，艳丽动人。

　　洛里·汤森德夫人在信中告诉我，她和她美国的好朋友一直互送生日礼物，这些礼物都与《飘》有关。她曾经送给这位朋友一个从伦敦买的购物袋，袋子上印有《飘》里的语句。在纽约的街头，有好几个人拦住她，问她这个袋子是从哪里买的。在美国，其他流行的纪念品还有1 000块的《飘》拼图、大号枕巾、首端印有"明天又是新的一天"的便笺等。汤森德夫人这样描述她家的盥洗室：

　　　　有25张装裱的《飘》宣传剧照……架子上全都是《飘》的相关书籍，其中有一本是涂色书，书里的图片是费雯·丽在《飘》里穿过的所有服装。盥洗室的窗帘是带有《飘》图案的大毛巾做成的。墙上贴着《飘》的明信片、情人节立体卡片、海报，还有一张海报是里根抱着撒切尔夫人，模仿

《飘》里瑞德抱着斯嘉丽的场景。

希拉里·哈里斯（Hilary Harris）给我寄来了照片，展示了她的收藏品，有费雯·丽和盖博的传记、《飘》的英语和法语明信片、三卷本的法语版小说《飘》，还有色彩斑斓的费雯·丽纸娃娃。J.弗莱彻夫人是一位《飘》收藏盘的狂热收集者。她在信中提到，有一位收集婴儿车的朋友，在拍卖会上买到了电影《飘》中的婴儿车——瑞德曾经用它推着邦妮，在亚特兰大的街上散步。

最狂热的《飘》纪念品收藏家是亚特兰大的赫布·布里奇斯。在他家宽敞的阁楼里，各式各样的纪念品，可谓独一无二。有小册子、海报、玩偶、瑞德人形书立，有各种语言的小说《飘》，从希腊语到泰语，大约500册，还有各种"碧西薄荷糖"。显而易见，同其他的纪念品产业一样，尤其是与电影相关的，美国生产的《飘》纪念品数量远超英国。许多来信者的收藏品，都来自美国朋友的赠送，也有的是去美国时购买的。

根据《飘》里的名字给孩子、宠物甚至家宅命名，是《飘》迷们纪念《飘》的另一种主要方式。有好几位女士的来信就寄自"塔拉"，其中有一位德国的丹尼斯·考克斯（Denise Cox）夫人，她在信中写道：

我的第一个家是一栋小别墅，它有个亲切的德语名字"Tarachen"，意思是"小塔拉"。现在，我们已经搬了五次家，家人仍然称现在的家为"小塔拉"。我们并不把"小塔拉"作为邮寄地址，因为我喜欢每次搬家时都保留着这个名字。或许有一天，我们会住到一个和"塔拉"一样大的房子里，那时候我们就能去掉那个"小"字了！

许多女士告诉我，她们的名字是梅兰妮、邦妮，她们的孩子叫阿希礼、斯嘉丽或者费雯等，这些名字都源自她们最喜欢的《飘》。当然，也有好几个女士坦言，她们的丈夫拒绝称呼这些名字。还有位来信者说，她一直想有个儿子，给他取名阿希礼，但却生了个女儿，而"斯嘉丽这个名字就有点儿强势了"！

莫尼卡·琼斯（Monica Jones）夫人曾经在报纸上读到，在《飘》风靡之时，一个美国女人生了三胞胎，分别取名为"刚""伟""文德"（分别为《飘》英文标题中的三个单词）。这个世界上的猫猫狗狗，估计有很多都是叫瑞德、斯嘉丽、皮蒂之类的名字。每次提到《飘》，J.E.汉考克（J.E.Hancock）就会伤心一阵子，因为以前她养过的第一只爱犬就叫塔拉。现在，她正考虑养一只猫，"我还没有找到猫，也没有想到合适的名字。斯嘉丽这个名字比较适合猫，对吧？"帕特里夏·安德鲁斯（Patricia Andrews）在信中是这么写的：

我一直都用《飘》中的人物名字来给我的猫取名，20年前我就开始这么做了。那时，我的男朋友是一位美国内战研究专家。遇到他不久后，我想养一只猫。后来，我见到的第

> 一只猫是一只灰色的小猫咪。我男朋友说："呀，一只来自南方的猫。"于是我便收养了它。听说猫咪的妈妈比较滥交，我们便叫它贝尔，取自《飘》中贝尔·沃特林（Belle Watling）的名字。后来发现，贝尔其实是一只羞涩安静的猫，真是名不副实，可怜的小东西。

从以上所列的部分信件中可以看出，来信者在讲述她们这种取名的做法，尤其是给宠物取名的趣事时，语气轻松愉快。与我这个素未谋面的人通信，分享这些私密旧事，她们有点儿难为情，又有点儿紧张，有点儿开心。与此同时，这些旧事承载着她们独有的快乐和痴迷，在她们的记忆中愈发清晰起来。有些女性并不把浪漫或历史小说当作主要读物，只是在私下里读一些。把小说里的名称用到身边亲密的人或物的身上，这种微不足道的行为，却展现了她们的个人力量和自信。

共同的经历与特殊的年代

欣赏《飘》，并不仅仅是一种个人或者私密的行为，也绝不局限于任何一位读者或者观众。这是万千女性之间共有的快乐，是母亲们、女儿们和朋友们之间的纽带。很多女性第一次阅读或者观看《飘》，是因为受到了某位女亲戚或女同事的启发或引导，这种事并不少见。像我一样，因为母亲的介绍而知晓了《飘》的来信者不在少数。还有一些妈妈说，她们早就跟女儿们分享过自己对《飘》的热爱，极个别的人还特别提到，她们的丈夫或者父亲也有同样的热情。波林·莱利（Pauline Riley）也不例外：

> 1945年，我14岁时，第一次读《飘》。那时，我所有的女性朋友们都已经读过或者重读了这本书。对于《飘》，大家不仅仅是喜爱，更近乎痴迷。每个人都会引用斯嘉丽说过的话，尤其是"我明天再想那件事"，这句话我月了40年。在我家厨房里，挂着一块我从美国买的装饰板，上面就有这句话。我对这本书的热爱感染了我的两个女儿，她们现在已经长大成人。她们的朋友如果有谁还没读过《飘》，就会被迫去读一读。对她们初次阅读的感受，我是多么的羡慕！现在，我的孙女也已经六岁了，再过一阵子，我也会跟她分享《飘》。

雪丽·罗滨逊（Shirley Robinson）回忆了她和妈妈、姐妹们抢夺《飘》的场景，她们都对这本书爱不释手。那本破旧的1940年版的《飘》，现在归她所有，她的妈妈也已经故去。霍纳·刘易斯（Reina Lewis）和她的妈妈曾经为斯嘉丽是否赢回了瑞德的心争得面红耳赤。很多妈妈们迫不及待地给青春年少的女儿介绍《飘》，还有极少数介绍给了她们的儿子。有一些妈妈担心她们的孩子不会喜欢《飘》，结果惊喜地发现，她们的孩子也成了《飘》的狂热粉丝。一部分来信者表示，《飘》给她们提供了一片宁静的领土，在那里，妈妈和女儿可以和平共处。伊丽莎白·海恩斯（Elizabeth Haynes）写道："第一次看电影《飘》，我是和妈妈一起去的。在我叛逆的青春期里，《飘》是一个我们母女可以共同探讨的话题。"

　　妈妈和女儿对《飘》有共同的热爱，这并不能一概而论，只有一两个来信者谈到了这种情况。洛里·汤森德在信中说："通常，作为父母，只要是你喜欢或者赞同的东西，或多或少地，你的孩子会对它嗤之以鼻。"有几位女士称，起初她们拒绝喜欢《飘》，只因为那是妈妈推荐她们看的。尽管后来她们也爱上了这本书，但那完全是出于自己的内心选择。有位女士烦透了她的妈妈天天念叨《飘》，她第一次读这本书，是在去了加拿大与表姐妹们住在一起之后，那时她已经14岁了。在琼·卡茨（Joan Cutts）的童年里，她的妈妈和阿姨们也常常讨论《飘》，还不惜排队去看这部电影，而她自己却觉得，这部电影"又长又无聊"。她第一次去看，大概也是在胁迫之下。长大成人之后，她重新看了这部电影，现在已然成了《飘》的忠实粉丝。洛里·汤森德的妈妈对这部作品颇有微词，对女儿的痴迷、孙女们的热情，都强烈不满。不同的是，温迪·伊万斯（Wendy Evans）说，这部电影代表了"我和妈妈之间最根本的差异或矛盾。在我小时候，妈妈到处颂扬这部电影，认为它是一个爱情故事，到现在也不肯承认，电影其实也反映了其他问题"。还有相当数量的妈妈、女儿和姐妹们，醉心于对《飘》的交流，乐此不疲。

《飘》也是维系朋友关系的纽带。有几位来信者说，她们和朋友或同事一起读这本书，常常会引发有趣的聊天，讨论谁能扮演电影中的主角。这种共享，有一部分是经济原因，尤其是在战争期间，这部书和电影票都很昂贵，只有城里人才能读到或者看到。战争爆发之后，伊丽莎白·米尔斯（Elizabeth Mills）得到了一本《飘》，为此，她欣喜不已：

> 在我工作的实验室，这本书被轮番借走，似乎永远也轮不到我读。当然，这本书不是"共有的"，但是 那时大家都很拮据，买书几乎是不可能的事。因此，书被借出去了，而我，被排在了最后！

战争期间，伊迪丝·霍普（Edith Hope）在一家工厂工作。她给我讲了一件在那期间发生的事：

> 有位姑娘跟我一起上夜班，她看过电影《飘》。每次夜班，我们一边在机器前工作，她一边给我讲上一小段儿。我特别期待每天的夜班，盼望能听她讲电影的下一段。

1943年，让·达比（Jean Darby）买了一本《飘》。她把这本书借给了她的朋友奥丽芙。后来，在第二艘V–2型火箭袭击伦敦时，这位朋友不幸离世。这部电影，总能让她想起她的"好朋友奥丽芙"。

后来，年轻一代的女性们再读《飘》，虽然版本不同，对它的热爱之情，却与前辈们如出一辙。玛丽恩·舍恩菲尔德（Marion Schoenfeld）的经历，我认为是相当普遍的：

> 我第一次读《飘》，是和一位朋友一起。那年，我们都11岁。我说"一起"，是因为我俩都爱上了这本书。我们背诵了其中的章节，相互给对方朗诵里面的段落，一度把它当作了人生的指南。

1985年圣诞节期间，克里斯汀·吉本（Christine Gibbon）和她的朋友们把这部电影看了一遍又一遍。她们都觉得，这部电影是那年的年度最佳电影，1986年，是她们"收获的一年"。她们将以斯嘉丽为典范，面对未来的人生、大学生活和工作调动。

把《飘》作为励志小说，鼓励自己面对人生变故，这么做的，不仅是克里斯汀·吉本和她的朋友们。在我收到的来信和问卷中，许多女士提到，在人生的关键时期，她们从《飘》中获得了莫大的慰藉、力量和支持。《飘》与她们人生中的特殊关系和时期密切相关，被她们称为"一位老朋友"。我收到的两封信件很好地诠释了这一点。玛格丽特·安德鲁斯（Margaret Andrews）提到，她19岁那年，第一次离家外出工作时，十分想家："当我看到电影院正在放映《飘》时，便冲了进去，见了我所有的好朋友。这缓解了我想家的情绪。"

吉莉安·丹沃德18岁生日时，收到了一本《飘》，她在信中抒发了对它的情感：

> 我至今仍保留着这本书，虽然它已经被翻烂了，书页上沾满了泪痕、茶渍、啤酒渍、番茄酱汁。它跟随我走过了在阿伯丁教师培训学院念书的日子。正是在那里，我和朋友们成了《飘》的忠实粉丝。在本应该去上课的时间里，我们喝着杜松子酒，读着《飘》；在破旧的电影院里，看下午场的《飘》。多么难忘的记忆！《飘》有了录影带后，下午看《飘》成了一件纯粹的乐事。零食、酒、手帕都被堆在地板上，大家静静地看着电影，只偶尔发出吃东西、抽泣的声音。

对许多来信者来说，《飘》有它自己的生命，对它的热爱，矢志不渝。《飘》是她们最值得信赖的好朋友，陪伴她们熬过了无数不眠之夜，走过了孤独无助的日子，忍受了性与情感上的挫折与欲望，经受了国家动乱和个人焦虑。

许多读者第一次读《飘》的经历在她们过去的人生中留下了弥足珍贵的回忆。她们人生中那些情意绵绵的日子，或者与爱人、朋友一起的重要时刻，都与《飘》有密切的关系。人们常常饱含深情地回忆电影《飘》，因为第一次与女朋友、男朋友或未婚妻、未婚夫约会时，看的就是这部电影。1938年9月的某天，K.I.汤普森（K.I.Thompson）太太收到了一本《飘》，直到她结婚的那天早上，她还在赶着读完它，因为度蜜月时带着书太重了。然而，这本书对她早期的婚姻生活产生了什么影响，她并没有具体说明。从收到的信件里，我还了解到，许多女人在《飘》的帮助下生下了宝宝。尤其在20世纪四五十年代，女人生完孩子后，要在医院待两周之久。这样，她们就有了大把的时间阅读。凯特·福勒（Kate Fowler）在生孩子的时候正读着这本书，她觉得那是"减轻生产之痛的妙方"。而罗赛特·贝斯蒙（Rosette Besman）的妈妈却不想让她看这部电影，因为里面有梅兰妮生孩子的镜头，怕罗赛特看了之后对生孩子产生恐惧。贝尔·帕森斯（Pearl Parsons）却以幽默的口吻讲述了她子宫切除手术后在医院休养时的经历：

> 我正读得入迷，直到听到其他病人的呻吟声，我赶紧用手捂住了书名（*Gone with the Wind*），因为病人做完这种手术后，特别怕"风"（wind）。

年轻一点的女性，特别是在20世纪三四十年代读过《飘》或者看过这部电影的女性，最为看重其中的低俗、色情元素。

当时，这部作品被大人们视为禁书。对一些家庭和学校来说，《飘》似乎只是一本牛皮纸封面的书。于是，当发现琼哈·博尔德（Joan Hubbold）正在读这样"恶心"的书时，她的妈妈惊恐万分。有两个来信者，其中一个用图书券买了《飘》，另外一个学校奖励了她一本《飘》。当她们把《飘》带回家时，多带了一本基督教书，以缓解大人们的抵触情绪。电影《飘》首映后，天主教教会将其评定为B级，认为这部影片中塑造的人物品德低下、行为低俗，"在道德上令人反感。"直到1986年，教会对这部电影的评价才有了很大改观，认为它"对成年人和青少年来说，道德上无可非议"。①马蒂尔达·波普尔（Matilda Popper）就曾在修道院学校被告诫不允许去看这部"不道德"的电影。学校为此还召集了班长们轮流值班监管，以防女孩子们偷偷溜去电影院。玛蒂尔达在信中写道，"正是因为学校的明令禁止，使得《飘》这个名字深刻地印在了我的脑海中。它简直就是一颗诱人的禁果。所以，我决定，一有机会就去看这部电影。"

　　然而，也有一些年轻的女性认为，现代的文学、电影和电视节目中常有露骨的性画面，相比之下，《飘》更为含蓄、高雅。伊妮德·梅热斯（Enid Measures）的观点很有代表性，她说："这部电影全家都能看。和家人一起看这部电影，不会觉得尴尬。现在，这样的电影实在太少了。"雪丽·罗滨逊贬斥了现代电影中

---

① 威廉·普拉特，《斯嘉丽热——〈飘〉的电影画册》，第233页。

的"垃圾"画面，赞扬了《飘》对性的含蓄表达。她说，那天早上，斯嘉丽坐在床上，回想着前一晚与瑞德的欢爱，暴力十足却令她满意。"她轻笑了一下，就像一只吃到了奶油的猫咪。那个笑，比现代电影中露骨的画面更加意味深长。"

有几位女性坦言，她们一直以斯嘉丽为模范，或者对她有深深的认同感，以至于家人都笑话她们的痴迷。一位年轻的女士收到的生日贺卡上，都写着"凯蒂·斯嘉丽"收。她一直都盼望自己能穿着斯嘉丽的华服步入婚姻的殿堂。另一位14岁的女孩在看这部电影时，对斯嘉丽的单恋之苦感同身受，一直抽泣不已，这让她的妈妈十分惊讶。还有一些女士，通过对斯嘉丽的认同，自己也变得更加坚强。很多人赞同弗兰西斯卡·沙利文的话："作为一个女孩，我一直把斯嘉丽当作自己的榜样，尤其是她'永不放弃'的人生态度。"很多人也会赞同安妮斯·格鲁菲兹（Annes Gruffydd）的话：

在不同的时期，我多次读了这本书，而且一有机会就看这部电影。我有电影音乐的录音带，时不时地就放来听一听。我发现了其中三件非常具有治愈性的事情……在过去的20年中，斯嘉丽说过的"我明天再想那件事"和"明天又是新的一天"，是对我极其有用的人生格言。

以上两种观点，截然不同又互为补充。可以看出，《飘》影响了女性的意志以及决策。在这两种情况中，女性观众对斯嘉丽强烈的认同感让她们感受到了自己的力量。伊迪丝·D.泰勒（Edith D.Taylor）太太第一次看这部电影是在20世纪40年代初，那时，她正在纽卡斯尔总医院接受培训。她说："从斯嘉丽的身上，我的确看到了我自己。我决心要通过护士资格考试，取得一定的成绩。"而在伦敦大奥尔蒙德街儿童医院受训的帕特·韦斯特（Pat West）却正好相反：

> 我追随着两个最受尊敬的姨妈的脚步，当了护士，以此取悦我的家人们。但是，我不能忍受穿护士服……也不能忍受自己不了解住院的孩子们。而且，我常常害怕承担责任，惧怕凶狠的病房护士长。
>
> 我看见斯嘉丽走进了谷仓，看了一眼伤员，走了！那是我人生中真正的转折点。我突然意识到，我完全可以远离疾病，抛开家人对我的期望。我想，那一刻，我第一次成了一个无政府主义者。我立刻放弃了这一切，离开了那个让我痛苦了两年半的地方。

多变的视角

对不同处境和年代的女性们来说，《飘》慰藉了她们，使她们变得坚强，刺激了她们的情感，又或者说，解放了她们。《飘》给了女人们这一切，甚至更多。然而，这样的印象或情感并非一成不变，它可能会随着时间的流逝而发生变化。这些女性在走向理智和情感成熟的过程中，对《飘》的看法常常会发生改变。或者，一些个人压力或家庭矛盾，阻碍了她们对《飘》纯粹的热爱。许多女性的人生经历，比如亲密的家人离世，尤其是妈妈或女儿，就像艾伦和邦妮的去世，提高了她们对作品的感悟力。年少时，她们对小说含糊的结局无比憎恨；成年之后，却认为这才最贴近生活，对此能完全理解并欣赏了。对于某些女性，岁月消磨了她们的热情。有几位年长一些的女士，在年轻时与幼稚、固执的斯嘉丽十分相似，现在却对那样的斯嘉丽气恼不已。有一些女士，必须对《飘》保持十分的热情，才能禁得起来自家人或朋友的敌意和嘲笑。苏珊娜·纽厄尔（Suzanne Newell）对《飘》的痴迷，在她最亲密的人看来就是一个笑话。所以，她从来不承认自己多次读了这本书，而且，只在身边没有其他人时，才看这部电影。玛格丽特·弗兰奇（Margaret French）也有类似的经历。她的丈夫总是冷嘲热讽，她十几岁的儿子也认为这部电影"非常糟糕"。只有他们不在身边时，她才能真正地欣赏这部电影。

有几位女士，她们对《飘》的态度改变了，是因为她们看待种族问题的角度发生了变化。不止一位女士声称，在成为《飘》迷后的日子里，她们改变了对黑人和奴隶制的观点。那些年轻的反种族主义的女性主义者，对《飘》的反应复杂又矛盾。雷纳·刘易斯写道，她拿到这部小说和电影时，有种"手掌战栗的兴奋感"，却又费尽心思想弄明白，为什么那么多的女性主义者偷偷地看这么一本反动的异性恋浪漫小说。丽萨·福克斯（Lise Fox）说出了很多女士的想法：

> 这本书，种族歧视和性别歧视的色彩明显，矫揉造作。奴隶制、三K党、对白人和女性，尤其是对黑人女性的歧视，都违背了我的政治信仰。对它，我的内心是抗拒的。但是，出于对电影的爱好，我必须承认，这部影片在技术上取得了辉煌的成就，是电影史上的一大成功之作。它的确是一部优秀的作品……我仍将全心全意地为它辩护。这几乎是我个人的堕落，因为我是"左翼"活动的积极分子，参加过核裁军运动，我又一直是个女性主义者。

帕特·理德（Pat Read）认为，虽然电影中并未明确提到三K党的名称，但《飘》为三K党的所作所为辩解，这种行为是可耻的。她又觉得，这种行为虽然在道德上有失公允，却真实反映了那个历史时期人们对三K党的看法。这些看法是那个历史时期真实存在的一部分，就像斯嘉丽16英寸半的细腰和长裤一样。天知道，这个世界仍然遭受着种族歧视的折磨，但美化种族主义，使其变得有趣、光荣、合理，却是十分邪恶的。

来信者们对《飘》的态度发生变化的主要原因，并非她们的种族意识。通常，这些女性们对电视剧版的《飘》极为失望。这是可以理解的，因为电影给人的那种经典、感人、宏伟的史诗般的感觉，在电视剧中大打折扣。毫无疑问，在黑暗的电影院里，从大银幕上观看《飘》，比在灯火通明、热热闹闹的客厅里，从20英寸的电视屏幕上观看，更令人惊叹。我们很难将这种宏伟感的缺失归咎于电影本身，虽然，研究新录影带的产生，探讨从家里的小电视机播放专为大荧屏制作的电影的问题，都是比较有趣的话题。在家一起看这部电影也存在问题：从这部电影的记忆中，一个女人所产生的强烈的愉悦感，常常会在和家人一起观看时遭到破坏。她不能完全沉浸在屏幕中，对电影的情感也产生了变化。对这一点，艾琳·宾汉姆（Irene Beenham）在信中说得很清楚。她描述了电影对她的吸引力，之后，她讲了和女儿们一起坐在电视机前看这部电影的情景：

> 电影开始放映后，我们发现，为了适合电视屏幕，电影中的人物似乎都缩小了。对话显得老土，颜色暗淡，声音也很小。女儿们看不下去了，开始取笑这部电影。过了一会儿，我不得不走上前把它关掉。而它，曾经是我成长历程中非常微小却明亮动人的一部分。

还有几个来信者，为这种缺失感到心酸不已。但有些女士们对《飘》的感觉一如既往，她们知道，这部电影是她们的"老朋友"，它将永远在那里。

如今，由于大众营销和电影录影带的销售，很多书的销量超越了《飘》，有些电影也获得了更高的票房利润，吸引了更多的观众。但是，50多年来，《飘》在大众的想象和记忆中，似乎一直屹立不倒。各种各样的商业手段或个人方式，使《飘》拥有了一系列大众的、个人的意义和联想，这些确保了它在人们心中长远地存在。

那么，我们该详细地探讨一下这部杰作了。从前文提到的逸事和简短的信件引用中，我们可以看出，对不同年龄、不同阶级和不同教育背景的女人们，《飘》激发了她们的认同感，愉悦了她们。在接下来的章节里，我将从小说和电影的方方面面来阐释这部作品对女性读者和观众产生的巨大影响。我所选择的话题，都是来信者回复最多的，也是她们观点最为强烈的。因此，本书的部分章节主要关注作品中最吸引人的人物——斯嘉丽·奥哈拉，剖析男主角具有争议性的性格和强势的本性，讨论作品隐晦的结局，并对作品中极具争议的，甚至让读者和观众困扰的问题，即黑人人物和种族问题进行探讨。最后，本书将探究女性对历史小说和电影的普遍态度，探究《飘》的历史叙述视角及我们对此的反应，并了解一下针对玛格丽特·米切尔和《飘》开发的旅游业和遗产产业。

首先，我将谈一下这部伟大作品的核心人物——玛格丽特·米切尔。她一直是许多传记、文章和电视、电台节目谈论的话题人物。尽管她没有自传，但她的两卷本书信已印刷出版。通过对米切尔的探讨，我希望能阐释出，这样一位在20世纪二三十年代写作的女性，如何写出一部吸引了众多女性的书。我将着眼于米切尔所处的年代、城市、阶级、宗教和种族，分析她的偏见、恐惧和观点是如何在一定程度上影响了女性读者的反应。大部分关于米切尔和《飘》的评论性文章，作者都是男性，他们并不关注女性主义的问题，对影响了米切尔的女性作家或者米切尔借鉴的女性作家，他们并不了解。而米切尔能够写出一部对万千女性意义重大的作品，这并非偶然，她有优秀的前辈，也做了大量的实践。因此，我将着重关注她与早期女性作家们之间的关系，以及女性问题对她写作的影响。

第三章

创造非凡的女人："亚特兰大的玛格丽特·米切尔"

我是亚特兰大的玛格丽特·米切尔，《飘》的作者。很久以前，我就不再认为《飘》是我个人的作品。《飘》反映了亚特兰大人的观点，是亚特兰大的书，是亚特兰大的电影。

——玛格丽特·米切尔，信件集

《飘》出版后，在评论界和流行小说界都取得了巨大的成功。它的作者米切尔曾经做过记者，是一位低调的家庭主妇。人们对她就像对待电影明星一样。摄影记者、采访记者、书迷们，都堵在她家门口。"唉，我安静平和的生活哪儿去了？"她叹道。她惧怕自己没有了隐私，惧怕那些来访者提出的粗鲁的问题。对这个女人，大家充满了好奇。她貌不惊人，身高不足五英尺，之前从未发表过任何小说，却写出了一部经典的史诗之作，使整个世界为之震动。自这部小说首次出版后，成千上万的人都想要查实，这位只写了一部小说的作家到底是谁？她是怎么写出一部轰动全球的畅销书的？由于米切尔想要保护自己，保护她的家人，不愿意将自己暴露在公众之下，读者、评论家和朋友们对她也只能雾里看花。1949年，米切尔去世。从那之后，传记作家对她的生平也无从了解。[①]

　　玛格丽特·米切尔讨厌生活受到干扰，讨厌为盛名所累。然而，她从未雇佣任何经纪人帮她应付各种采访或接待来客。甚至，《飘》出版十年了，她都没有一个不被公开的电话号码。正如许多人描述的那样，米切尔为人谦虚低调，又非常骄傲，对她的作品有极强的占有欲。她拒绝接受采访或撰写传记类文章，拒绝与电影制片人合作；另外，她写了一封封愤怒的长信，讨伐那些评论她和她的作品的人，对电影的拍摄进度、演员，甚至对演员的口音和电影背景，都有浓厚的兴趣和强烈的操纵欲。

　　米切尔从未写过自传，但在大学时，她给她的朋友艾伦·伊迪（Allen Edee）写了一系列信件，透露过自己的一些情况。从《飘》出版到她去世的13年间，她给《飘》迷、评论家、朋友甚至陌生人写过大约两万封信。有几封信的开头是这样写的：“我是亚特兰大的玛格丽特·米切尔，《飘》的作者。”正如她的传记作者们所说，在很多方面，《飘》这个故事的起源和成功，就是米切尔的人生故事的写照。这一点不无道理。米切尔出生于亚特兰大一个中上阶级的白人家庭，这个家庭有着坚定的爱国主义

---

　　① 两本关于玛格丽特·米切尔的长篇传记：菲尼斯·法尔，《亚特兰大的米切尔：〈飘〉的作者》，纽约，威廉·莫洛出版社，1965 年；安妮·爱德华兹，《塔拉之路：玛格丽特·米切尔的一生》，伦敦，霍顿和斯托顿出版公司，1983 年。米切尔的研究学者达顿·艾斯伯瑞·拜隆承诺，他将写出第三部关于米切尔的传记，这将是最详尽、最贴近米切尔的一本传记。这本书出版的时候估计我已经写完了这本书。同见玛格丽特·米切尔，《一台荒废的发电机：给艾伦·伊迪的信（1919—1921）》，简·邦纳·皮科克编，亚特兰大，桃树街出版社，1985 年。

精神。在亚特兰大家里的门廊下，她常常一坐就是数小时，听别人讲述她这个阶级的苦难以及成功。显然，她把这些故事写在了小说里。还有一点也是毋庸置疑的，除了《飘》之外，米切尔再也没有写出其他小说，用她自己的话说就是，她的精力都用在了"应付《飘》带来的一切"上。[①]她的传记作者们都认为，她的人生注定要发表这部写了十年的书，她的人生因此圆满，也从此告终。她最近的传记作者安妮·爱德华兹（Anne Edwards）认为，从《飘》出版之后，米切尔的心智和情感都停止了成长。她的人生就只剩下回应来信者、处理国外版权协议和应付一群追随者了。

佩吉·米切尔与潘西·奥哈拉

玛格丽特·米切尔的人生跌宕起伏、困境不断，她自己或者家人常常缠绵病榻、身体羸弱。从1936年开始，她的人生被一本书和一部电影所操控，直至1949年，她的预言成真，一场交通事故夺走了她的生命。1900年，玛格丽特·米切尔生于一个律师家庭，家境殷实。她的先辈们属于南方联邦，祖居亚特兰大，家人一直以此为傲。在美国内战期间，她的外祖父母曾拒绝逃离亚特兰大，他们家的房子曾经被征用为军队医院。她的姑奶奶，一个

---

① 菲尼斯·法尔，《亚特兰大的米切尔：〈飘〉的作者》，第154页。

十分擅长讲述佐治亚州和近代历史的人，以前居住在克莱顿县琼斯伯勒附近的一个农场里，那个地方就是塔拉庄园的原型。小时候，米切尔经常参加纪念亚特兰大同盟军阵亡将士的游行，学唱内战歌曲，了解战争的史实。她还常常被迫去听别人的大讨论，听他们讲战斗中受的伤、腐烂的气味、臭名昭著的谢尔曼将军火烧亚特兰大，还有战后重建期的苦难，一听就是好几个小时。在一次电台广播中，她曾经说：“我从别人的嘴里了解到了这个世界的一切，除了美国南方输掉了战争这件事。”[①]这种对南方的自豪感，对佐治亚州、对家乡亚特兰大的自豪感，伴随了米切尔的一生，给了她政治动力，激励她写下了《飘》。从其他方面来说也是这样。她被家人亲昵地叫作佩吉（Peggy），是忠诚于旧南方的女儿，一身南方淑女派头。她的后半生也一直安于传统南方淑女的命运，是一个孝顺的女儿、全职太太，也是一位扶贫济困的善心人，尽管她自己也经常生病。

如果说米切尔在晚年变成了不安分的梅兰妮·威尔克斯，那么她一定经历过斯嘉丽·奥哈拉经历过的生活。她的父母比较保守，想把她培养成一位社交名媛、一个艺术爱好者，即使结婚了，也会和父母住在一起。然而，佩吉在大事小情上都比较叛逆，比如她的第一次婚姻。长大后，她和家人一样，对当地的历史和事务十分热衷，她曾在马萨诸塞州北安普敦的史密斯学院

[①] 菲尼斯·法尔，《亚特兰大的米切尔：〈飘〉的作者》，第 30 页。

学习过一段时间，后来一直住在亚特兰大，离家人不远。在史密斯学院读大一时，她的妈妈去世了，她便回家照顾她的父亲尤金（Eugene）和哥哥斯蒂芬斯。在接下来的几年里，她孝顺父亲，是一位社交名媛，还是一位有点新潮的女郎。她经常举办聚会，能喝酒，会吸烟，善于调情，舞蹈狂野，曾经引发了不小的轰动。有一次，她穿着一件开衩的丝绸衬衫和黑丝袜，跳了一支阿帕希舞，从此便被青年联盟俱乐部的女士们冷落。这个俱乐部在当时很有影响力。后来，在《飘》的首映礼上，米切尔也冷落了她们，算是报复了。

　　米切尔身边不乏追求者，她先后嫁给了她的两个合租室友。一个是雷德·厄普肖（Red Upshaw），他潇洒、性感，是个走私酒贩子；另一个是约翰·马什（John Marsh），他为人正派，带点儿书生气，是一位严谨的记者，后来成了一名广告人员。1922年9月2日，雷德和佩吉结婚。婚后，雷德似乎常常酗酒并虐待佩吉，两人为一些往事争吵不断，佩吉又坚持和她的父亲住在一起。这段婚姻仅仅维持了几个月。这段失败的婚姻，加上雷德的离开，使得佩吉不再关注那些新鲜刺激的事情。离婚后的几个月，雷德回到亚特兰大，在佩吉的卧室里侮辱了她，也有可能是强奸了她，这使得佩吉的心灵受到了重创。尽管如此，她还是振作了起来，抛弃了之前那种肤浅的生活方式。她说服了《亚特兰大日报》（Atlanta Journal）的男领导们，受雇成了一名新手记者。1922年12月到1926年5月，她全职在那里工作，并取得了不错的成绩。1925年，她再婚之后，还一直在那里工作。她第一次结婚时的伴郎约翰·马什，是她的第二任丈夫。约翰不像雷德那样不思进取，他在格鲁吉亚电力和照明公司的广告部门工作。从米切尔的传记和信件中可以看出，这两个人十分默契，约翰负责赚钱养家，佩吉辞职在家。虽然佩吉很享受工作带来的刺激，享受当地的人们对她的认可，但是后来她扭伤了脚踝，疼到无法上班。在她的余生里，她一直抱怨自己疾病缠身、事故不断，家人和朋友也是如此。因为这些疾病和事故，她无法外出工作；也是因为这些疾病和事故，在《飘》成功之后，她再也没写出其他东西。

　　米切尔的传记作者们认为，佩吉·米切尔的人生显然与《飘》中的元素密切相关。小说中两位主要人物的名字——潘西（斯嘉丽的原名）、瑞德与佩吉、雷德非常相似。雷德·厄普肖看起来就是瑞德·巴特勒的原型。他性情多变、精力十足、行为粗暴，靠贩私这样的非法暴利活动赚钱。瑞德在床上强行占有了斯嘉丽，就是雷德性虐待米切尔的写照。安妮·爱德华兹在她的传记中说，米切尔的心灵因此受到了创伤，而在小说中，斯嘉丽却从中获得了性满足。潘西就像佩吉·米切尔一样，徘徊于对南方女性的不同定义中。她所处的年代对女性的态度，让她难以接受。梅兰妮是以佩吉同时代的女性为原型的，而艾伦很显然是为了纪念佩吉的母亲梅贝尔。斯嘉丽从亚特兰大回到塔拉后，目睹了父亲杰拉尔德·奥哈拉癫狂的样子；佩吉从史密斯学院回到家里，参加母亲的葬礼时，她的父亲尤金也是这种状态。母亲梅贝尔去世后，佩吉不得不振作起来，收拾家中的残局，就像斯嘉丽曾经做过的一样……

小说中，有许多元素与米切尔的个人生活雷同，这是传记作家们非常乐见的；也有些元素与当地或国家的状态类似，这是评论家们所热衷的。尽管这部小说写于20世纪20年代，发表于30年代，许多人仍然认为，这是米切尔为美国经济大萧条期撰写的励志小说，鼓励那些遭遇1929年华尔街股灾的人们，要相信自己能够渡过困境，迎来"新的一天"。还有一些人称赞了《飘》，认为它警告了日益壮大的共产主义，坚守了传统的价值观和资产阶级的道德。激进的记者们认为，亚特兰大三K党的复兴是一种不祥的信号，这部小说的出版，就像亲三K党派的电影《民族的诞生》（*The Birth of a Nation*）一样，再次煽动了人们的种族仇恨情绪。有的人或许会觉得，这部小说对女性的新权利以及20世纪20年代的"新女性"做出了回应，并提出了反对。第一次世界大战之后，女性第一次获得了投票权。斯嘉丽似乎一边为自由的愿望和权利欢欣不已，一边又告诫那些冷酷的新潮女性，不要妄想两全其美的人生。

乱世、危机与生存

有个年轻的男子曾经写信给玛格丽特·米切尔，抱怨自己缺乏他这代人本该拥有的安全感。米切尔以玛格丽特·撒切尔的口吻给他回了信，表达了她的一些观点，但是信一直都没有寄出去。信中，米切尔训斥了这位来信者，认为他所期待的那种状态只适合"老年人和身心俱疲的人"；她详细地概述了美国、她的祖辈们、她这一代以及年轻的一代人的历史。那些早期的开拓者们、"与华盛顿一起奋战的年轻人们"、1849年西部淘金的人们、甚至她那个时代"来自收容所的女孩子们"，这些人所期待和渴望的，是冒险、不安定和机遇。从她个人方面来说，她的祖辈们参加过美国独立战争、1812年英美战争、塞米诺尔战争和美国内战等等。这些祖辈们坚韧不拔，常常深涉险境，从不追求安全感。米切尔的母亲，在19世纪90年代中期的大恐慌年代结婚，度过了1907年到1914年的动荡期，又和自己的孩子们一起经历了一场世界大战。这场战争让她看到了"一个光荣的年代灰飞烟灭"。如果她还年轻，肯定也会对所谓的安全感的想法嗤之以鼻。因此，米切尔笔锋犀利，指责了这位来信者及其同龄人。他们活在富兰克林·D.罗斯福的新政下，却认为世界欠他们一种好生活，失去了"勇气与胆识"。而在米切尔看来，这种"勇气与胆识"，正是年轻人应该具有的。

这封语气强烈、长篇大论的信，让我觉得米切尔其实是在训斥自己，因为她自己选择缩到了一个安全网里。她婚姻"稳定"，辞掉了一份具有挑战性的工作，她安于家事，以家庭为生活重心。这一切，都是懦弱的表现。显然，她对自己的懦弱极为不齿。她对年轻人并不宽容，也缺乏耐心，这暴露了她的保守主义思想和作为一名成年人的自负。年轻时，她目睹了她爱的人们一个个离世，经历了一次世界大战，度过了美国禁酒期，遭受了一次撞车事故，经受了美国经济大萧条，更不用说她还经历过一段失败的暴力婚姻，将就着一段安逸却单调的关系。她觉得自己的青春被粗暴地褫夺了，看到年轻人享有某些特权，她就内心愤懑。这个女人，因为惧怕前夫，每晚必定要在床上放一把装满子弹的手枪，一直到前夫自杀身亡。也正是这个女人，在做记者的那些日子里，为"世界上那些悲哀、可怕的事情"震惊不已。[1]

从表面上看，玛格丽特·米切尔撰写《飘》，似乎是源于对自己的阶级、种族以及性别的自信，甚至是骄傲。小说讲述了中上层白人精英的痛苦、失败与成功。他们被视为北方政府和军队报复的主要对象，但是，他们振作了起来，彰显了他们的价值，米切尔的祖先就属于这一类人。我们很容易把《飘》当成一本纪念家庭和阶级的自传式编年史。然而，与电影《飘》不同的是，小说《飘》提出了一个论点。这个论点关乎"旧时代"的本

---

① 菲尼斯·法尔，《亚特兰大的米切尔：〈飘〉的作者》，第88页。

质与价值观，关乎南方人如何对待"旧时代"，尤其探讨了斯嘉丽作为女性存在的代表，现在应该如何活下去。这个论点贯穿了整部小说，在结尾时变得尤为突出。这部小说呈现出一种防守的姿态，从中可以看出，米切尔缺乏安全感，她必须解决那些属于她、也属于她的阶级和种族的问题以及困惑。

《飘》出版后不久，米切尔在写给评论家亨利·斯蒂尔·康马杰（Henry Steele Commager）的信中提到了这一点。康马杰曾经在报上发表文章，对《飘》赞赏有加。康马杰指出，瑞德曾经评价阿希礼这种人，说他"在我们这个混乱的世界里"[①]毫无用处，他认为瑞德的这种评价意义深远。米切尔写信称赞了康马杰，她说，这些话原本是她母亲说过的，她借瑞德的嘴把这些话说出来，指出了这个世界混乱不堪，人们必须依靠自己的智谋重整旗鼓，而阿希礼缺乏这种智谋。那是米切尔六岁的时候，母亲梅贝尔曾开车带她行驶在路上，那是一条"通往塔拉的路"，两旁尽是房屋的废墟。母亲告诉她，每个家庭赖以生存的安全世界已经坍塌。"她告诉我，总有一天，我的世界也会坍塌，那时，如果我迎接新世界时没有一样武器傍身，就只能祈求上帝保佑了。"梅贝尔对佩吉的说教燃烧着典型的女性主义者的热情，她督促佩吉去接受教育，这样，她就有能力从容地应对生活了。米切尔用一种典型的自嘲的口吻写道，母亲的话深深地触动了她，因此，她

---

① 玛格丽特·米切尔，《飘》，第 772 页，伦敦，潘出版社，1974 年。《玛格丽特·米切尔〈飘〉的信件集（1936—1949）》，第 38 页，理查德·哈维尔编。

去学了修辞学，希望能在报社找到一份工作。

接着，米切尔又称赞康马杰具有敏锐的观察力，因为他觉察到了斯嘉丽想成为母亲的心理，但是她没有成功。在许多方面，米切尔觉得自己并不是一个顺从的女儿。这个念头一直萦绕在米切尔的脑海里，关于母亲的记忆似乎让她的内心受到了审判。她十分清楚，她与母亲在很多方面截然不同。她的母亲态度严谨，是个女性主义者，信奉天主教；而她上了一所普通的大学，又半路退学；她嫁给了一个非天主教的酒鬼，又在一片反对声中离了婚；她的第二段婚姻平淡如水，没有孩子，她似乎成了别人眼中一个无足轻重的人，而这正是母亲在临终遗言里告诫她不要做的。虽然她并未将母亲的话付诸行动，但她记住了这些话，并内化了母亲给她的关于女性的教导。她的母亲身上有一种南方中产阶级白人女性所有的深深的不安全感。而生活在一个声名狼藉的城市里，经济迅速膨胀，社会身份和种族身份缥缈不定，依靠白人男性虚幻的社会地位和经济能力，这种不安全感根本无从消除。我认为，从某个层面上来讲，《飘》探讨了这种不安全感。

梅贝尔出生于一个天主教家庭，与家人住在克莱顿县。那里的新教思想氛围浓厚，她的家人一直被新教徒歧视。在谢尔曼火烧亚特兰大时，她的父母誓死不肯离开家。曾经，在家里的长廊下，梅贝尔听了无数的故事。故事里，家乡沦陷于战乱，她的家族遭受了重大变故，命运产生了戏剧性转变。梅贝尔·米切尔对人生困境的体会，绝不仅仅来自父母在战时的英勇事迹。她的丈夫尤金，在当时看来是个特别有经济前途的人。然而，婚后不久，梅贝尔就目睹了丈夫在1893年的经济萧条期亏了大量的钱；尤金没有商业头脑，又缺乏勇气，这让梅贝尔苦恼不已。梅贝尔去世之后，在20世纪20年代，佐治亚州遭遇了严重的象鼻虫害，棉花大量减产，农业萧条，尤金麻烦不断。后来，金融机构受到重创，他的房地产业也十分不景气。

1917年，美国终于对德国宣战，亚特兰大又回到了可怕的1864年。一场大火席卷了亚特兰大，虽然大火只有一次，但它烧毁了米切尔家的祖屋，也烧毁了梅贝尔的母亲拥有的12处房产。根据传记作家安妮·爱德华兹所说，与其他家庭相比，米切尔家遭受的经济损失更为惨重。在难民中心里，佩吉积极帮助家庭重建，照顾伤员。1918年，佩吉的未婚夫克利福德·亨利（Clifford Henry）在德军的炸弹爆炸中身亡，两人短暂的浪漫恋情从此终结。1919年年初，梅贝尔因流感离世，佩吉从史密斯学院匆忙往家赶，仍未见到母亲的最后一面。

正如母亲所预言的那样，在米切尔19岁时，她的世界开始坍塌。母亲去世后，父亲悲痛欲绝，身心衰弱，米切尔被推到了一家之主的位置上，整顿困顿的家庭经济。短短六个月之间，两位至亲至爱的人相继离世，亲人去世前一刻她并不在身边，过后她才深感生离死别的痛苦；那时又正值第一次世界大战，尽管与美国内战相比，这次战争波及的美国本土范围较小，她仍然惶恐不安，深陷困境，在史密斯学院的学业也从此中断。她和父亲难以相处，与专横的奶奶摩擦不断，两人甚至一度断绝了关系。安妮常常提到，这个家庭中貌似和谐的关系其实十分脆弱，亲人之间需要小心翼翼地相处。梅贝尔一直希望米切尔能够"活下去""做好一切"，在关心家人的同时能照顾好自己。她曾告诫米切尔，"你将见证一个时代的终结"，并告诉她要欣然面对现实。这种宿命论和坚忍的哲学成了玛格丽特后来赖以生存的人生信念，并融入了《飘》中南方女性先辈的命运。

玛格丽特·米切尔与三K党

事实上，对刚刚成年的米切尔来说，还有许多其他事件颠覆着她的世界，威胁着她的人生，这些事件成了凸显《飘》的种族含义的关键点。许多评论家曾经指出，《飘》对美国内战爆发的原因、对被解放的奴隶以及三K党的发展都有自己的态度。米切尔与其他同时代的南方人一样，赞同一些世纪之交的历史学家的观点。这些历史学家包括伍德罗·威尔逊（Woodrow Wilson）、约翰·福特·罗兹（John Ford Rhodes）和威廉·A.邓宁（William A.Dunning），在描述美国内战之后的"彻底重建期"时，他们会使用诸如"北方投机分子、北佬、野蛮暴力的黑人、保护白人女性和维护南方荣誉不受侵犯的三K党"等词语。[①]尽管也有很多人发表文章对此进行了纠正或者提出了反对，但对美国内战的这种观点却被普遍接受，并一直持续到了20世纪60年代。后来，五六十年代的一些权威历史学家们，尤其是C.范恩·伍德沃德（C.Vann Woodward），发表文章颠覆了这种观点。伍德沃德和其他一些学者们提出，美国内战结束和奴隶解放后的几年里，倔强的南方白人通过非法手段和暴力行为，坚决反对不同种族在经济、社会和教育方面的平等，并且取得了一定的胜利。米切尔接受了威尔逊、罗兹和邓宁的观点，把它融入她的小说中，由此引发了争议。值得注意的是，电影中的政治观点并不像小说中的那样尖锐，因为电影制片人大卫·塞尔兹尼克是个开明的犹太人，他对来自黑人和激进组织的评论十分敏感，意识到一部歌颂三K党的电影在20世纪30年代是不合时宜的。

米切尔对三K党的观点，只曾经在一封发表的信中大胆提出过。[②]有人写信问她，保护南方女性是否是三K党存在的唯一目的。回信中，她提到了三K党的历史，指出三K党创立之初的确是为了保护女人和孩子，后来开始阻止黑人在选举中多次投票。她解释说，三K党"同样也会反对北方投机分子在投票时做这样的事"，它的立场就是反对"道德败坏或者愚昧无知的人在南方谋

---

① 对这部分比较全面的总结，见杰出的历史学家温·克雷格·韦德（Wyn Craig Wade），《火红的十字架——美国的三K党》，第115—116页，纽约，西蒙与舒斯特出版公司，1987年。

② 《给露丝·托尔曼小姐的信》，1937年7月30日，引自《玛格丽特·米切尔〈飘〉的信件集（1936—1949）》，第162页，理查德·哈维尔编。

取官职"。她列举了南卡莱罗纳州受控于"腐败和无知的官员"的例子，赞同三K党干涉黑人做法官或者州长。这是米切尔唯一一次直接提到三K党的是非对错。后来，她曾经在一封信中透露："对于三K党，我所写的事实是任何一个南方人都熟知的，所以我没有去研究它。"①对于其他的历史事实，她曾反复详细研究过，所以，她对自己的知识有着惊人的自信。然而，从这一点我可以确定，米切尔和她同时代的人都将威尔逊一派对战后重建期和三K党的观点奉为真理，对大家普遍接受的关于南方种族历史的常规看法深信不疑。

在我看来，米切尔在《飘》中无意流露出的对三K党的态度，要更复杂、更令人费解。正如米切尔所说，对北方男人和黑人投机分子干预南方政治和社会的行为，三K党怀恨在心；尽管如此，他们最初还是明确地把枪口对准了黑人。三K党作为一支白人地下游击队，他们埋伏在夜间的路上，或者直接登堂入室，恐吓黑人选民和工人；他们出现时身穿长袍，头戴头巾，让黑人们望而生畏；他们焚烧教堂，烧毁民居，强奸、袭击、滥用私刑，无恶不作。在19世纪末20世纪初，尤其是在南方恢复了白人统治，北方的立法人员和虚设的黑人法官、政客等退出了南方政治舞台后，三K党才渐渐销声匿迹。

然而，1915年，原本只是一个乡间组织的三K党发展到了城

---

① 《给斯坦利·F.霍恩先生的信》，1939年3月20日，引自《玛格丽特·米切尔〈飘〉的信件集（1936—1949）》，第263页，理查德·哈维尔编。

市，从达拉斯至底特律，牵涉范围非常广。复兴的三K党将矛头直指玛格丽特·米切尔的家乡亚特兰大。近年来，亚特兰大目诩"忙得没有时间去恨"。而在1906年那年，佩吉·米切尔六岁时，亚特兰大曾发生过一次十分严重的种族动乱，这场动乱持续了一周的时间。导火索是此前的州长竞选，候选人之间的竞争以及当地报纸报道黑人男性侮辱白人女性时的夸大其词引发了种族歧视。这次的骚乱中，12人死亡，其中10名为黑人；70人受伤，其中有10名白人。[①]这次事件表明，这座城市的种族矛盾并未解决，也预示了这座城市今后将要发生的种族暴力。

三K党组织并非起源于佐治亚州，然而它发展的第二阶段和第三阶段，分别在1915年和1946年，都始于亚特兰大。1915年，威廉·J.西蒙斯（William J.Simmons）"上校"在亚特兰大的石山——一座巨大的花岗岩山上，再次为三K党举行了奉献典礼。一年以后，在这座山上，南联邦女儿联合会委托人雕刻了南联邦纪念碑。米切尔很以此地为荣，她的编辑哈罗德·莱瑟姆（Harold Latham）第一次来亚特兰大时，米切尔就带他参观了这里。后来，亚特兰大便成了"隐形帝国的皇城"，[②]在桃树街建立了一个全国办公室。米切尔一家就曾住在桃树街，这里离米切尔工作过的《亚特兰大日报》的办事处很近，也是在这个地方，瑞德为他

---

① 大卫·C.罗勒，《南方历史百科全书》，第86—89页，罗伯特·W.持怀曼编，巴吞鲁日，路易斯安纳州立大学出版社，1979年。
② 肯尼斯·T.杰克逊，《三K党在亚特兰大（1915—1930）》，第29页，纽约，牛津大学出版社，1967年。

的新娘斯嘉丽建了一座房子。

三K党组织以蓝领、中下层人民为主力，排除了像尤金·米切尔这样的专业人士。然而，在亚特兰大市，公众对三K党的反对声却十分微弱。三K党为这个城市的经济发展有不小的贡献。他们的总部、印刷厂以及长袍制造厂雇佣了大量的工人，他们频繁地召开会议也带来了可喜的税收。1919年，三K党首次公开露面，参加了一次南联邦游行，就走在内战老兵们的后面。这样的游行，佩吉小时候经常和爱国的家人一起参加。1922年，佩吉的婚姻破裂，她打算找一份记者的工作。那年，三K党召开了两次大会，吸引了成千上万的三K党成员，他们一起游行，去石山上朝圣、举行烧烤会。三K党的力量和影响力在那一年达到了顶峰，据说吸收了数百万的成员。在整个20世纪20年代，作为一个劳动组织，三K党在美国获得了大力支持，是促使1924年《移民限制法案》通过的中坚力量。1923年，亚特兰大市有一位市长、一位州长、一名议员和一位最高法院法官成了三K党人，政府部门和警察部门也都有三K党的渗入。从1921年开始，记者罗兰·托马斯开始调查三K党的势力，他的报纸《世界》发起了一次反对三K党的运动，引发了一次国会调查。这次调查后来不了了之，反而促使了三K党大量招募新人。[①]与此同时，亚特兰大还掀起了一场名为"前进，亚特兰大"的运动，这场运动宣称，亚特兰大市的种族关系是相对和谐的。

---

① 琳达·M.洛弗尔，《对20世纪20年代三K党活动的看法——以1921年国会听证会特别参考为例》，《专题研究》，英国布里斯托理工学院，1982年。

米切尔根本无须去研究三K党的历史，从小她就浸润在南方人对三K党的传述里。在小女孩时，她就学会了唱《叛逆如我》这类南联邦歌曲，把托马斯·狄克逊的小说《背叛者》（*The Traitor*）改编成了戏剧。托马斯·狄克逊是一位种族主义者，公然偏袒南方白人。《背叛者》颂扬了白人统治下的南方，关注了三K党的崛起。他的三部著名小说，1903年的《豹斑》（*The Leopard's Spots*）、1905年的《族人》（*The Clansman*）和1907年的《背叛者》，副标题分别是"身负重任的白人浪漫史——1865—1900""三K党的历史传奇""隐形帝国的衰落"，从中可以看出他的偏执。他的叔叔是"三K党隐形帝国里的巨人"，小说《族人》就是为他而写的。狄克逊的小说歌颂了白人统治下的南方。这些小说出版时，正值南方种族情绪高涨、亚特兰大爆发动乱，再加上一些公众演讲和其他书刊，南方的白人种族主义被煽动了起来。某些作品，如《野蛮黑鬼》《黑鬼：美国文明的威胁》，把黑人塑造成了低级、野蛮的形象。教育家托马斯·皮尔斯·贝利（Thomas Pearce Bailey）制定了一份"南方种族问题解决纲领"，其中包括白人统治、净化日耳曼种族血统、南方人有权用自己的方式解决黑人问题等。在19世纪最后几年的"救赎期"里，南方怀旧的氛围十分浓厚，白人民主党统治下的南方，打击报复了北方投机分子统治下的北方。①

---

① C.凡·伍德沃德，《新南方的起源（1877—1913）》，第350—356页，巴顿鲁日，路易斯安纳州立大学出版社，1951年。

　　在亚特兰大动乱发生的前一年，狄克逊的小说《族人》被改编成了戏剧，并取得了巨大成功。十年后，D.W.格里菲斯（D.W.Griffith）将其改编成了无声电影，电影原本与小说同名，后来改成了一个响亮的名字《民族的诞生》，赢得了无数观众的掌声。这部电影，至今已有超过5 000万的观众，在20世纪二三十年代一举成功，经久不衰，为再次兴起的三K党正了名，为其行为高唱了颂歌。这部小说和电影认为，战后重建期的白人受控于粗暴的黑人。这一观点被那个时代普遍接受，但是与历史事实相悖。事实上，白人常常恐吓黑人，暴力对待他们，而刚被解放的黑人大多穷困潦倒、士气低落。在格里菲斯的电影中，获得自由的黑人们，有的忠于他们原来的主人，他们大多性格温顺、逆来顺受；而想从主人那里逃脱的黑人，就显得阴险无情、贪婪无礼。在州议员们强加的重税之下，愚昧的黑人把脚搭在桌子上大吃大喝，而白人们则"可怜兮兮"的。国会设立了自由民局，帮助黑人适应从奴隶到自由人的转变期，处理劳动关系、医疗、法律和教育等方面的问题。这个自由民局属于"仁慈的北方人用来欺骗蠢人的慈善机构"。最重要的是，黑人男性一直是白人女性潜在的或实际上的强奸者。在《民族的诞生》这部电影中，一个女孩被强奸后自杀，三K党便穿上白袍，戴上头巾，庄严地列队前行，成了唯一一个能将南方从黑人扰乱下的无政府状态中拯救出来的组织。

　　与成千上万的同胞一样，玛格丽特·米切尔也迷上了这部电影。1933年发表的一篇报道称，这部电影面向全国各地热情的观众反复放映，对儿童的影响巨大。几乎可以肯定，这部电影雄壮的气势和英雄气概，激发米切尔写出了一部史诗般的、具有浪漫历史风格的小说，这部小说以她自己的方式讲述了美国内战，讲述了内战对南方女性的影响。《飘》对三K党的态度与《民族的诞生》如出一辙。《飘》出版时，托马斯·狄克逊激动不已。那时，他写的小说仍沿袭了之前的风格，但都反响平平。他写信给米切尔，赞扬了她的作品，说他希望能写一篇《飘》的专题研究（在他有生之年并未完成这项工作）。米切尔立刻回信感谢了狄克逊的热情，并肯定地说她非常喜欢他的小说，几乎是"读着他的小说长大的"。米切尔欣然接受了早期三K党形成的理由，在她的小说中，她很愿意传承狄克逊、格里菲斯等人宣传的那种保守的、虚构化了的观点。米切尔从未写过第二阶段的三K党，这并非巧合，因为那时的三K党攻击的主要对象并不是黑人，而是像她一样的人。

　　第二阶段的三K党是如何成为米切尔及其家人的威胁的呢？在关于这一时期的唯一一份模糊的资料中，菲尼斯·法尔曾经引用斯蒂芬斯·米切尔的话，说他们的父亲尤金"并不害怕置身于暴力的危险当中，那时，亚特兰大常有匪徒出没，动乱、私刑十分常见"。①安妮·爱德华兹描述了20世纪20年代三K党的肆虐横行，说他们自诩"自卫队员，给（黑人）教堂、农场、小工厂放

---

　　① 菲尼斯·法尔，《亚特兰大的米切尔：〈飘〉的作者》，第31—32页。

火"，家里的用人凯美晚上7：00以后绝不出门，也绝不会靠近三K党的总部。爱德华兹称，三K党的复兴掀起了一股"反黑人、反犹太人、反外国人"的示威大潮。[①]这些记录的确属实。然而，爱德华兹没有提到的是，这股狂热的"反外国人（新移民）"思潮主要是反对天主教。[②]

与早期的三K党不同，以亚特兰大为基地的第二阶段的三K党，主要是狂热的盎格鲁-撒克逊白人新教徒，他们更多的是去袭击犹太人和天主教徒，认为这些群体正在控制着美国的社会。城里的三K党们摒弃了美国是个"大熔炉"的陈腐观念，称多种族的美国是"一锅乱炖"。[③]他们认为，某个"罗马的达戈·波普"极有可能会领导一场天主教的政治起义；[④]他们的报纸《探照灯》时不时地就会抨击天主教的教义。他们甚至指出，90%的死刑犯死前接受了最后的圣礼，这证明了这个国家存在成为天主教国家的危险。他们还断言，暗杀总统林肯、麦金莱、罗斯福的人都是天主教徒。这种想法获得了美国人的支持，尤其是女人们，因为它为新教的教义辩护，也为"纯洁的女性"辩护，认为纯洁的女性应该修身养性，而不是像"现代主义"女性那样酗酒、贩私、穿超短裙、出入舞会、在车里与男人调情。正如肯尼思·杰克逊

---

① 安妮·爱德华兹，《塔拉之路：玛格丽特·米切尔的一生》，第78页。
② 肯尼斯·T.杰克逊，《三K党在亚特兰大（1915—1930）》；温·克雷格·韦德，《火红的十字架——美国的三K党》。
③ 肯尼斯·T.杰克逊，《三K党在亚特兰大（1915—1930）》，第22页。
④ 温·克雷格·韦德，《火红的十字架——美国的三K党》，第180页。

（Kenneth Jackson）所说，"那些被边缘化了的美国本土人，他们的世界一片混乱，三K党的存在让他们恐惧不已。"[1]

我曾经提到，玛格丽特·米切尔就在三K党全国总部所在的那条街上生活、工作过。那是20世纪20年代早期，三K党正处于发展的巅峰时期。米切尔从小受到严格的天主教思想的教育，然而，她摒弃了这种信仰，尽情享受爵士乐时代新潮女郎式的社交生活。她参加舞会，喝酒，跟男人调情，还嫁给了一个残暴、风流的走私犯。她的两位传记作者都曾经写过，米切尔社交广泛，性观念奔放，打破了家庭禁忌，使得她作为天主教徒的奶奶和亲戚们气恼不已。她的婚礼是在家里举行的，找了一位新教会的牧师主持，这简直就是家族的奇耻大辱。

米切尔的两位传记作家，无论是菲尼斯·法尔还是安妮·爱德华兹，都没有提到三K党操控下的反天主教思想和道德恐慌对米切尔的影响。由于米切尔招摇、轻浮的作风，女青年会对她冷眼相待，拒绝邀请她参加她们专属的女性社交俱乐部，这对米切尔来说是个突如其来的打击。她的哥哥后来说，这次被拒，加上她天主教家庭的出身，"贬低了她在择偶时的身价。"[2]亚特兰大的保守派、美国禁酒令和三K党引发的新生反叛势力，使米切尔这个失去了母亲的社交名媛惶恐交加，再加上父亲对她也有诸多不满，

---

① 肯尼斯·T.杰克逊，《三K党在亚特兰大（1915—1930）》，第249页。
② 玛格丽特·米切尔，《一台荒废的发电机：给艾伦·伊迪的信（1919—1921）》，第113页。

这一切都对她产生了深远的影响。从《飘》中我们或许可以看到许多评论家们没有注意的孤立、反叛和压抑。通过斯嘉丽·奥哈拉，米切尔塑造了一个"坏"天主教女孩，一个生活在盎格鲁-撒克逊白人新教盛行的文化中的年轻女子，这个年轻女子为了生存，勇敢地打破了传统与禁忌。于是，当活动猖獗的三K党把矛头对准了她的家人而不是黑人时，米切尔重提战后重建期传奇的南方，向她的同胞以及诋毁南方的人们为早期的三K党辩白，这意义难道不是很重大吗？米切尔把黑人与白人的种族矛盾重新提上日程，强调了它对南方历史的悲剧性影响，在某种程度上，她是在对抗眼前的挑战，而这些挑战是她的家人——当然还有她那可怜的身价——在20世纪20年代的亚特兰大所要面对的。这部小说可以被看作在告诫人们，在种族关系紧张的地区、国家和城市里，无论宗教和民族出身如何，白人都必须团结在一起。

"亚特兰大的玛格丽特·米切尔"

玛格丽特·米切尔撰写《飘》的明确目的，或者至少是公开的目的，是毋庸置疑的。在一封又一封的信中，米切尔说她自己是"亚特兰大的玛格丽特·米切尔""一位南方作家""佐治亚州的作家"。她非常明确地说，南方人给她的盛赞最让她高兴。

"你看，"她曾写道："这一章体现了这本书的核心，这让我比什么都自豪。"①的确，米切尔渐渐相信，这些年来，《飘》不但有了自己的生命力，而且一直为南方代言，南方人也小心翼翼地维护着《飘》。佐治亚的朋友苏珊·迈里克（Susan Myrick）在拍摄电影《飘》时，对于佐治亚的服饰、口音等给大卫·塞尔兹尼克提出了很多建议。米切尔在给她的信中开玩笑说，正是由于佐治亚州的苏珊和美国内战专家威尔伯·柯茨（Wilbur Kurtz）的存在，才避免了"一场南方的暴力反抗"。塞尔兹尼克不是南方人，并"不懂南方人的心理"。米切尔告诫他，最好不要让柯茨及其家人离开，除非能够保证电影原汁原味地反映南方背景：

> 有时，我觉得《飘》似乎不再是我一个人的书，它成了大家都很在意的东西。不管是真实的还是幻想的侮辱或歧视，都会让他们觉得心痛；只要有一点风吹草动，他们就会进入战备状态。②

当美国内战的威胁又在各州全面重现时，战争的语言也再次充斥在信件当中。米切尔觉得自己是南方的代言人，是一段南方传奇的守护者。她认为这段南方传奇完全符合历史事实，符合近代南方人的精神。作家们都在大谈特谈米切尔写的大量的信件，

---

① 《玛格丽特·米切尔〈飘〉的信件集（1936—1949）》，第 72 页，理查德·哈维尔编。
② 《给苏珊·迈里克小姐的信》，理查德·哈维尔编，1939 年 2 月 10 日，引自同上，第 252 页。

这些信件有些是写给陌生的来信者，有些是写给支持的评论者，而且通常是米切尔先给这些评论者们写信。米切尔保存着大部分信件的复写件，由此可以看出，米切尔十分看重她的书，看重她的书为人们——不仅仅是南方的人们——了解内战和南方的苦难所做出的贡献。显然，她觉得自己代表着那片"饱受诟病的南方土地"，这片土地需要外界人的聆听与理解，而这些外界人对米切尔来说就好像来自不同的星球一样。

从这一方面来说，米切尔与19世纪、20世纪早期的许多女作家观点一致，她们同样认为自己代表着南方，为其在世界代言。[①]这使得她们的小说创作有了一个庄严的目标，并因此崇高了起来，这样，她们就有理由严肃地对待它；这也使得她们在所属的地区、州以及城市里有一席之地，让同龄人对她们另眼相看。她们也因此摆脱了感伤主义者或者浪漫小说作家的名号，避免了因为这个名号而被轻视。如果她们的作品被列为历史文献，这将赋予她们类似史学家的地位，而这种地位通常只有男人才能获得。另外，《飘》中也弥漫着战斗的狂热气息。像大多数被遗忘的南方女性作家们撰写的小说一样，《飘》再次讲述了美国内战的故事。只不过，这次是以一个女性的笔触，从女性的视角给这场战争重新定位，界定了战争中身体与情感痛苦的本质。比如，评论

---

① 安妮·古德温·琼斯，《明天又是新的一天：美国南方的女性作家》，1859—1936，巴顿鲁日，路易斯安纳州立大学出版社，1981年；海伦·泰勒，《格雷斯·金、露丝·麦克恩瑞·斯图尔特、凯特·肖邦著作中的性别、种族与地域》，巴顿鲁日，路易斯安纳州立大学出版社，1989年。

家赫歇尔·布瑞克勒（Herschel Brickell）注意到了斯嘉丽·奥哈拉与亚特兰大之间的相似性，米切尔对此十分满意，她的本意就是让深陷困境的女主角与战火纷飞的城市相辅相成。

小说出版后不久，第一次成功的巨浪迎面而来。在几封信中，米切尔绘声绘色地描述了她逃离亚特兰大的情景。她说自己只"带着一部打字机、四本谋杀案小说和仅有的五美元"，当然这有些言过其实了，她身上还带着一本支票簿。她开着车四处乱逛，想找一个没人认识她的地方，静静地休息一下。这次刺激又匆忙的逃离，就像斯嘉丽在战火中逃离亚特兰大一样。而且，在写出描述这件事的一系列信件时，她觉得自己就是一名战地记者。米切尔用战争特有的字眼描述了她在小说出版后的生活策略：她觉得自己被围攻了，但是她仍然继续挖壕沟，待在她的小公寓里，自己开门、接电话、回复邮件，决心要继续活下去，表现得就像什么都没发生一样，就像那些坚强的女人们生活在战火纷飞的亚特兰大一样。米切尔没有找有经验的经纪人帮她处理电影拍摄、国外版权和翻译等事务，她和丈夫在应对这些事务时感觉力不从心，这也更加说明了米切尔是从历史意义的角度来看待她的角色的。

米切尔小心翼翼地处理对外事务，很容易被认为个性贪婪，对此她解释说，这是为所有作家争取权益。尤其，她认为自己是佐治亚州作家复兴的中心，在许多信件中，她开始为他们代言。《飘》的出版，被认为是对那时极为流行的描绘南方的作品（或者是对南方的误解）的反击。在梅肯的作家俱乐部的一次演讲中，她引用了她与麦克米伦出版公司的哈罗德·莱瑟姆的一段对话。米切尔说她不喜欢欧斯金·考德威尔（Erskine Caldwell）的《烟草路》（1932），莱瑟姆说，"如果南方人认为他们被《烟草路》这样的书污蔑了，为什么他们不写书来展现真正的自己呢？"也是在那次演讲中，米切尔说："我们必须讲出事实，我们南方的作家必须真实地描绘我们的家乡，让世界对我们南方形成正确的认识。"①另外，她还给南方的人们写了热情洋溢的长信。这些南方人通常漂泊在北方，米切尔称他们为"老乡"，她觉得可以依靠这些人的评价和认同。

对于《飘》的一些极端评论，通常是一些左倾主义观点，米切尔总是认为这些南方人能达成一致的政治观点，她也有理由这么认为。南方小说家斯塔克·杨（Stark Young）寄给了米切尔一份马尔科姆·考利（Malcolm Cowley）的评论文章，这篇文章于1936年9月9日发表在观点激进的杂志《新共和周刊》上。文章中，考利对《飘》发表了激烈的评论，认为《飘》中颂扬的旧南方的传奇"有点儿虚假，又有点儿荒唐，对现在的南方产生了恶劣的影响"。米切尔对此回应说，如果亚特兰大的朋友读到这篇评论，会"大笑到眼泪都流出来"；②米切尔还说，如果左翼分子喜欢《飘》的话，

---

① 玛丽安·埃尔德·琼斯，《佐治亚文学评论》中的《我和我的书》，第186页，1962年夏。由于编辑理查德·沃森·吉尔质疑南方人对事实的描述，路易斯安那州作家格雷斯·金通过理查德引用了相似的评论，以响应路易斯安那州重要的作家乔治·华盛顿·凯布尔，他的作品中有对南方种族历史的描述，并引起大量的关注。

② 《写给斯塔克·杨先生的信》，1936年12月29日，引自《玛格丽特·米切尔〈飘〉的信件集（1936—1949）》，第66页，理查德·哈维尔编。

她会感到“不安和惭愧”；至于她为什么会这么想，她意味深长地解释说，如果他们真的喜欢这本书了，“我就必须得向我的家人和朋友解释解释了。”尽管这听起来有点讽刺，但是我认为，这再次表现出了米切尔对她的家乡、对南方人民极其保守的忠诚之心。对于那些拥有不同的政治观点或学术信念的人，她可以完全无视或者嘲笑他们，因为他们根本不懂南方人，不了解南方人的责任，“这本书及其思想，与他们相信的东西完全不符。”我们可以看到，在这方面，米切尔是如何有力地维护她的作品，又是如何终其一生为南方白人眼中的南方历史辩护的。

注重细节的女人

米切尔从不会忽视细节。她十分执着于《飘》中的每一个历史细节，希望它们能精确地反映历史。她的丈夫约翰·马什起草了一份长达17页的术语表，以确保使用地道的方言；米切尔称，在撰写小说中的纪实性情节时，她至少引用了四家权威出版机构的作品。她还对记者们提出的一些细节问题做出了回复，如1936年8月29日，K.T.罗威先生询问了小说中提到的联邦亵渎南方公墓的问题；10月3日，哈里·史赖特瑞先生批评了她用史赖特瑞作为可怜的白人的姓氏；11月23日，约翰·麦克雷先生纠正了她提出的碘可以用作防腐剂的建议。米切尔曾读到一名学生写的论文，该论文断言斯嘉丽在离开亚特兰大之前，并不知道联邦政府在琼斯伯勒吃了败仗，米切尔便得意地出示了一位电报员的书面记录，证明了消息传到亚特兰大的确切时间……

米切尔并没有无视那些琐碎的或者恶意的批评，相反，她写了长信予以回复。信中，她常常引用自己发表过的资料中的详细片段。在《飘》的原稿已被接受但尚未出版之前，米切尔对这些资料进行了详细的核实。如果有人说她对一些细微之处并未进行充分的研究，米切尔便会气恼不已，并且乐于写上几十封语气严厉的信件，细细地解释一番。尽管她不愿意监管电影剧本的写作或者拍摄的细节，她仍然建议塞尔兹尼克雇佣苏珊·迈里克和威尔伯·柯茨，以确保电影拍摄不会出错。她甚至乐于对电影演员的挑选、历史细节的出入之处以及缺点评头论足，比如塔拉庄园的柱子不太搭调、饰演瑞德的盖博并不著名等。似乎米切尔更喜欢别人（尤其是她尊重的人，通常是南方人）认同她在细节方面的准确性，而不是她的作品中个性鲜明的人物、情节等。

在这一方面，玛格丽特·米切尔并非与众不同。南方历史和内战历史小说家们都容不得别人质疑他们的研究，或者质疑其作品中细枝末节的正确性。哈丽特·比彻·斯陀，曾被人指责在其1852年的小说《汤姆叔叔的小屋》中杜撰了一些关于南方各州以及种植园生活的细节。三年后，她出版了《解读汤姆叔叔的小屋》（*A Key to Uncle Tom's Cabin*）。在这本书中，她证明了所有细节的来源。50年后，托马斯·狄克逊出价1 000美元，付给任何能从他的《族人》中发现细节错误的人。亚历克斯·哈里（Alex Haley）称他的《根》（*Roots*）是一部"现实与虚构相结合的书"，辩称它在精神上符合现实，他也承诺要向斯陀夫人一样出版一本书，去证明小说中饱受争议的历史细节。约翰·杰克斯（John Jakes）的《南方与北方》中有一篇后记。后记中，杰克斯辩称这本书真实地反映了历史，并抢先承认了"有几处对史实稍稍做了改动"，他还在第二部作品《爱与战争》（*Love and War*）的后记中补充了两个实例。1968年，威廉·斯泰伦将他已经出版的小册子《奈特·特纳的自白》改编成一部同名小说，他声称，从常规意义上来说，这部作品是对历史的反思，而非一部"历史小说"，试图以此避免在细节方面受人指责，然而此举并未成功。①

　　与这些作家们一样，在玛格丽特·米切尔的心里，也有一个强烈的念头，她想要去控制人们阅读、接受《飘》并将其翻拍成电影的方式。她渴望被人看作一位严肃的历史研究者和作家，而不是像考德威尔一样，是一个热衷于写夸张的南方小说并从中大捞一笔的人。不过奇怪的是，米切尔的关注点固执地集中在了历史细节上。或许，其中的部分原因是米切尔害怕被她的记者同行、文学评论的权威人士以及亲朋好友们轻视。讽刺的是，这反而是给我来信的读者们最不关心的一点。学者们可能会看重历史

---

① 威廉·斯泰伦（William Styron），《纳特·特纳的自白》（*The Confessions of Nat Turner*）的作者注，纽约，斯格耐特出版社，1968年。

的准确性，而对那些女性读者来说，小说中存在的问题与读小说的满足感，完全不能同日而语。

的确，执着于细节对作者本身、评论家和学者来说意义重大，对普通读者却并非如此。比如，英国广播公司的制作人就曾向我们保证，在一档关于简·奥斯汀的节目中，用在服装上的蕾丝花边是19世纪初期的真品，然而，这种真实性只是一个关于职业自豪感和做事执着的问题，并不具有普遍意义。我的许多来信者都注意到，电影《飘》并未提到斯嘉丽的三个孩子，但是我可以肯定，这是因为这个细节本身并无意义，它对斯嘉丽这个人物的塑造并不重要。讲述准确的历史细节，并证明它！——这并不能使作品免受批评或者按照你所想的来引导读者的反应。一部作品，它在历史、学术和情感方面的写实性以及意义，并不只局限于某一个细节，甚至在某些情况下，它允许一些细节不准确的情况存在。另外，历史的存在并不只是为了写进小说。然而，作家们利用历史真相这个问题，试图控制他们的小说或者由小说改编的电影所产生的影响。许多作家也虚构了一些南方主题，从哈丽特·比彻·斯陀到格雷斯·金（Grace King）、艾伦·格拉斯哥（Ellen Glasgow）、托马斯·狄克逊和玛格丽特·米切尔，他们这样做都有非常明显的政治意图，因此，他们迫切希望自己的呼声能被人认真地聆听。（在第八章中，我将再次谈到历史准确性及其理解的问题。）

女性与女性文学传统

来信者们对历史细节不感兴趣，却对两性、性，特别是女性问题感兴趣。如果我们仔细读一读玛格丽特·米切尔的传记和信件，我们会发现，米切尔内心的冲突和矛盾是她创作的一系列虚构的女性人物的核心。尤其是在那样一个政治突变、社会动荡的年代，这些女性人物代表着各种各样的期望，体现了女性生存状况的问题。

米切尔很喜欢跟男孩子们或者男人们在一起。小时候，她常去听人讲内战的英勇事迹，这种磨炼使得她在男性朋友、《亚特兰大日报》的同事们以及社交朋友的眼中成了一个绝佳的伙伴。米切尔的母亲曾经带她去参加一个女性参政集会，听了著名的妇女参政权协会主席卡丽·查普曼·凯特（Carrie Chapman Catt）的演讲。米切尔的母亲是一位积极的女性主义者，米切尔从小就被教育既要举止高雅，行事符合南方淑女的形象，又要敢于质疑男性的主导地位和女性的从属地位。尽管她从未在公开的信件中提到过女性主义，她似乎也避免在公开场合谈论这个话题，但是她的职业女性朋友们、她所在的亚特兰大这个复杂的社会，已经将女性权益问题提上了日程。安妮·爱德华兹不止一次提到，佩吉常常穿一些幼稚的或者极不搭调的衣服，穿难看的矫形鞋；她常抱怨在《飘》成功之后，自己都没有时间去买漂亮的东西。另外，她喜欢跟男人们拼酒，喜欢《亚特兰大日报》男性主导的工作氛围；她在写《飘》时，戴着遮光镜，穿着男式裤子，她讨厌南方传统女性的气质，而且，因为约翰·马什患有癫痫，她还非常明智地决定不要孩子。所有这一切都表明，玛格丽特·米切尔像她妈妈的程度远远超过了她所公开承认的程度。她的信件从未探讨过性别错乱的问题，然而，在这些信件里，她的确描述了一种暴躁的、愤怒的甚至是绝望的感觉，这种感觉源自她无法操控的人生，常常体现在她对自己和亲人们易被病魔缠身的担忧上。

与其说米切尔是个20世纪20年代的新潮女郎，不如说她是个维多利亚时代的女性。她从生理学的角度表达了对生活、对人际关系的不满与困惑，表达了成功与金钱给她带来的痛苦和悲伤。然而，她的表达方式阻碍了别人走近她，与她分享这些。在追忆早期南方的女性小说家时，米切尔表达了内心的惶恐，她害怕暴露于公众的视线中。由于从小就被教育成南方淑女，她一直寻求低调、静谧的生活，只期望做一个优秀的职业男人的贤内助。她曾在给茱莉亚·科利尔·哈里斯（Julia Collier Harris）夫人的信中写道，"陈旧的南方思维方式"决定了"一个女人"的名字只有在她出生和去世时才会被写在纸上。①

声望和极高的知名度使米切尔对整个宣传机器既抱怨又憎

---

①《给茱莉亚·科利尔·哈里斯夫人的信》，1936年7月8日，引自《玛格丽特·米切尔〈飘〉的信件集（1936—1949）》，第26页，理查德·哈维尔编。有一位现居住于亚特兰大的女士，坚信自己是米切尔转世，她认为自己前世活得太失败，因此她希望今生能完成自己未竟的事业。她们之间有很多难以解释的联系，将要出版的读物将揭示一切。

恨，同时这又确保了米切尔创作《飘》的意图，她对评论家、书迷以及电影翻拍的观点都间接或者悄悄地传播开来。在米切尔数以千计的信件中，有许多都表达了同一种观点，这些信件给米切尔树立了一个公众形象：她关心历史，为自己的家乡自豪；她安静、勤奋、滴酒不沾；她孝顺父母，忠于丈夫，善待朋友；她谦虚，上进，希望能成为一位伟大的作家和名人。人们从佐治亚大学玛格丽特·米切尔档案库的信件里看不出更多她的个人信息，"亚特兰大的玛格丽特·米切尔"，这一形象一直是完美无瑕的。离婚、剽窃、演过电影中的某个角色，这些谣言很快就被戳穿了；米切尔似乎一直努力过着她在信件中描述的那种枯燥的生活，始终有灾难即将降临的预感，这灾难或大或小，可能是事故也可能是疾病。《飘》的结局是隐晦不清的，"斯嘉丽能否赢回瑞德的心？"米切尔坚决拒绝回答这个问题，也拒绝写《飘》的续篇，同样，米切尔的人生似乎也一直悬而未决，直到她去世。她的新财富及其换来的自由给他们夫妇带来的只是无尽的焦虑。他们的时间没有用在放松自己或者继续写作上，而是用在了冲破束缚上，比如在国外版权和版税的问题上来回折腾，竭力摆脱别人的访查、对付骗子以及处理一场剽窃官司。

玛格丽特·米切尔耕耘多年才完成《飘》。如果她那些充满愤怒的信件讲述了实情的话，我们可以得知，他人无休止地反复地占用她的时间，使她的写作之路变得尤为艰难。大量不同时期的女性作家在日记、杂志或者信件中都曾经抱怨，不管是作为女儿、妻子、母亲还是朋友，身上都背负着女人的职责与任务，写作几乎是不可能的，顶多能断断续续地进行。那些个性坚强、意志坚定而且必定身体健康的女作家们坚持了下来；而那些意志薄弱、身心脆弱的女作家们则渐渐地沉寂，或者以各种方式走向失败。与伊丽莎白·盖斯凯尔、爱丽丝·詹姆斯（Alice James）、弗吉尼亚·伍尔夫和蒂莉·奥尔森这些女作家一样，玛格丽特·米切尔对此也抱怨不已，在一封封感性的信中表达了这种情绪。如：

> 回首这些年，我几乎是在挤时间写作。亲人去世，家人朋友生病，亲戚朋友生孩子，朋友离婚、患精神病，我自己也病体孱弱，还遭遇了四次糟糕的交通事故……这一切像是一场噩梦，我简直提都不想提。[1]

尽管米切尔很少说大话，在信件中，她总是赞许别人把她当作一个旷世才女，一个讲述南方故事的南方女作家，然而，她的成功很大程度上得益于早期和同时代的南方作家们。许多男性评论家认为，《飘》受《名利场》和《战争与和平》的影响颇深；米切尔却在信中明确说明，她从未读过这两本书。评论家凯瑟琳·李·赛德尔的说法更准确一些，她认为《飘》可追溯至

---

[1]《给唐纳德·亚当斯先生的信》，1936年7月9日，引自《玛格丽特·米切尔〈飘〉的信件集（1936—1949）》，第33页，理查德·哈维尔编。

19世纪的男性“种植园小说”，斯嘉丽这一人物源自约翰·潘多顿·肯尼迪（John Pendleton Kennedy）的《麻雀仓房》（*Swallow Barn*）（1832）中的女主角贝尔·特雷西（Bel Tracy），以及约翰·W.福斯特（John W.DeForest）的《血腥的深渊》（*The Bloody Chasm*）（1881）中的弗吉尼亚·博福特（Virginia Beaufort）。[1] 许多女性在她们的小说中悼念了消逝的内战前的南方社会，也赞扬了白人女性内战后在白人南方重建期所做的贡献，米切尔也与这些女作家一样，从一些女性作家的自传和小说中汲取了灵感。写信时，她常常会简洁地援引这些女性的话。比如，佐治亚作家玛丽·约翰斯顿（Mary Johnston），她写过《长名册》（*The Long Roll*）（1911）和《停火》（*Cease Firing*）（1912），米切尔的妈妈常常一边流泪，一边给米切尔读她的小说；奥古斯塔·埃文斯·威尔逊（Augusta Evans Wilson），瑞德·巴特勒的原型就来自她的《圣埃尔莫》（*St Elmo*）（1867）；艾伦·格拉斯哥和卡罗琳·米勒（Caroline Miller），她们的南方小说给米切尔留下了深刻的印象；还有许多内战日记作者，她们的日记有的发表了，有的没有发表，比如佐治亚的伊丽莎·弗朗西斯·安德鲁斯。[2]

---

[1] 凯瑟琳·李·赛德尔（Kathryn Lee Seidel），《美国小说中的南方淑女》，第3、53—57页，坦帕，南弗罗里达大学出版社，1985年。

[2] 伊丽莎·弗朗西斯·安德鲁斯（Eliza Frances Andrews），《佐治亚女孩的战时旅行（1864—1865）》，纽约，D.阿普顿公司，1908年。有关其他示例见《玛格丽特·米切尔〈飘〉的信件集（1936—1949）》，第36页，理查德·哈维尔编。关于早期女性主义主题实验的探讨，见达顿·艾斯伯瑞·拜隆，《一个女性主义者的学徒期：玛格丽特·米切尔的少年读物》，妇女研究中心，弗罗里达国际大学，1985年。

追寻着这些南方人的脚步，米切尔开始尝试用一种较为陈旧的方式创作小说。她的中篇小说《罗巴·卡马金》（*Ropa Carmagin*）讲述了一个白人女孩与一个曾经是奴隶的混血男人相爱的故事，小说的结局是老套的悲剧：混血男人死去，罗巴被迫远走他乡。

米切尔也十分清楚她想要与哪些女作家区分开来。她与先前那些保守的南方白人女作家一样，对被林肯总统称为引发了内战的《汤姆叔叔的小屋》持谴责态度。1938年，米切尔写信回复了从柏林给她来信的一位叫作亚历山大·L.梅的先生，她在信中说，"我很高兴《飘》颠覆了外国人对美国南方的印象，这种印象源自斯陀夫人的小说。""我认为那是一部关于废奴运动的苦难的小说。"①另外还有格里姆克（Grimkés）姐妹，她们离开了蓄奴州南卡莱罗纳，去了北方，是废奴运动和19世纪30年代的女权主义运动中的杰出人物。关于这两姐妹，米切尔曾经讲过一件朋友的趣事。米切尔说，这两姐妹是她家族的远房先辈，她的朋友们听后十分不屑，认为这姐妹俩是"叛逆者当中最冥顽不灵的""精神有些失常"。②文学圈外的人们把她们当成南方白人的背叛者，这让米切尔觉得十分有趣。

除了将自己与一些女作家区别开来，米切尔还极力向通信者们否认《飘》的创作带有说教的意图。在极少数的几封信中，她

---

①《给亚历山大·L.梅先生的信》，1938年7月22日，引自《玛格丽特·米切尔〈飘〉的信件集（1936—1949）》，第217页，理查德·哈维尔编。

②《给亨利·斯提尔·康麦格先生的信》，1936年7月10日，引自《玛格丽特·米切尔〈飘〉的信件集（1936—1949）》，第39—40页，理查德·哈维尔编。

承认写《飘》有明确的目的。在其中一封信中，她说自己烦透了爵士乐时代的小说，想写一点儿东西，里面不带任何"混蛋"字眼，"不会有人受到诱惑，也不会有任何虐待狂或堕落者。"①在这封信里，米切尔极力向斯陀夫人保证，这并非保守或者打击爵士乐时代的小说，她不希望写"托马斯·纳尔逊·佩奇式的那种甜蜜、感伤的小说"。佩奇的作品是典型的"月光与玉兰"浪漫小说，颂扬了白人统治下的美国南方。在20世纪20年代，人们认为他的小说所表达的对美国南方的观点过于陈旧。米切尔希望她的小说能塑造一个核心女性人物（以及一些次要人物），她"会做尽一切旧式的淑女们不应该做的事情"。

从这封信可以看出米切尔撰写《飘》的明确目的，部分是赞扬南方女性身上完美融合的力量与温柔。米切尔不止一次地在提及那些经历过内战和战后重建期的女性们时说，她们"相当坚忍、勤劳、忍耐且强健""不像那些《薰衣草与旧蕾丝》（*Lavender and old lace*）②中的女人"。然而，米切尔一直明白，南方女性就是一个矛盾结合体，她们既要坚强又不能太"不像女人"。她称赞这些女性"坚忍、无畏、率直，又十分温柔"，梅

①《给茱莉亚·科利尔·哈里斯夫人的信》，1936年4月28日，引自《玛格丽特·米切尔〈飘〉的信件集（1936—1949）》，第5页，理查德·哈维尔编。在《一个女性主义者的学徒期》中，达顿·艾斯伯瑞·拜隆记录了米切尔对艾利诺·希利耶尔·冯·霍夫曼（《亚特兰大日报》的员工，是一位对事情有独立见解的女性）说的话，她说，她想写一本能够挽回女性在地域史中的地位的小说，这表明米切尔写《飘》的目的性比她自己所承认的更强烈。

②梅特·瑞德的浪漫小说。——译者注

兰妮就是她心中的偶像，她代表了一群"既温柔又能在关键时刻打野猫"的女人。①这些女人蔑视集体组织，支持女性的个人行为。她们曾谴责"男人们行事犹疑不决、效率低下"，这无懈可击的措辞让市长和市议员们无言以对，从此民生得到了极大的改善。米切尔对这些女士钦佩不已，显然，这背离了她母亲对于女性参政的理念。

有趣的是，米切尔颂扬的毅力与道德品行都来自她的曾祖母和祖母，而不是她的母亲。对米切尔的许多前辈和同辈的南方女作家而言，米切尔所处的那个时代更加民主，挑战也更加令人焦虑和恐惧，相比之下，半个世纪之前女性尚未参政时，女性的个人奋斗更容易写进小说。那些"藐视逆境、照顾伤员、无视贫穷的勇敢的妇女们"，②与那些为同时代的女性争取了投票权的女性相比，前者的抗争更加吸引米切尔。在给一位斯嘉丽迷的信中，米切尔对斯嘉丽的评论似乎就是在说她自己："她没能努力赶上妈妈，但她能够理解妈妈身上的美。"③

然而，米切尔发现，无论是《飘》还是以前的作品，都难以清晰明了地描述这些"勇敢的妇女们"，而且，她所描述的毅力和

---

①《给茱莉亚·科利尔·哈里斯夫人的信》，第5—6页，理查德·哈维尔编，引自《玛格丽特·米切尔〈飘〉的信件集（1936—1949）》，《给哈利·史迪威·爱德华兹先生的信》，第15页，1936年6月18日。
②《给尊敬的罗伯特·W.宾汉姆的信》，1937年2月23日，引自《玛格丽特·米切尔〈飘〉的信件集（1936—1949）》，第123—124页，理查德·哈维尔编。
③《给阿斯瑞德·K.汉森小姐的信》，1937年1月27日，引自《玛格丽特·米切尔〈飘〉的信件集（1936—1949）》，第112页，理查德·哈维尔编。

自立常常被人理解为“邪恶”。在《亚特兰大日报》做记者时，她就尝到了被人质疑的滋味，就像《飘》被人质疑一样。根据安妮·爱德华兹的记叙，米切尔找到了编辑安格斯·蒲克森（Angus Perkerson），要求写一些发人深思的文章，而不只是按要求写些诸如《足球员是最佳老公》这样肤浅的社会报道。米切尔想要写一系列关于佐治亚历史上的女性的文章（显然这种想法被融入到她后来的小说中），蒲克森勉强同意了。在米切尔认真地研究、积极地创作后，第一篇文章面世了。这篇文章讲述了四个佐治亚女人的故事：一个是女议员，一个女扮男装跟随丈夫参加了美国内战，一个是土生土长的克里克女人，还有一个女人在美国独立战争期间杀了一个保守党人，在她家厨房里俘虏了一队英国兵。①

　　米切尔的文章遭到了公众的质疑，有的人批判她丑化了佐治亚的女性，有的人谴责她篡改了历史，各种各样的指责迎面而来。蒲克森取消了撰写这一系列文章的计划，并拒绝米切尔发表文章证明她的研究是符合史实的。从她的传记和信件中，我们无从得知她是如何应对这种状况的。但我可以肯定，她从中汲取了一些教训，并以此指导了以后的写作。米切尔明白了评论家是无情的，他们会以历史真实性为理由，质疑他们不喜欢的文字。因此，米切尔撰写《飘》时，仔细研究了每一处细节，并逐一回应了每个评论家的评论。米切尔还明白了，南方理想的女性形象深

---

① 安妮·爱德华兹，《塔拉之路：玛格丽特·米切尔的一生》，第100—101页。

深地根植于南方人的心里；对她虚构的任何一个女性形象，南方人都将进行详细地核查，并按照极其严格的道德和社会准则对其进行评判。

自然而然地，在米切尔的笔下，斯嘉丽讨厌性，也没有婚外性行为的快感；许多人——包括米切尔自己——把她看作一个"坏女人"，把她和米切尔描述的"美好的旧南方女人"对比而论；显然，这些"美好的女人"为斯嘉丽树立了完美的道德准则。不太可信的是，米切尔写信给尊敬的墨菲教长（Monsignor Murphy）时说，尽管斯嘉丽被人骂作"坏女人"，但是艾伦、梅兰妮和奶妈代表了她的良知，能够明辨善恶。①米切尔也承认，自己惊讶于孩子们也在读这本书，尽管有位玛丽·洛约拉（Mary Loyola）嬷嬷确定"这是一本基本符合道德的小说"，适合年轻女孩子们阅读。（考虑到天主教会以及给我来信的那些父母和老师们的态度，这种说法很有意思——见第二章。）更可信的是，米切尔经常收到读者的回信，从这些信中米切尔高兴地得知，他们并不钦佩那些"能够明辨是非的勇敢的女人"，反而喜欢和认同具有不守道德的决心、勇气和魄力的斯嘉丽·奥哈拉。

---

①《给尊敬的雅·H.墨菲蒙席的信》，1937 年 3 月 4 日，引自《玛格丽特·米切尔〈飘〉的信件集（1936—1949）》，第 126 页，理查德·哈维尔编。

第四章

斯嘉丽：名副其实的女主角

　　我们之中谁会不对斯嘉丽抱以同情之心？她总是刀子嘴豆腐心，她从来都不了解自己，不知道什么对自己最有利；她期望成为别人的样子，从来没有意识到自己的美好。从心的方面来看，谁又不曾体会过斯嘉丽的处境——当明白自己真正渴望和需要的是什么的时候，已经为时已晚？

——洛里·汤森（Lorie Townsend）

　　"斯嘉丽"（与"红色"同音）如此光彩夺目，她说，"一个女人必须拥有一切。"

——乔尼·米切尔（Joni Mitchell），

《夏日芳草》（The Hissing of Summer Lawns）的作者

1957年，有人曾对美国高中女生进行了一次调查，让她们回答了一个问题——在《飘》的两个女主人公斯嘉丽·奥哈拉和梅兰妮·威尔克斯中，谁是她们心目中的女主角？调查结果显示，除了一名学生外，其他全部选择了梅兰妮，而这样的结果却让玛格丽特·米切尔感到欣慰，因为对她来说，梅兰妮才是书中的女主角。[①]

　　1970年，这个调查又在一个类似的班级里进行了一次，而这一次的结果有所不同，75%的人选择了斯嘉丽。20世纪80年代中期，我在问卷中设置了这样一个问题：请写下《飘》中你最喜欢的一个角色。问卷统计发现，绝大部分人写下了"斯嘉丽"这个名字。由此可见，斯嘉丽·奥哈拉在当时可谓家喻户晓。无论是在小说还是电影里，斯嘉丽都是最受瞩目的角色之一，她是决定小说情节发展的重要角色。在塞尔兹尼克的电影中，斯嘉丽有680

　　[①]《给哈利·史迪威·爱德华兹先生的信》，1936年6月18日，《玛格丽特·米切尔〈飘〉的信件集（1936—1949）》，第15页，理查德·哈维尔编。

场主场景，占了电影总场景的**90%**，这一数字着实令人吃惊。而其他女性角色与斯嘉丽形成了鲜明的对比，她们可以说是评判斯嘉丽的度量衡，也是用以证实斯嘉丽出格举动和失足行为的有力证据。但斯嘉丽仍是影响小说和电影情节走向的重要人物，或者说，斯嘉丽就是《飘》的核心。

"斯嘉丽"之名

　　作者起初还未确定使用斯嘉丽这个名字时，选择了潘西这个名字，而潘西在英文中是指男性同性恋，因此，出版商们强烈要求玛格丽特换一个名字。现在看来，斯嘉丽无疑是最贴切的名字，米切尔将女主角的名字改为斯嘉丽，是为了纪念爱尔兰的阶级斗争："斯嘉丽家族为解放爱尔兰，与爱尔兰志愿军并肩作战，最终却付出了代价，被处以绞刑"。斯嘉丽的姓氏源于一位名叫奥哈拉的人，他是一名为追寻国土安定奋战至死的战士。[①]因此，斯嘉丽·奥哈拉这个名字，充满了正义的斗争精神和牺牲精神。"斯嘉丽"象征着一个国家、一个阶级、一群坚信为国而战的历史性和重要性的人。由此看来，比起象征蝴蝶花的潘西，斯嘉丽是一个更让人心动的选择……

---

　　① 玛格丽特·米切尔，《飘》，第412页，伦敦，潘出版社，1974年版。以下所有引自该小说的语句均查阅此版。

但对于大多数的读者和观众来说，"斯嘉丽"并没有象征爱尔兰的阶级斗争。对她们来说，"斯嘉丽"象征着鲜血、激情、愤怒、性欲和狂热，这个名字更能让人联想到一个女英雄的形象——她敢于与命运抗争，坚强地面对残酷的战争、生孩子以及死亡，甚至出卖自己的肉体来保住她所钟爱的塔拉庄园。如果说《飘》向我们展现了各种女性气质和女性角色，一方面塑造出了像梅兰妮这样的圣母形象，她无欲无求，温柔到极致；另一方面又塑造出了与梅兰妮完全相反的贝尔夫人，那么，斯嘉丽的形象就只能在这个范围内转换。

塞尔兹尼克的电影将小说中的内容很好地诠释了出来：被晚霞染红了的天空，覆满红土的大地，战后归来的士兵，这一切都表现出那个年代的热烈与激情，也暗示了奥哈拉一家在其中扮演的角色。电影以一种有意义的视觉画面对斯嘉丽的性欲做出了评价。贝尔·沃特林经常穿着粉红色或者洋红色的衣服，染着红色的头发和嘴唇，这样一个"红人"，让人无法忽视她的存在。然而在书中，她是一个活在角落里的角色，坐在自己的房间或是马车里，注视着窗外的车水马龙。她明白，在世人的眼中，自己的职业并不光彩，也知道她在瑞德生活中的分量；她对自己的处境十分了解，因此，她将自己的儿子（也有可能是瑞德的儿子）送走，这样她的儿子就看不到母亲的卑贱。我们可以将斯嘉丽的奶妈看作书中的另一个"红人"，她偷偷将瑞德给她买的红色衬裙穿上，把它小心地藏在里面，以免让人知道她也是一个感性的女人。然而，这些与性有关的人物，虽与理想化的南方女性截然相反，却是电影中最令人难以忘怀的角色。在阿希礼的生日派对上，斯嘉丽穿着一条漂亮而又性感的红色裙子（这是塞尔兹尼克的创新，小说中斯嘉丽穿的是一条绿色的裙子），出现在梅兰妮的家门口。她一直穿着这条裙子，到家后才披上自己的暗红色睡袍，慢慢走下铺着红毯的楼梯，想去喝杯酒，随后便遇到了正在喝酒的瑞德，那时，瑞德对待她就像对待世人眼中的妓女一样（第二天早上，瑞德意识到自己做得不妥，便向她道了歉并且离开了她）。

小说给红色赋予了性以及性格等方面的意义。小说中对红色有着各种性感而又多变的诠释，电影中则是通过特殊效果的图像、明亮的光线以及夺目的服装设计来展现红色的魅力。小说中和电影中都经常出现佐治亚州的红土地，这让我们明显地感觉到，红土是佐治亚州人民生命和生活的摇篮，是受战争破坏的塔拉庄园恢复生机的力量之源，在《飘》中也处于核心地位。同时，红土也反映出了玛格丽特和塞尔兹尼克的种族思想。这让我想起了黑人作家詹姆斯·鲍德温，他认为"佐治亚州的土地散发着锈红色的光芒"。某次他坐飞机望向窗外时，产生了如下感想：

当看到这片如同被树上滴落下来的鲜血染红的土地时，我情不自禁地想象到这样一个画面：一个黑人被吊在树上，一个白人手中拿着刀注视着他，然后慢慢地割下了他的性器官。①

　　无论你能否将"斯嘉丽"与爱尔兰的民族主义斗争、女性的性感与激情、鲍德温口中因黑人死刑而被染红的土地联系起来，"斯嘉丽"都是一个能够引发人们共鸣的名字。无论"斯嘉丽"包含了哪些意思，当你读出口的时候，它都会令你想起《飘》中那个唯一的斯嘉丽。

斯嘉丽与费雯·丽

　　当然，提起斯嘉丽·奥哈拉的时候，我们也必定会想起一个女演员，她的名字与斯嘉丽纠缠了50年之久。自电影上映之后，很多人认为费雯·丽将斯嘉丽的灵魂演绎了出来，并将她看作自己心中的"斯嘉丽"，而对费雯·丽本人来说，她一生都生活在"斯嘉丽"带给她的荣耀与阴影中。费雯·丽的女儿生下孩子时，报纸的头条写道："斯嘉丽·奥哈拉荣升为外婆"；1967年，53岁的费雯·丽因肺结核病逝，媒体对此的报道是"斯嘉丽·奥哈拉去世"。在关于费雯·丽的生平及其演艺生涯的文字资料中，很多作家一直都在强调费雯·丽与斯嘉丽的相似性，指

---

　　①《无人知晓我的名字：一封来自南方的信》，引自詹姆斯·鲍德温，《无人知晓我的名字：一个土生子的札记》，第87页，纽约，戴尔公司，1961年。

出费雯·丽就是扮演斯嘉丽的最佳人选（起初，选择费雯·丽还有点让人出乎意料）。费雯·丽最近的传记作家认为，"这很难让人不去相信'斯嘉丽'就是为费雯量身打造的一个角色"；加文·兰伯特看到费雯·丽饰演的斯嘉丽时，曾发出这样的感慨，"费雯对角色细节的把握以及热情的释放，与玛格丽特·米切尔所描述的'斯嘉丽'如此契合，她所呈现的斯嘉丽集美貌（米切尔描绘的斯嘉丽并不漂亮）、优雅、知性、魅惑于一身，虽然有时会精神崩溃，但一直积极乐观地奋力前行。"①这番话似乎也得到了米切尔本人的认同，她对费雯·丽演绎的斯嘉丽很满意，并经常对外界表示"她就是我心中的斯嘉丽"。

外界也普遍认同加文·兰伯特和玛格丽特对费雯·丽的评价（同时也忽略了费雯·丽作为一名演员的精湛演技），费雯·丽的传记作家也用大量篇幅描述现实中的费雯·丽与斯嘉丽的相似之处，这样的做法使影迷以及书迷们认为，费雯·丽出演斯嘉丽是理所当然的事情。对一个演员来说，这是她职业生涯中的巅峰，但是作为一名普通人，这样的评价对其私生活也产生了翻天覆地的影响。在后来的电影里，费雯·丽的表演和外貌一直被当作南方淑女的典范。

在好莱坞发展到"黄金时代"的时候，明星体制处于全面发

---

① 亚历山大·沃克，《费雯：费雯·丽的一生》，第 84 页，伦敦，威登菲尔出版社，1987 年；加文·兰伯特（Gavin Lambert），《〈飘〉之电影创作》，纽约，班特姆出版社，1973 年。

展阶段，公司也会为了某个明星而投资某部电影，为其努力宣传
并举办庆功宴。在这样一个绝佳的时机面前，费雯·丽顺利得到
了好莱坞历史上最宏大的史诗级电影的青睐，并因此成为电影时
长最长、最负盛名的电影的女一号。被电影制片厂选中的明星会
被看作电影成功的资本，在电影上映的几个月甚至是几年之前，
制作方就开始利用其明星效应大肆宣传。[①]在好莱坞电影中，对主
要角色的选择工作十分重要，尤其是特定演员，他们的个人魅力
必须能够得到制片人和导演的认可。而明星本人也要运用自己的
影响力，在一定程度上为电影的宣传及票房创造积极影响。

那时常见的电影宣传手段其实就是策划一场"发现"的过
程。实际上，《飘》的导演大卫·塞尔兹尼克，早先为电影《大
卫·科波菲尔》（1934）和《汤姆·索亚历险记》（1938）寻找
主要演员时，就用到了这种方法。因此，当电影《飘》上映的时
候（1939年12月在美国上映；1940年4月在英国上映），很多报
刊和无线广播频道都陆续发布了这一消息，这极大地激发了公众
的热情。电影《飘》在塞尔兹尼克的电影制作生涯中具有里程碑
意义，也成为好莱坞最令人难忘的电影之一，这些伟大的成就离
不开塞尔兹尼克的不懈努力。早在很多年前，塞尔兹尼克就开始
为电影《飘》的拍摄筹划。他与17名编剧协商交流，最终定下剧

---

① 理查德·戴尔，《明星》，第11页，伦敦，英国电影学院，1979年版；约翰·艾
丽斯，《可视小说：电影、电视节目以及录像带》，第108页，伦敦，劳特利奇和凯根·保
罗出版社，1982年。

本，对电影中的服饰、背景以及其他必需品都要求严苛。他甚至花了两年的时间才为"斯嘉丽·奥哈拉"这个角色敲定人选。并充分利用资源大力向群众宣传费雯·丽。

经过塞尔兹尼克的大力宣传和精心策划，两年后，费雯·丽在"寻找斯嘉丽·奥哈拉"活动中脱颖而出，得到了出演斯嘉丽·奥哈拉的机会。这场演员海选活动就像是一场模拟的"总统大选活动"，也被称作历史上"最著名的人才海选活动"。后来，这一活动也被很多人当作讽刺的对象。在克莱尔·布斯的反法西斯戏剧《再见，男孩们》中，就有给角色"维尔薇·奥图尔（Velvet O'Toole）"海选演员的情节，讽刺了塞尔兹尼克举办的海选活动。类似的讽刺在加森·卡宁（Garson Kanin）的情景剧《谁将成为斯嘉丽》（The Scarlett O'Hara War）（1980）中也有所体现。[①]关于这场著名的海选活动，很多资料也都有记载。这些记载显示，当时美国出现了大量星探；阿拉巴马女演员塔露拉·班克黑德（Tallulah Bankhead）的姑姑举办了一场"塔露拉-斯嘉丽"活动；新奥尔良《皮卡尤恩时报》（Times-Picayune）用了大量篇幅报道了星探凯·布朗（Kay Brown）来到这个城市，

---

① 彼得·康拉德，《泰晤士报文学增刊》中的《颂扬挥霍》，第1094页，1976年9月10日，罗兰·弗拉米尼，《斯嘉丽、瑞德和千万演员》，第73页，伦敦，安德烈·德驰，1975年。克莱尔·布斯（Clare Boothe），《再见，男孩们》（Kiss the Boys Goodbye），纽约，兰登书屋，1939年。有趣的是，她在序言中这样写道："这部舞台剧是对美国法西斯主义的政治讽刺，但全剧却被看作好莱坞中'寻找斯嘉丽·奥哈拉'的戏仿。"

篇幅之多其至超过了引起轰动的"爱德华八世退位，迎娶美国离异女子沃利斯·辛普森"事件。这次海选被广泛地记载、报道。无论是默默无闻的小演员，还是好莱坞最具名气的女星，都想在电影《飘》中争得一席之位。对她们来说，只要能在这部电影中露脸，就将取得巨大的成功，就像玛格丽特·米切尔凭借《飘》一举成名一样。这次海选共有1 400名女性去面试，90名女性被选中试镜，但大家依然趋之若鹜，在塞尔兹尼克面前争取露脸的机会，更有甚者将自己装在礼盒中送到塞尔兹尼克的门前。这场海选一共花费塞尔兹尼克92 000美元，包括所有的广告宣传费、工作人员的费用以及其他一些花销，但这对他来说只是一笔小费用，因为早在电影上映之前，他本人和电影就已经声名远扬了。

卡宁的情景剧《谁将成为斯嘉丽》以大众喜爱的浪漫情景结局——费雯·丽当选成为斯嘉丽的扮演者。这一结局在传记中也多次被记载。据记载，当时大卫·塞尔兹尼克还在为斯嘉丽的选角苦恼，在电影开拍时，他遭遇了资金短缺的压力。为减轻资金上的负担，他忍痛烧掉一些工作室陈旧的设备（其中包括电影《金刚》中的道具），为燃着熊熊烈火的亚特兰大布景，并将主要角色换成替身来拍这场戏。据说，塞尔兹尼克的弟弟，也是费雯·丽的经纪人米隆（Myron）以及后来成了费雯·丽的丈夫的劳伦斯·奥利弗，恰巧带着费雯·丽去了片场。大卫一扭头，看到了费雯·丽，她的眼睛碧如清泉，折射出了熊熊烈火的光芒。米隆说道："来见见斯嘉丽·奥哈拉吧。"①

　　而事实却复杂得多，也远没有这么浪漫。费雯·丽曾经多次接触过塞尔兹尼克，在海选开始时，塞尔兹尼克也看过费雯·丽参演过的几部电影。这场海选就像是杰拉尔德·加德纳和哈里特·莫德尔·加德纳所说的"灰姑娘骗局"一样②，用一个完美的结局掩盖了过程中的曲折。塞尔兹尼克也乐于听闻这样的故事广为流传。事实上，塞尔兹尼克早就认真考虑过是否让费雯·丽出演斯嘉丽，在他去世后，人们在他的遗物中发现了一张早期费雯·丽参演的电影照片，还有关于费雯·丽及其爱情生活的记录。③费雯·丽在看过小说《飘》之后就下定决心，自己一定要出演女主角。对当时的她来说，要想得到这个角色并不容易。和她一起"竞选"斯嘉丽这个角色的演员还有宝莲·高黛、琼·贝内特、简·阿瑟，她们都是非常优秀的演员。费雯·丽在塞尔兹尼克身上赌了一把，事实证明，她是对的，她最终从众多的优秀演员中脱颖而出，成为电影《飘》的女主角。费雯·丽本身是一位英国人，准确地说，费雯·丽和斯嘉丽一样，有着法国-爱尔兰血统，家族信奉天主教。在好莱坞，她无疑是一位英国古典美人。1939年，美国爆发文化孤立主义思潮，人们对外国演员霸占好莱

---

① 罗兰·弗拉米尼，《斯嘉丽、瑞德和千万演员》，第 154 页。
② 杰拉尔德·加德纳、哈里特·莫德尔·加德纳，《珍宝塔拉：〈飘〉的画抁史》，韦斯特波特，康涅狄格州，阿灵顿出版社，1980 年。
③ 威廉·普莱特，《斯嘉丽热——〈飘〉的电影画册》，纽约，考利尔·麦克米兰出版公司，1977 年。

坞最好的角色感到十分愤怒，更不用说让他们来指导和制作电影了。正如塞尔兹尼克所预言的那样，好莱坞知名八卦专栏作家赫达·霍珀（Hedda Hopper）对费雯·丽被选一事颇为不满，认为这对美国女演员来说是一种侮辱，南联邦女儿联合会也对此提出抗议。然而，玛格丽特·米切尔更倾向于英国女演员。她在给塞尔兹尼克的信中写道："英国口音与美国南方的口音十分接近，甚至比一些南方人和美国其他地区的人的口音更为相似。"①

　　除此之外，当时好莱坞的明星们都处在政治与道德的双重考验之下，他们需要以一种圣洁的形象面对大众，他们的身份不允许他们有任何瑕疵，尤其是在绯闻方面，更要时刻注意。宝莲·高黛的事情当时各大媒体都有广泛报道，她曾很受塞尔兹尼克的青睐，但因为她与查理·卓别林未婚同居，加上谣传卓别林有共产主义倾向，宝莲因此落选。费雯·丽被选为斯嘉丽的饰演者时已经结婚，与同样已婚且很受大众欢迎的男星劳伦斯·奥利弗陷入热恋，后来两人各自离婚，抛弃了年幼的孩子，走到了一起。如果这件事被曝光在大众面前，或是泄露给报刊或广播节目，那么费雯·丽也会从海选中落选。因此，他们俩对此事守口如瓶，工作室也给媒体施压以免消息走漏，一直到离婚事宜办妥。塞尔兹尼克在召开发布会时是这样宣布的：费雯·霍尔曼夫人，伦敦一名律师的妻子，当选斯嘉丽的饰演者。这场发布会刻

---

　　①《给大卫·塞尔兹尼克的信》，1939 年 1 月 30 日，引自《玛格丽特·米切尔〈飘〉的信件集（1936—1949）》，第 243 页，理查德·哈维尔编。

意轻描淡写了费雯·丽的婚外情以及她的英国人身份。然而，令人惊讶的是，她英国人的身份为她加分不少。这是因为，《飘》以美国南方为背景，北方人不适合饰演斯嘉丽这一角色。费雯·丽饰演的斯嘉丽最终也俘获了南联邦女儿联合会和南方淑女们的心，或许她不是美国人，但至少她也不是那些可恶的"美国北方佬"。然而，如果她们知道费雯·丽在来亚特兰大参加电影的首映礼、听到乐队奏响南联邦国歌时惊呼"他们演奏的是电影中的歌曲"时，[①]或许，她们就不会觉得由一个英国人出演南方角色算是一次成功的选择了。

从另一个角度来看，我认为，费雯·丽饰演斯嘉丽是一个极佳的选择。如果塞尔兹尼克要选择一个不知名的演员，那么他就需要斯嘉丽能够给他带来独特的感受。而费雯·丽最突出的优势就是，她身上有一种英国上层的优越感。这与她贵族、甚至是皇亲国戚的出身以及奥利弗的社会地位密不可分。费雯·丽的父亲是不列颠印度军队的一名官员，母亲是一名拥有法国-爱尔兰血统的天主教徒，这注定了她生下来便处于英国的中上层阶级，她第一次进入上流社交场合就是在英国国王乔治五世的宫廷中。她所嫁之人是"英语戏剧之王的继承人""演员中的王子"，后来被授予爵位的男演员劳伦斯·奥利弗，是英国获此殊荣的最年轻的演员。这对"金童玉女""无冕国戚"幸福地生活在一起，后来，他

---

① 安妮·爱德华兹，《费雯·丽》，第 96、118 页，伦敦，克洛尼特出版社，1978 年。

们在宏伟的13世纪的诺利修道院（由亨利五世赐名）里离婚。[①]因此，无论是对塑造塞尔兹尼克电影中的南方贵族（相较于玛格丽特·米切尔，大卫给了斯嘉丽一个更加高贵的出身），还是电影成功后她自身的发展，还是别人对她的赞誉，都与费雯·丽的出身及其贵族气质颇有渊源。

由于女主角本身的英国背景，1939年电影《飘》中有一种古典气质。岁月流逝，费雯·丽于1967年去世，而奥利弗也逐渐成为国际巨星，名声大振，大众热衷于谈论这对夫妇及其对电影《飘》的影响，关注他们的热情从未消减。根据布里斯托尔图书馆的统计，有大量出版物是专门为明星们撰写的，很多人都排长队来借阅这些书籍。在1985年的英国电影年，大众评选出了五位演员及导演，将他们的头像印成纪念邮票，费雯·丽是这五位人选中唯一的女性。安格斯·麦克宾（Angus McBean）为费雯·丽拍摄的照片广为流传，其中一张被选中印在了邮票上。观众们，尤其是英国观众，对电影《飘》有种特殊的情感，大家通过阅读传记、观看电视电影、购买邮票、收藏明信片等方式来表示他们对这部作品的支持。这种情感很大程度源自一种自我的爱国主义情感。一名英国演员饰演了好莱坞电影史上最出色的女性角色，对此，他们感到由衷的自豪和高兴。

电影《飘》获得了巨大成功，而费雯·丽却像被压上了千斤

---

① 安妮·爱德华兹，《费雯·丽》，第11、44 页；第146、147 页。亚历山大·沃克，《费雯：费雯·丽的一生》，第207 页。

重担。她拿下斯嘉丽这个角色时，奥利弗正在好莱坞拍《呼啸山庄》。后来，只要他俩一起出现，人们都会称呼他们为"希斯克利夫"和"斯嘉丽"，有的媒体甚至会忽略他们的英国国籍，直呼他们为"美国最佳情侣"。①刚开始的时候，这些赞美之词促进了他们事业的发展，也增进了两人之间的感情，但最终，这些都对他们产生了负面影响。费雯·丽不希望自己的戏路局限于这种南方身份的角色。费雯·丽饰演的斯嘉丽充满力量，精明强干，美丽动人，有勇有谋；而在《欲望号街车》（1951）中，她所饰演的布兰琪·杜博斯（Blanche DuBois）疯疯癫癫，风流浪荡，还有点儿抑郁。事实上，费雯·丽的确患有严重的躁狂抑郁症，她深受肺结核的折磨，酗酒、吸烟，经常失眠，再加上她的出轨丑闻，这些似乎将她束缚在了一个情绪反复无常的南方淑女的形象里。电影《飘》在给她带来物质利益的同时，也限制了她的个人发展，导致了她与奥利弗婚姻的破裂，并使她深陷孤立与绝望的境地。

费雯·丽将这两个角色演绎得淋漓尽致，完美地展现了小说和电影中刻画的两种南方女性的气质。维多利亚·奥唐奈曾经对电影中南方女性的角色进行过探讨，尤其是20世纪四五十年代由田纳西·威廉斯和威廉·福克纳的小说改编成的电影，她认为费雯·丽是南方淑女的典范，电影《飘》则是电影的典范。电影

① 安妮·爱德华兹，《费雯·丽》，第122页。

《飘》包含了四种常见的女性类型：一种是女人味十足的女性，她们往往虚荣、傲慢、盛气凌人，如斯嘉丽；一种是普通女性，她们勤劳、忠诚且待人宽容，如奶妈；一种是文雅女性，她们纯洁无瑕、高贵优雅，如梅兰妮；还有一种堕落的女性，她们深陷过去，无法自拔，如布兰琪和贝尔·沃特林。[①]布兰琪是"堕落的女性"中的最佳代表，比起斯嘉丽，她更为观众所熟知。她歇斯底里、反复无常、行为放荡，这一形象在南方情景剧中十分常见，如《狂野边缘》（*Walk on the Wild Side*）（1962）和《田野泪》（*Hurry Sundown*）（1967），而在电影《热铁皮屋顶上的猫》（1958）和《最后一场电影》（*The Last Picture Show*）（1971）中，这一形象被塑造得更加艳俗。费雯·丽饰演的斯嘉丽，与20世纪三四十年代"女性电影"中女演员的演绎更为接近，如贝蒂·戴维斯、凯瑟琳·赫本以及琼·克劳馥（这些女星都曾经竞争过斯嘉丽一角），她坚强、独立，不同于20世纪30年代的"快乐种植园"电影中的角色，也不同于20世纪40年代之后的黑暗情节剧里的角色，与其中自我毁灭、依赖性强的女性有天壤之别。

---

① 维多利亚·奥唐奈（Victoria O'Donnell），《南方妇女——电影中的时间黏合剂》，第156—163页，《南部季刊》，第19版，第3—4期，1981年。

斯嘉丽与朱莉

人们在讨论好莱坞南方淑女的角色时，常常将费雯·丽饰演的斯嘉丽与她的竞争对手贝蒂·戴维斯饰演的朱莉·马斯登相提并论。和费雯·丽一样，贝蒂·戴维斯也曾极其渴望得到斯嘉丽这个角色，她也是美国民众心中扮演斯嘉丽的最佳人选。然而，当时贝蒂与杰克·华纳（Jack Warner）签有合约，在借用贝蒂一事上，塞尔兹尼克与华纳产生了纠纷。因此，即使她十分知名，也很适合饰演斯嘉丽，塞尔兹尼克还是拒绝考虑贝蒂。为了抢占先机，华纳集团匆忙为戴维斯量身定做了《红衫泪痕》（*Jezebel*）（1938），以与塞尔兹尼克的《飘》抗衡，并在八周内完成了摄制。故事以1852年的新奥尔良为背景，讲述了黄热病爆发期一位叛逆的南方淑女的故事。贝蒂·戴维斯饰演的是朱莉小姐（有趣的是，这个名字与奥古斯特·斯特林堡笔下的女主人公同名），她对传统性观念与穿衣规则不屑一顾。她看不起自己懦弱的未婚夫普雷斯顿（亨利·方达饰），公然在自家的宴会上穿着骑马装，甚至在参加奥林巴斯舞会时穿上了大红舞衣，而在当时，未婚的女子参加舞会只能穿白色的衣裙。朱莉的未婚夫再也无法忍受她的古怪行为，与她解除了婚约，娶了一位温顺可人的北方女子。为了避免感染黄热病，哈尔西恩、普雷斯顿以及他的新娘躲在了家里的种植园里，任性的朱莉此时挑拨了一起决斗。后来，普雷斯顿患上黄热病，为了赎罪，朱莉坚持要陪伴在他的身边，和他一起去麻风病的隔离岛上。在那里，朱莉能够利用自己学过的克里奥尔方言与当地人打交道，以帮助、保护普雷斯顿。电影结尾处，伴随着马克斯·斯坦纳（Max Steiner）——《飘》的作曲家——高昂的音乐，朱莉和普雷斯顿离开了新奥尔良，离开了那个闪着炼狱般火光的地方。

就电影呈现的主题和使用的表现形式来说，《红衫泪痕》要领先于电影《飘》。《红衫泪痕》的女主角也是一个具有抗争精神的南方女性，她勇于打破社会对女性的限制，穿上艳红的裙子到处炫耀；影片中也有一位阿希礼型的男主角，他激发了女主角的反抗精神；配乐大师马克斯·斯坦纳为这两部电影分别作了曲，两部电影中的音乐都十分具有感染力。《红衫泪痕》中有一些场景与电影《飘》十分相似，大卫·塞尔兹尼克为此感到很愤怒，他要求剧组至少减掉其中一个场景，同时又担心这部影片会票房大卖，取得巨大成功。事实上，他应该感谢《红衫泪痕》。这部电影的画面中满是无垠的种植园、豪情壮志的军官以及忠诚老实的奴隶，再次引发了人们对旧南方题材电影的兴趣。就像罗兰·弗拉米尼说的那样，"美国内战题材的电影不再是票房毒药。"①《红衫泪痕》将战争题材的电影再次搬上荧幕，为后来电影《飘》的上映奠定了基础。

---

① 罗兰·弗拉米尼，《斯嘉丽、瑞德和千万粉丝》，第 52 页。

回顾起来，这部电影也让我们对南方淑女的形象有所了解，就像是为斯嘉丽和布兰奇进行了一场预演一样。朱莉极其反叛、任性且我行我素，这也是造成她悲剧结局的原因。她挑起的决斗导致了巴克·坎特雷尔的死亡；她输给了一个女人和一场黄热病，失去了自己最爱的男人；她任性妄为、不负责任，理应受到惩罚。同样，她也极其性感，内心涌动着一股不安分的欲望，她渴望被掌控，渴望从无人问津的境地中解脱出来，这种欲望在她急切地盯着普雷斯顿的胡桃拐棍时表露无遗。而她的未婚夫，一个阿希礼式的而不是瑞德式的男人，对此一口回绝。因此，她拯救自己的唯一办法就是像20世纪40年代的"女性电影"中的女性一样，选择一条必然的道路：爱与牺牲。因为她对爱情的忠贞，因为她不希望自己成为一个正统的女性，她必须牺牲自己，去陪伴将死的普雷斯顿。最后，她离开了新奥尔良，这既是对自己的救赎，也是对自己的否定。四年后，贝蒂·戴维斯在电影《姐妹情仇》（*In This Our Life*）（1942）中又出演了一个更有牺牲精神的角色。这部电影是华纳兄弟公司根据南方小说家艾伦·格拉斯哥的小说改编而成的。其中，贝蒂饰演的是一个邪恶、贪婪、十分糟糕的南方女性。在做了一连串的孽之后，贝蒂·戴维斯饰演的斯坦利（一个让人无法辨别性别的名字）在一场车祸中死去。在这部电影中，奥利维亚·德·哈维兰（Olivia de Havilland）再次塑造了她在《飘》中塑造的南方好女人形象，与贝蒂·戴维斯饰演的角色完全不同。

　　《红衫泪痕》上映一年后，费雯·丽饰演的斯嘉丽·奥哈拉出现在大众面前。斯嘉丽这个角色，有着朱莉身上那种不安分的欲望，内心也充满压抑的力量。而且，同样的，斯嘉丽的命运最终也走向了自我毁灭，她轻视、忽略了身边每一个爱她的人和她爱的人，并最终失去了他们。不同的是，贝蒂·戴维斯饰演的朱莉（以及后来的斯坦利）所受到的惩罚和诅咒并没有发生在斯嘉丽身上。斯嘉丽看起来满是缺点，无论是她的行为、她做出的判断，还是她的爱情和欲望，都有一种错误的倾向。但结局对她的惩罚却不是绝对的。电影开放式的结局保留了一份希望，希望这会成为斯嘉丽生活的新起点，或者说一次新的胜利，而不是回到她"合适的位置"上。在好莱坞的经典作品中，女性在结局时通常都会回到一个适合她的位置或境地，要么成为一个守规矩的女人，守好自己的本分，要么因她的罪过而受到惩罚，被孤立、驱逐或是走向死亡。[①]像其他好莱坞电影一样，《红衫泪痕》中，朱莉的红裙子使她被社会唾弃，被未婚夫抛弃。实际上，她也是被社会孤立，被剥夺了权利，并注定会在麻风病人隔离区死去。然而，这样司空见惯的结局并没有发生在斯嘉丽身上。斯嘉丽的身上仍然留有希望，因为梅兰妮曾经告诉她，"瑞德那么爱你"，如果她"想些办法"，或许能够让瑞德重新回到她的身边。即使瑞德不会回来了，斯嘉丽也还拥有塔拉庄园。从某种意义来说，斯

---

　　① 安内·库恩，《女人们的照片——女性主义与电影》，第34—35页，伦敦，劳特利奇和凯根·保罗，1982年。

嘉丽也回归到了她"合适的位置"上，但是《飘》并不像《红衫泪痕》《姐妹情仇》这类以女性为中心的好莱坞电影那样，并没有阻断斯嘉丽所有的后路。朱莉代表了人们心中避之不及的糟糕女人，认为她受到了"公正"的惩罚；而斯嘉丽·奥哈拉的命运却更加充满活力，充满希望，正因为如此，斯嘉丽一直活在人们的心里，为人们所钦佩，不断地被人们所诠释。而《红衫泪痕》在上映时也曾取得成功，获得一致好评，但到今天却已沉寂无声了。

斯嘉丽的女人们

费雯·丽饰演了斯嘉丽，这个角色后来影响了她的生活，这听起来既像是一个浪漫的传奇故事，又可以说是一个明星戓名之路的悲剧。对20世纪三四十年代经常看电影的人来说，作为两位年轻漂亮的英国新星，劳伦斯·奥丽弗与费雯·丽的爱情备受关注，他们在戏剧和影坛共同进步，分别荣获了爵士与贵妇的身份，在竞争激烈的美国电影界，他们争取到了饰演好莱坞最经典的角色的机会，获得了最优奖牌，激发了英国人内心的骄傲……所有的这一切，使得《飘》在战时的伦敦首映之前就博得了众人的眼球，取得了巨大成功。后来，像其他的传奇人物一样，费雯·丽英年早逝。关于她的各种神秘的浪漫故事在市井坊间流传开来。很多人将这位英国最著名演员的妻子的去世与斯嘉丽·奥哈拉联系起来，并对此津津乐道。实际上，在大众的心里，斯嘉丽就是费雯·丽。如何让观众们摒弃这一先入为主的观念，成了《飘》续集制作人面临的头号难题。

20世纪80年代，在给我回信的人当中，很少有人会将费雯·丽和她饰演的斯嘉丽分离开来。而马巧丽·西姆科克（Marjorie Simcock）却有些特别，她称费雯·丽的演绎是一次"失败"，因为马巧丽和她所有的朋友都想让贝蒂·戴维斯饰演斯嘉丽。大卫·普森的反应更为普遍一些，他因为太过于入迷，竟然将费雯·丽的画像画成了斯嘉丽。他说道：

> 最先打动我并且让我久久难忘的就是费雯·丽。在看《飘》之前，我只是觉得费雯·丽是一个普通的电影明星；而当我看完电影，她美丽的脸庞已经深深地印在了我的脑海里，永远不会磨灭。

绝大多数的来信者都读过《飘》这本书，有意思的是，他们中极少有人对费雯·丽的演绎做出评价。大多数的读者和观众都认为，费雯·丽对斯嘉丽这个角色的演绎十分自然、准确。这在某种程度上影响甚至杜绝了其他人对斯嘉丽的解读；显然，他们对别人怎么看待斯嘉丽的长相、语气、行为一点儿都不感兴趣。我认为，极少有人会同意安吉拉·卡特（Angela Carter）对费雯·丽的贬斥：

　　费雯·丽所饰演的斯嘉丽·奥哈拉像个厌食症患者，着
装与身份不符……她是好莱坞最不可靠的蛇蝎美女之一，她
那任性的尖叫声，估计只有蝙蝠才能听得到。①

　　我个人认为，费雯·丽完美地展现了不同人生时期的斯嘉
丽，然而，小说中斯嘉丽怀有的对自己的身体以及性生活的不
满，她没能够表达出来。我读《飘》的时候感到很开心，因为这
本书让我看到了一位拼搏的女主人公，她想奋力挣脱女性行为准
则对她的束缚，尽管在战争期间，这些束缚显然早已失去了效
力。方丹老奶奶（Grandma Fontaine）曾敏锐地说，斯嘉丽"有着
男人般精明的头脑"，她知道如何赚钱，但她少了一些"女性的
特质"，并不善于"应付人情世故"。我认为，斯嘉丽身上兼具
男人与女人的特质，可以让女性读者们充分发挥想象力，去想象
斯嘉丽是一个怎样的人，就像瑞德一样，在书中，我们可以把他
想象成一个爱人和母亲，也可以是一个行为专横的男人，又或是
女性的蓝颜知己、时尚顾问。也许这种创造性的想象只能发生在
阅读小说时；在电影中，角色通常会受到演员的限制，尤其会受
到演员自己对角色的理解以及他们的明星魅力的影响。电影中，
克拉克·盖博本身男子汉气概十足（海报、纪念品等宣传使得他

---

　　① 安吉拉·卡特，《毫不神圣》中的《女性商人》，第140页，伦敦，维拉格，1982年。

的这种气质尤为明显），站在盖博身边的费雯·丽身材娇小，身上的柔弱美与女性特有的阴柔美，与身旁充满男性气概的盖博形成鲜明的对比，男女角色又互为补充，相得益彰。但是对我来说，如果不是为了来信者们，我极少会在意他们之间的不同之处，或者探讨他们身上存在的性别模糊现象。

对很多女性读者和影迷来说，斯嘉丽被视为"女性先驱"，是一位新式的女主人公。我所有的调查对象中，极少有人会了解，从19世纪早期至今，美国南方女性小说创作具有悠久的传统，而玛格丽特·米切尔对此了如指掌。在《飘》中，她刻意隐含并背离了这种传统。①大部分人对20世纪30年代南方题材的电影也不是很了解，有为数不多的女性曾看过这类电影，但她们认为这类电影十分怪异，甚至《红衫泪痕》也是如此，而电影《飘》却是唯一一部让她们印象深刻的电影。有一位来信者称，斯嘉丽"也许是她看过的第一个'有缺点的女主角'"；另一位来信者认为，斯嘉丽是"我读到过的第一位冷酷无情、诡计多端且自私自利的女主角"。还有一位来信者是这样描述电影《飘》的：

　　在《飘》中，斯嘉丽不仅是女主人公，还是整个故事的推动者，用尽一切办法掌控自己的命运，这是我读过的此类小说的第一本。在此前我看过的20世纪50年代的好莱坞电影

---

　　① 见一部优秀的研究作品，凯瑟琳·李·赛德尔，《美国小说中的南方淑女》，坦帕，南佛罗里达大学出版社，1985年。

中，女人就是男人们决斗的战利品，她们总是无所事事，只会泪眼婆娑地跟她们的勇士挥手道别。而《飘》的故事给了我启迪，让我深受鼓舞。

一次又一次地，我收到女性朋友们的来信，听她们诉说自己对斯嘉丽的认同与钦佩之情。斯嘉丽是那么的精神饱满、足智多谋，她用自己的力量得到了自己想要的生活，而这些玥显是她们做不到的！她们还谈到，斯嘉丽将乱麻一般的生活打理得井然有序，她经历过失恋的痛苦，体会过母亲不在身边时的恐惧，还遭受了失去父母、孩子、朋友和丈夫的痛苦。还有一大部分人提到，斯嘉丽太晚明白自己的感情，在男女相处的过程中，也总伴随着误会、矛盾、偏见等，这些人生的讽刺让她们深有同感。"这就是生活"，人们在说出这句话时，常常要么是逆来顺受，要么是愤世嫉俗。斯嘉丽告诉女人们，生活不可能永远安逸，情感也不可能没有挫折。她展现出了女性的勇气，提出了一个朴素的人生哲学："明天再想这些吧。毕竟，明天又是新的一天。"这种人生哲学激励了万千女性，让她们鼓起了勇气，面对生活中的绝望、失意与惰性。

很多女性也表达了她们对斯嘉丽的矛盾心理，一方面，她们认为应该对斯嘉丽的无耻行径嗤之以鼻；另一方面，她们又不得不承认，她的处事方式的确行之有效。有的人认为，"她这个人诡计多端，但的确很聪明。"还有人认为，"虽然她毛病很多，但你还是会禁不住地想要赞扬她很能干。"斯嘉丽的身上集结了人们对她的贬斥和颂扬之词，她既"残酷无情""贪婪""野心勃勃""轻浮""固执己见"，又"坚强""勇气可嘉""充满激情"。在人们看来，斯嘉丽有着强烈的欲望，有迫切的追求，却无一能够实现。许多在少女时代就看过《飘》的人描述说，《飘》引发了她们的"性渴望"，引发了她们对无从获得的快乐和满足的渴望。《飘》中的人物全都遵循着一种失去与渴望的人生模式，而在这些人物当中，斯嘉丽尤为突出地体现了这种渴望与挫败，她终其一生都在追寻与失去一些虚无缥缈的东西。

有些来信者完全认可斯嘉丽以及她所做的一切。有些人的男朋友或者妈妈把她们和斯嘉丽相提并论，这常常会让她们偷着乐；有些人则觉得，她们与斯嘉丽意气相投，认为"我就是斯嘉丽""我可以体谅斯嘉丽·奥哈拉犯过的错误、她的蒙昧无知、幼稚行为以及她的贪婪和疯狂""斯嘉丽总是在追逐一些遥不可及的东西，就像我一样""我觉得斯嘉丽存在于每个女性的思想中，她就是我们身边许多女人的化身"。有些女性读《飘》时，年纪和斯嘉丽相仿，她们认为斯嘉丽是女性行为或态度的模范："作为女人，我将斯嘉丽看作我行为的典范，尤其是她'永不放弃'的精神""虽然最后斯嘉丽爱情受挫，但她善于随机应变，不会背负良心的重担，对困境应对自如，主宰了自己的生活和命运，这些对一个青春期的少女来说，简直是莫大的鼓舞""我们都想成为这样一位刚强不屈的女性，任性、美丽又心狠手辣"。作为一名"问题解决者”，斯嘉丽受到了人们的赞赏。

此外，斯嘉丽拥有17英寸的纤腰，乌黑的秀发，那绿色的眼睛在南方女性小说中极为少见，这样的美貌，就像她叛逆的性格一样，最让人羡慕不已。加布里·埃尔帕克（Gabrielle Parker）说，当看到"斯嘉丽在服丧期跳舞时，总会觉得心情愉悦"；还有一位署名为"70岁的保姆奶奶"的人这样描述自己的感受："经济萧条期刚刚过去，一场大战渐渐逼近，那时我是个小职员，也开始不守规矩了。"美国南方作家莫莉·哈斯凯尔说，对成长于20世纪四五十年代的她们那代人来说，"我们之中凡是有抱负的人，都会像斯嘉丽那样，用女人特有的方式，比如调情、挑逗、拒绝性要求等，来得到自己想要的东西。"①斯嘉丽是女性的典范，也给女性们提出了警告，她现身说法，告诫女人们不要逾越自己女性的本分。琼·格里姆肖（Jean Grimshaw）认为"在某种程度上是前车之鉴，她误解了自己的真心，失去了自己的丈夫"，而简·艾莉森（Jane Ellison）看过书之后觉得心里很别扭，"认同斯嘉丽的行为让我感到十分压抑，并有一种这个世界永远不会接纳一个十分强势的女人的感觉。"

还有一些人，对斯嘉丽持有一种母亲般的反对或者纵容态度。我想，这表明有些女性将小说中的人物看作自己孩子的替身，去评价他们的行为和语言，因为与这些人物之间并没有实际

① 莫莉·哈斯凯尔（Molly Haskell），《从尊敬到强奸：电影中女性的待遇》，第8页，伦敦，新英格兰图书馆，1975年。

上的关系，看待他们时，就会觉得他们比自己孩子的问题更多。有的来信者以母亲的口吻描述了自己的情感，语气中充满了关切、纵容与批评。有人说，"我为斯嘉丽感到悲伤，有时候我心痛到想要打她，有时我又瞧不起她"；有人说，"她那么迷恋阿希礼，我都想要把她摇醒"；还有人说，"年轻的时候，我觉得斯嘉丽的行为无可厚非，现在，我想告诉她别再那么傻了。但是在那个年纪，谁又能明白性吸引并不是爱情呢？我知道，她将会受到深深的伤害，我希望能够阻止她。"

有一位女性，十分认同圣洁善良的艾伦·奥哈拉，认为斯嘉丽的人生观"糟糕透顶"，她说道："要是知道斯嘉丽的所作所为，她的母亲该有多伤心啊。"在整部《飘》中，艾伦的存在就是为了提醒人们，斯嘉丽严重背离了母亲对她的管教与期望，让身为母亲的读者们产生了认同感。我们也可以将自己置身于故事当中，对这个替身女儿疾言厉色，享受那种震惊、气愤的刺激感。对很多人来说，斯嘉丽作为小说的女主角，她的独特之处就在于，她需要面对各种艰难的处境，克服各种挫折和困难，击败那些来自情感、家庭、家乡和社会的打击。每当面临巨大危机时，诸如驾车行驶在回塔拉庄园的路上时，耻辱地站在阿希礼的生日聚会上时，还有瑞德决然地离开后，她必须要独自面对这一切时，要么是父亲疯疯癫癫，要么是其他人把她当成主心骨。不管是在艾伦死后安慰精神失常的父亲，还是给梅兰妮接生孩子，不管是杀死那个北方大兵，还是面对女儿邦妮的意外离世，要做到这些，斯嘉丽必须拿出超出常人的勇气和自立的意志。在十年之间，她经历了接二连三的艰难困苦：家人和朋友相继离世，失去了富丽堂皇的塔拉庄园和生活圈子，对阿希礼爱而不得，历经三次失败的婚姻、战争、生孩子、强暴、流产、社交矛盾以及糟糕的性生活。在这样的人生经历之后，并不是所有的女主角还能像她一样坚持下来，还能做到在明天考虑对策，并下定决心得到她想要的。这，就是来信者们口中反复提到的、名副其实的"幸存者"斯嘉丽。

"幸存"这一主题，在各个时期女性创作的历史著作中都十分常见。20世纪80年代，出现了像杰基·柯林斯（Jackie Collins）和芭芭拉·泰勒·布拉德福德（Barbara Taylor Bradford）这样的女性传奇作家，这一主题更加呈现出一种新的活力。玛格丽特·米切尔于20世纪20年代创作了《飘》，她将斯嘉丽和瑞德看作"幸存者"，在经历了痛苦、战败与羞辱之后，仍然知道如何尽最大的努力为自己做好打算。根据玛格丽特的观点，阿希礼从战场归来之后，瑞德对斯嘉丽说的那一番话是整本书的关键。他说："他们不够聪明，斯嘉丽，只有聪明人才能活下来。"在这番话里，瑞德表达了自己对阿希礼这类人的蔑视，认为像这和不能适应变化和乱世的人，应该被社会淘汰，这是"自然法则"。

方丹老奶奶也曾经就"幸存者"的话题教育过斯嘉丽，再现了达尔文社会进化的观点。她认为，南方在战败后能够存续下来，是因为它能够适应动荡的局面，并且能够利用那些弱势群体，"当我们变得足够强大时，这些人就失去了利用价值，可以将他们踢出局或者变成垫脚石。"这种观点来自南联盟陈腐的复兴南方的想法。至今，在南方人的T恤上，我们仍然可以看到"南方虽已失败，但终有一天会再次崛起"的字样。尽管如此，作为小说中"再次崛起"的最生动的例子，斯嘉丽却向阿希礼抱怨，说瑞德总是向她唠叨"适者生存"的法则，可见，她本人对这种社会哲学并非了然于胸。

极少数的评论家，如小路易斯·D.鲁宾认为，战争解放了斯嘉丽，她从来都不想做一名淑女，是社会的剧变促使她成熟，而不是不管有没有社会剧变她都会成熟。[①]大部分的评论家们与我调查的人们持有相同的观点，他们也将斯嘉丽看作一个幸存者。这也是为什么20世纪三四十年代的评论家、读者以及观众们，将《飘》中的"幸存"看作一个深刻的主题，并将斯嘉丽的成长过程视为最适合表达这一主题的例子。《飘》出版于1936年，那时，美国和英国正遭受着"大萧条"的影响，处于经济低迷期。米切尔的小说给盼望着结束挣扎、饥饿、贫穷以及靠救济才能维持生计的人们带来了希望。电影《飘》于1939年上映，当时，英、美两国虽然已经摆脱了"大萧条"的影响，但却被卷入第二次世界大战。《飘》的上映再一次给人们一种信念：即使战争不

---

① 小路易斯·D.鲁宾（Jr Louis D.Rubin），《斯嘉丽·奥哈拉和两位昆廷·康普生》，见达顿·艾斯伯瑞·拜隆，《在美国文化中重铸〈飘〉》，第90页，迈阿密，佛罗里达州大学出版社，1983年。

可避免地会使国家的文明和社会安定受到影响，但特定的阶级、群体仍会存续，新的希望总会出现，生活也会再次步入王轨。那时的英、美两国的人们，他们的家园正经受着夜间炸弹袭击的威胁；他们的家人，有的被征召入伍，有的在战场上牺牲，孩子们也被从城市转移到了乡下，整个家庭四分五裂。而《飘》中斯嘉丽最后回到了塔拉，开始重整家园。塔拉又回归到了"旧时代"种植园的日子，在飘舞的白色窗帘后，奶妈依然在劳作不辍。斯嘉丽的这一回归，无疑让英、美两国的人们看到了希望，受到了鼓舞。

"生存"这个主题曾深深地触动了安妮·卡普夫（Anne Karpf），她的父母差点儿在战争中死掉。她写道：

> 我的父母在纳粹大屠杀中幸存下来。我经常会想，如果这种事情再次发生，我要如何应对，要做好怎样的准备才能幸免于难。对我来说，《飘》讲述的是一个关于"失去"的故事，失去家人，失去家乡，失去土地，这样的"失去"让我感同身受。斯嘉丽所处的境地，就是我曾想象的自己的境地——无论如何都要挣扎着活下来。从战前到战后，她的人生被骤然分裂成两个极端，就像我父母曾经历过的那样。斯嘉丽失去了优越的生活，失去了富裕的家园，家庭也四分五裂，这些故事都真真切切地触动了我。

很多经历过战争的女性，都有在战争期间阅读或者观看《飘》的经历，在回忆这一经历时，她们都认为，斯嘉丽就是集体、阶级以及社会幸存的象征。而安妮·卡普夫的话让我们看到，后辈的女性们也和斯嘉丽有一种共鸣，并将她看作重生与忍耐的象征。实际上，斯嘉丽代表的仅仅是白人中产阶级种植园主家庭。战争期间的读者和观众当中，极少会有人对这一点做出评价。如果我的调查对象具有一定的代表性的话，我们可以看到，只有后辈的读者观众完全理解了其中的种族和阶级内涵。对那些在20世纪五六十年代看过《飘》的女性来说，她们对战争并没有什么记忆，但养育她们的父母却饱受战争的折磨、思想较为保守。她们从更加个人化的角度看待斯嘉丽的"幸存"："在'她的时代'到来之前，她只是一个小角色，但可以肯定的是，她永远只关注自己的事情！"她是社会制度的反叛者。"对婴儿潮一代的人们（生于20世纪五六十年代）来说，她们受益于福利社会给予她们的特殊价值，生活质量提高，并且处于一个安定的社会环境中，叛逆、蛮横的斯嘉丽就是她们的模范。前辈的女性们体谅斯嘉丽的自私和钻劲儿，她们认为，"她为塔拉庄园费尽心思，不仅仅是为了她自己，也是为了她的家人"；而后辈的女性们则认为，这种体谅根本没有必要。在她们眼中，斯嘉丽就是楷模，是一位无畏的个人主义者和自主的女性主义者。

在撒切尔/里根时代，职业女性和雅皮士①是成功的典范，因

①城市中收入高、生活优裕的年轻专业人员。——译者注

此，对20世纪80年代的人来说，斯嘉丽的行为是可以理解的。人们很容易就想象出一个现代版本的《飘》：身着现代服饰的斯嘉丽在证券市场中如鱼得水，舒适地住在伦敦高级住宅区或纽约上东区，或许还会有一位和她同居的情人瑞德，又或者没有……如果是这样，那么，斯嘉丽的人生就只能是与工作为伴。这样的斯嘉丽，对那些处于职业上升期又没有孩子的职业女性[如黛安·基顿（Diane Keaton）在电影《我家四个宝》（*Baby Boom*）（1987）中饰演的角色]来说，也恰恰是当头棒喝。她们开始考虑退出残酷的竞争，去过一种赤脚站在厨房里的惬意生活。此外，对一个生于20世纪80年代、喜欢新兴的女权主义心理疗法的女性来说，《飘》完美地阐释了路伊丝·艾珍巴姆（Luise Eichenbaum）和苏西·欧巴契（Susie Orbach）在论文《女人想要什么》（*What Do Women Want?*）中的理论。[①]通常，女人都是独立的。能给予对方关怀的是女人，而不是男人；需要对方关怀的也是女人，而不是男人。女人很早就明白，她们才是关怀的给予者。在两性或家庭关系中，女人即使不是经济支柱，也会是情感的源泉，而她们自己却极少受到关怀。由此看来，无论瑞德多么珍爱斯嘉丽，无论斯嘉丽从别人那里得到了多少帮助，斯嘉丽由贫穷再次走向富有的神圣之路，其实都是一次孤独的旅程。在旅途中，能够给她力量的也只有她自己。她年少时别人告诉她，她可以将自己的一生交付给一个男

---

① 迈克尔·约瑟夫，伦敦，1983 年。

人。而现在看来，这样的想法简直肤浅至极。

我的调查对象们常常会谈到的，是《飘》中女性靠忍耐力和适应力得以幸存，而并非瑞德的"适者生存"的社会达尔文主义。她们总是能发现斯嘉丽娇纵的童年生活与不幸的青年生活之间的差距："当环境迫使她丢弃传统的贵族小姐形象而成为轻浮的荡妇时，她表现得无比坚强和有毅力""我很欣赏这个有点儿傻的女孩，她最终成长为一个聪明的女人，一个独立的女人。"她那句至理名言所体现的人生哲学，已经被各个时代的女性奉为真理，对她们来说，这是她们生存的关键。有一位作家曾经将"明天再想这件事"的决心描述为"做斯嘉丽·奥哈拉"，而不同的女性"做斯嘉丽·奥哈拉"会有不同的效果。有的女性认为，这样做"感觉自己是真正地在生活，而不是被一些不可控制的事情束缚住"；还有的人认为，这是治疗拖延症的良方。不管怎样，女人们都能理解斯嘉丽一直重复的这个真理，认为这是她们日常生活的实用指南。也许我们会发现，那些令我们心怀敬畏、敬而远之的超人的勇气和力量，被巧妙地融合在《飘》中，而且能让我们大部分人心有感触。斯嘉丽五年内所经历的事情，可能比我们大多数人一生中希望或害怕经历的还要多。面对这些事情，她通常是得过且过，当压力太大时，那些重大的事情和糟心的问题，她会延迟处理。

斯嘉丽是否是女性主义者?

斯嘉丽拒绝成为那种只会傻笑的南方淑女，是一个不停进步的人物，是女性的典范。在很多女性眼中，斯嘉丽是早期的女性主义者，有的人说她是一个"不够成熟的女性权益拥护者"。人们对此的说辞各不相同，50多岁的女性会说她有勇气、有毅力。有一位女性指出，斯嘉丽和瑞德之间是基于一种"平等的关系"，她在一个男性主导的世界里，"能够取得成功"，这两点也是其他女性十分赞赏的。还有很多人认为，斯嘉丽一直知道她想要什么，并能付诸行动去得到它，这让她们十分敬佩和羡慕。其中有一位来信者说，"斯嘉丽用自己的方式证明了女性是独立的个体。"李·贝克（Lee Beck）则称斯嘉丽为一位独立自主的"新女性"，她风趣地说道："斯嘉丽杀了人之后，竟然还敢从他的口袋里掏东西；她抢了自己妹妹的未婚夫后，还能对贝尔嗤之以鼻。这样的女性，你不得不佩服。"

莫莉·哈斯凯尔在对电影中的女性所做的研究中，称斯嘉丽蔑视除了性传统以外的所有传统惯例，是20世纪20年代的"新潮女郎"[①]在20世纪30年代的翻版。她将斯嘉丽看作现代职业女性的先驱，她痴迷于工作（打理塔拉庄园），拥有商业头脑。对她

---

① 不受传统拘束的女性。——译者注

来说，性只是获取自己想要的东西的一种工具，她既不需要性也没有享受到性的快乐，因而，压抑的性欲使她格外精力旺盛。当然，斯嘉丽也是一个贪得无厌的人。她想要成为，或者说，她说要成为像她母亲那样的"贵妇人"。而事实上，她的内心却更倾向于成为瑞德那样的人，她的行为更像是一个男子的行为，而不是大家闺秀的做派。她想要的东西太多，甚至不在乎得到它们需要付出怎样的代价。斯嘉丽大步流星地穿梭于繁杂的生活里，她服丧时在南方拍卖会上跳了第一支舞，为了缴纳塔拉庄园的赋税出卖了自己的身体，因坚持独自驾车去木材厂间接导致了她第二任丈夫的死亡……无论事关生死存亡，还是家庭琐事，斯嘉丽都会蔑视一切家族和社会的准则，无视母亲所教导的女性的美德以及阶级差别，为的不仅仅是活下来，而是更加富足舒适地活着。

　　从古老安宁的塔拉庄园到动荡不安的亚特兰大，然后又从亚特兰大回到塔拉，在这条由贫穷走向富裕的道路上，斯嘉丽与每一个家人都有过矛盾，她抢走妹妹的未婚夫，引诱好朋友的丈夫私奔；她亲手杀了一个男人，莫名其妙地结了两次婚；她沉溺于残酷的商业圈，甚至雇佣罪犯做苦役；她从不关心自己的孩子，更不用说关心她的三任丈夫。你也许会觉得，人们很难去喜欢或者认同这样一个角色。然而，令人意外的是，事实并非如此。尽管很多来信者表达了她们对斯嘉丽的不满，将她看作一个"被宠坏""诡计多端""愚蠢""自私自利"的人，但这种不满里往往夹杂着羡慕之情："她不是一个'好人'，但她确实很能干。"

　　像《豪门恩怨》中的亚历克斯·科尔比（Alexis Colby）和《富有的女人》（*A Woman of Substance*）中的爱玛·哈特（Emma Harte）这些角色，观众能够全盘接受她们的逾矩行为，没有半分批判。这三名女性都自私自利且自以为是，这样的人在现实生活中并不受欢迎，甚至令人厌恶，但同时她们的个性如此鲜明，致使我们对现实生活产生了乌托邦式的幻想。我们对作品中人物的言行做出了反面的评判（小说中，斯嘉丽并不值得同情并且没有道德底线，而现实中费雯·丽要更迷人耀眼，她只有一个疏于管教的孩子），但是本书的乐趣并不仅仅局限于道德、资产阶级礼仪准则以及家庭责任等方面。我们小心翼翼地遵循并坚守着我们珍视的价值观和荣誉，然而在斯嘉丽这样一个离经叛道的人物身上，这些却遭到了嘲笑，认为这些华而不实的价值观是经不起考验的。斯嘉丽生活在全新的亚特兰大，与北方投机分子和南方佬们惺惺相惜，依靠工业而非农业赚钱，这样的斯嘉丽，是新兴女性的代表，是20世纪40年代的女性心中的职业母亲，是20世纪60年代的解放主义者和事业家，是20世纪80年代"自我"的一代中的后女性主义者。

"斯嘉丽"的同类人

　　我做的调查结果表明，不同年代、国别和个人对"斯嘉丽"

的理解各有不同；有些人当她们想要大哭一场的时候，就会打开录像机看看《飘》，这些人对斯嘉丽的记忆和那些从未看过费雯·丽版《飘》的人完全不同。有很多人曾给我寄过信，其中包括白人美国人和黑人美国人，还有英国的"飘迷"们。我从她们的信中了解到，斯嘉丽的身上承载了很多女性们的联想，这些联想有的源自对电影和小说中斯嘉丽这个角色的解读，有的则源自传记作品。有一位名为"佐治亚蜜桃"的人，她从小受到的教育使她一直模仿并认同理想中的南方淑女，对她来说，她完全能够理解斯嘉丽自身的矛盾，而对一名英国读者或观众来说，这几乎是不可能的，因为她对美国南部的了解几乎完全来自《飘》。对那些在战争中失去了亲人，眼看着自己的孩子死去，又或者是那些爱上了有妇之夫的人来说，毫无疑问，斯嘉丽有着特殊的含义。

在我看来，要作为温柔女子的模范与榜样，斯嘉丽是失败的。我的调查对象无论是偏向于母性的宽容、道德上的谴责还是复杂的感情，她们的反应也都证明了这一点。在《飘》之前或是之后的很多历史小说和电影中，对于女子行为和女性气质的要求要比现在的更加苛刻（至少在美国和西欧的大多数社会和种族团体中是这样）。当看到斯嘉丽束腰以及在社交和性方面受到的诸多限制时，读者和观众会产生一种强烈的兴奋感。在那张广为流传的电影剧照里，海蒂·麦克丹尼尔饰演的奶妈给斯嘉丽穿上夜宴的礼服，她用力勒紧斯嘉丽衣服的绑带，直到衣裙紧紧贴合她那只有17英寸的纤腰，这样的束缚让斯嘉丽行动困难。如此美妙的身材，常常会让人垂涎不已，然而又是可望而不可即。这就像她穿着红色衣裙时的形象一样，经典、香艳，却又压抑着。她会因性感而被惩罚，但在别人的撩拨和挑逗下，她却又不停地去展现、释放她的性魅力。斯嘉丽对于性的感觉和表达有时候会很可笑或者只是煽情一些，但对别人来说却充满色情意味。在很多色情文学和"浪漫"小说中，两个命中注定的恋人在获得性满足的道路上总是阻碍重重。正是这种阻碍，使读者们获得了兴奋和刺激，而在男女主角最终冲破压抑女性性欲的文化限制，打破严苛的禁忌在一起时，这种兴奋和刺激感便会尤为强烈。因此，瑞德强行抱斯嘉丽上楼与她发生关系的镜头，让人们感到无比震撼。

　　与现实生活及经济方面受到的磨难一样，斯嘉丽在性和情感方面经受的考验也远远没有那么简单。毕竟，在情感方面，她是一个悲壮的失败者：她的确是一名出色的女商人，但却是一个糟糕的女儿、姐姐、妻子、母亲、朋友和情人。她从来没有真正理解她生命中那些重要的人。就像评论家伊丽莎白·福克斯-杰诺韦塞（Elizabeth Fox-Genovese）所说的那样，在小说的大部分情节中，斯嘉丽一直在追求阿希礼，一个和她的母亲极其相似的男人，以弥补失去母亲的空虚感。斯嘉丽并不了解自己内心的需求与渴望，因此，她想要成为一个男人，但却不明白自己真正想要的是什么："最后，斯嘉丽只剩下她自己。"[①]她所有的人际关系都证明了她难以认同自己的身份，尤其是自己的女性身份。她最终恍然大悟，她一直爱着的那个男人，却一直像个可怜的孩子一样依赖着她；当她终于明白自己对梅兰妮和瑞德的爱时，已经为时已晚。她很不喜欢生孩子，也不喜欢陪伴自己的孩子。她常常挂在嘴边的那句"明天再想这件事吧"，也只是一个借口，以延迟处理那些紧急却又烦人的事情，从而缓解她郁闷的情绪。

矛盾的是，正是斯嘉丽的失败，才让她如此有魅力。对于我大多数的调查对象来说，斯嘉丽最吸引人的地方是她的活力以及躁动不安的心，这种个性使得她的人际关系变得错综复杂，甚至以悲剧收尾。最近我再次看了电影《飘》，并为斯嘉丽在电影中打人的次数感到震惊。她打了阿希礼、碧西、苏埃伦、乔纳斯·威尔克森各一次，打了瑞德三次。这种幼稚的举动完美地诠释了她对这个让她痛苦不堪的世界的情感反击。小说中其他的女性人物，也像斯嘉丽一样经历过悲伤、痛苦和令人心碎的事情，但只有斯嘉丽始终不愿接受自己的命运，她坚持认为自己值得更好的生活，这一点完全吸引了读者们的心。方丹老奶奶领悟了透彻的人生哲学，梅兰妮沉默地忍耐着，奶妈能够随遇而安，这

---

① 伊丽莎白·福克斯-杰诺韦塞，《斯嘉丽·奥哈拉：新兴女性中的南方女人》，引自《美国季刊》，第 407 页，第 33 版，第 4 期，1981 年。当然，对《飘》的解读，另一种有趣的说法是从母爱缺失的角度分析的，见马多恩·M.米内尔（Madonne M.Miner），《飘》："空橱柜"》，引自《贪婪的胃口：20 世纪美国女性畅销书》，第 14—34 页，韦斯特波特，康涅狄格州，格林伍德出版社，1984 年。

些人物都非常优秀，但在她们身上看不到令人兴奋的女英雄的气质。在某些小的方面，《飘》体现了女性为获得社会及情感的归宿而付出代价，这种做法是斯嘉丽所反对的，她也因此付出了惨痛的代价。斯嘉丽的母亲在弥留之际心中念念不忘的，不是自己的丈夫杰拉尔德，也不是斯嘉丽，而是她已故的表哥菲利普。她爱着菲利普，而她的丈夫只是一个可怜的替代者。梅兰妮没有听从医生的劝告，怀上了第二个孩子，结果在生产时去世。贝尔为南方联邦贡献了自己的绵薄之力，在阿希礼受伤时也伸出了援助之手，但她只能在瑞德遭到斯嘉丽的冷遇时才能见到自己深爱的人。人们都认为斯嘉丽走上了一条"艰难的贵妇之路"，但对小说中所有的女性以及我们所有人来说，谁敢说自己选择了一条轻便之路？

斯嘉丽·奥哈拉影响了数以百万计的女性（以及相当数量的男性），她们都为斯嘉丽着迷，为她感动，对此，我难以做出总结。就像我说过的那样，她对女性的吸引力以及影响力，采自无数个人的或集体的经历及幻想。女性读者和观众对她有各种各样的评价：羡慕、谩骂、赏识、反对……而斯嘉丽作为一个小说和电影中的角色，她所能给予的，是让读者和观众们产生各种各样的认同感。斯嘉丽的故事，就是所有女性的故事——从未经世事的少女，到一名妻子、母亲、寡妇、职业女性以及妓女；她的故事，也是19世纪任何一个国家或者阶级（或者种族）的故事——从繁荣到贫穷，从和平到战争，从阶级、种族的安定团结到冲突混乱，然后再回到原点。国家、种族、阶级和性别的历史反转，都体现在斯嘉丽的人生经历中。她既代表着特属于她的历史、社会和个人地位，又对抗着这种地位。在那样一个风起云涌的历史时代，曾经安定的生活和稳定的社会关系遭到了前所未有的颠覆和质疑，女性读者和观众们希望从此时的斯嘉丽身上看到一种雄壮的英雄主义。这种英雄主义，不仅使这个女人的人生更加厚重和崇高起来，也让我们能够置身于更广泛的阶级、种族和世代的斗争中，让我们对人生产生更深刻的思考。

第五章
王者与懦夫：《飘》中的男人们

我丈夫听我谈论《飘》后也受到了影响。有天晚上，我们都有些喝醉了，他心血来潮抱我上楼，准备上演一场激情戏，然而结果却不尽人意。我丈夫没能像克拉克·盖博表现的那样，上楼时，他不得不多次停下来调整呼吸，最让我无法容忍的是．走到楼梯平台时，他竟然把我的头撞在了墙上。1980年，我们离婚了。

——帕特·里德（Pat Read）

总之，如果斯嘉丽不要瑞德了，我会毫不犹豫地要他。

——S.J.赫弗南女士（Mrs S.J.Heffernan）

斯嘉丽是《飘》中的核心人物，在某种程度上，其他所有人物都是对斯嘉丽角色的补充，或者与斯嘉丽的角色形成对比。那么，斯嘉丽宣称她所爱的那两个男人呢？女性粉丝们又是如何看待阿希礼·威尔克斯和瑞德·巴特勒的？翻阅着来信和问卷，我对于女性如何看待这两位男主人公充满好奇。无论在书中还是电影里，他们都是值得同情的角色。我希望收到的回复并不是千篇一律的，尤其是当我知道了饰演阿希礼的莱斯利·霍华德是20世纪30年代以及第二次世界大战后杰出的演员，并且是公认最适合饰演年轻角色的男演员，我期待在他的事业鼎盛期，能够有更多的女粉丝对他的角色作出热情的回应。

懦夫威尔克斯

　　我对来信者们这种一边倒的回应有些措手不及。她们对瑞德及其饰演者克拉克·盖博全是赞誉之词。瑞德被评为"最受欢迎的"角色，几乎可以与斯嘉丽相媲美。谈及"最不受欢迎"的角色时，乔纳斯·威尔克森、英迪亚·威尔克斯、碧西都有被提到，但阿希礼·威尔克斯无疑成为最后的"赢家"。阿希礼或莱斯利·霍华德获得如此一致的评价是有原因的。无论在书中还是电影里，这一角色给人们的感觉一直都是窝囊、懦弱、无趣、愚蠢、优柔寡断、胆小、不诚实的，是一个道德懦夫、一个可悲的失败主义者。有位来信者说"他活在女人的保护下"，还有一位来信者尖锐地批评他"毫无魅力、自私、呆板、愚孝、娇气、矫揉造作"。许多读者和观众认为，阿希礼对斯嘉丽的拒绝不够直截了当，因此"毁了她的幸福"；与瑞德相比，阿希礼缺少的是勇于承担的决心和坦诚。人们认为阿希礼的理想主义非但不伟大，还令人鄙夷。他纠结于对斯嘉丽的感情和对梅兰妮的爱，也只是一种无能和逃避的表现。

　　很难说阿希礼这一角色获得如此糟糕的评价是否与莱斯利·霍华德的表演有关（当然很多来信者是这样认为的）。就《飘》的创作和反馈而言，只有霍华德过火的表演遭到了人们的非议。玛格丽特·米切尔的丈夫在给朋友的信中写道，他和玛格丽特认为，霍华德的表演"糟糕透顶"。[1]理查德·哈维尔认为，最让米切尔失望的是，电影中表现的阿希礼比她书中描写的要无

①《玛格丽特·米切尔〈飘〉的信件集（1936—1949）》，第290页，理查德·哈维尔编。

能得多。[①]霍华德本人当初是拒绝出演这一角色的。在那之前，凭借《人性枷锁》（1934）中的菲利普、《罗密欧》（1936）以及《卖花女》（1938）中的亨利·希斯金教授，这个金发碧眼的英国绅士已经享有盛名，被人们称作"烦恼的思想者"。霍华德对这种一成不变的角色已心生厌倦，认为阿希礼这一角色是他被迫出演的"又一懦夫形象"。[②]他还觉得，自己45岁的年纪并不适合演这个角色，这个想法或许是对的。后来，他勉强答应饰演这一角色，这样他可以共同创作幕间曲。但他未能学好南方口音，拍摄时也经常迟到，平淡无奇的表演遭到了许多评论家以及来信者们的批评。

说起电影，莱斯利·霍华德毫无亮点的表演并不是唯一的问题。尽管马克斯·斯坦纳创作的背景音乐着重表现了阿希礼和斯嘉丽的关系，但剧本的描写和维克多·弗莱明（Victor Fleming）的指导都倾向于表现斯嘉丽·奥哈拉和瑞德的关系，而不是浪漫、理智的阿希礼。读者们认为，小说中阿希礼这个角色比电影中的阿希礼要出色得多。尽管阿希礼不常出现，而且很少说话，但他的形象深深地烙印在斯嘉丽的脑海中。我通过一次粗略的情景统计估算出，瑞德和斯嘉丽一起出场的次数是阿希礼和斯嘉丽一起出场次数的三倍，而且电影的拍摄频繁使用大、中、小特写

---

① 《〈飘〉：小说与电影》，第170页，理查德·哈维尔编，哥伦比亚，南卡罗来纳大学出版社，1983年。

② 杰拉尔德·加德纳、哈里特·莫德尔·加德纳，《珍宝塔拉：〈飘〉的画报史》，第43页，纽约，博南扎出版社，1980年。

镜头来凸显瑞德与斯嘉丽之间的两性冲突。莱斯利·霍华德饰演的阿希礼常常缩着身子、坐着或者试图逃避斯嘉丽，而瑞德常常注视着斯嘉丽，眼神时而嘲讽，时而专注，有时甚至像要把她看穿，而且在大部分的场景中，斯嘉丽与瑞德的身体靠得很近。克拉克·盖博饰演的瑞德是一个身强力壮的男人，所以他对斯嘉丽的触摸、拥抱、亲吻都很粗暴。他总是有自己戏剧性的出场方式，例如在十二橡树园的楼梯口、在南方的慈善晚会上、在梅兰妮分娩后斯嘉丽的家门前。他每次出现都衣冠楚楚，与其他人破烂不堪的衣着形成鲜明的对比。盖博饰演的瑞德是迄今为止电影史上换装最多的男演员，拍摄这部电影时，他拥有专属剪裁师。作为明星的吸引力和他个人的男性魅力已成为传奇。这样说来，可怜的莱斯利无力与之抗衡也不足为奇。

纵观全书和整部电影，那些对阿希礼充满鄙夷的回应也是有结构性原因的。从这四位主要人物来说，梅兰妮和阿希礼两人的角色功能很大程度上是对表现斯嘉丽和瑞德的主要情节的补充。这两个角色代表的是消逝的过去——爱国精神、荣誉、勇敢、南方淑女的美德、责任和忠诚，这一切贯穿了《飘》的叙事过程——虽然故事最后于他们而言可能是新的起点，他们身上所具有的这些品质也成了人们质疑的重点。在他人看来，这对青梅竹马在不合时宜的年代还坚守着这些过时的理想信念，不仅会遭人白眼而且是徒劳的。梅兰妮忸怩地脱下她的睡裙来包裹士兵的尸体，不顾生死坚持怀上第二个孩子；战后的阿希礼无助地寄居在塔拉庄园，又像瑞德说的那样，既不能"在感情上忠于妻子，又不能在肉体上背叛她"，这些与瑞德的高傲、果敢、利己主义和睿智，与斯嘉丽为了生存二话不说卷起袖子干活的蛮劲儿相比，明显地处于劣势。理想主义和思前想后的性格在《飘》中被表现得一无是处，而作为重要角色的阿希礼是这两者最糟糕的体现。在当时动荡不安的环境下，务实和自私是保命的关键，也是在经济、情感方面成功的要诀。在所有人物中，瑞德无疑是那个最能够与时俱进，也最懂得讨女人欢心的人。

浪子瑞德

瑞德·巴特勒这一角色以及克拉克·盖博对此角色的演绎是无可争辩的。在公众的印象里，瑞德比阿希礼要耀眼得多，就好像我在写作中为了突出男主人公而忽视次要人物一样。

玛格丽特·米切尔创造的人物瑞德，成为后来许多浪漫英雄人物创造的灵感来源，然而从另一个角度来说，这一角色只是对早期小说人物的复制，甚至是一种模仿。在一系列的小说人物中，他最后出场。他神秘、背景可疑、私生活混乱且丑闻不断、品位高雅且自控力强，他既懂得如何与女性保持距离，又能用热情掳获她们的芳心。维多利亚时期传奇剧中老套的浪漫英雄形象，这种洗心革面的浪子或者被人误解的理想主义者，在十八九世纪的小说和诗歌中被大量塑造出来，对读者来说再熟悉不过。例如，塞缪尔·理查逊笔下《克莱丽莎》中的拉夫莱斯（Lovelace）、拜伦笔下的《唐璜》、斯达尔夫人（Madame de Staël）笔下《科丽娜》（Corinne）中的梅尔维尔公爵（Lord Nelville）、简·奥斯汀笔下《傲慢与偏见》中的达西先生、夏洛蒂·勃朗特笔下《简·爱》中的罗切斯特先生、艾米莉·勃朗特笔下《呼啸山庄》中的希斯克利夫、《名利场》中的雷登·克罗莱和斯丹恩勋爵以及奥古斯塔·埃文斯（Augusta Evans）笔下的圣埃尔默。

就像莎士比亚笔下的哈姆雷特以及埃德加·爱伦·坡笔下那些颓废的愤世嫉俗的人一样，瑞德总是一袭黑衣地出现在人们面前，他的想法常常不着边际又让人难以理解。与他们不一样的是，他的行为能够利己利人。他与斯科特·菲茨杰拉德笔下的盖茨比有着相似的神秘过往——与家人一刀两断、漫游世界、淘过金、走私过军火、赌博，还在南美和古巴做过一些不清不楚的事情。通过对早期文学作品中人物形象的借鉴，米切尔将瑞德与一切不道德、不合法的事情联系在一起，以此凸显他狼藉不堪的名声和受人排挤的社会地位。他预测到了南方的战败，又在战争中谋取暴利，从这一点来看，我们不得不承认，他比同阶级同种族的其他人都精明。在这一经典小说中，我们对女主角的行踪了如指掌，而大多数情况下，我们对瑞德的行踪却知之甚少。他是在新奥尔良还是查尔斯顿？他正在海上航行、妓院欢愉还是赌场豪赌？头戴昂贵礼帽的是他，驾驶马车疾驰在亚特兰大的大火中的也是他，在亚特兰大监狱里深得狱警欢心的还是他。他深情款款、激情昂扬地出现，又悄无声息地离开，不知去向。瑞德这一形象集先前小说人物的理想品质于一身，也让后来浪漫主义小说家创作的人物充满活力。他的名简洁有力，他的姓十分大众化，为后来的布鲁斯·卡尔顿（Bruce Carlton）、拉尔夫·卡尔弗（Ralph Culver）和海耶斯·巴尼斯特（Hayes Banister）等人对浪漫主义小说的创作树立了典范。

瑞德的吸引力不仅在于他的神秘、自信、幽默和精明，还在于他的邪恶、罪行、海盗等一切冒险行为，当然这只能发生在幻想中。最重要的是，瑞德是一个脚踏实地的实干家，而非思想上的梦想家或精神上的领导者。他的身材、体格、体态在小说中有详细的描写，就连可怜的梅兰妮在去探望流产的斯嘉丽时都不禁被瑞德吸引。在梅兰妮眼中，瑞德高大威武，器宇轩昂，其独有的男性魅力深深地吸引着她。当瑞德第一次出现在十二橡树的大厅里时，他"体格壮硕、臂膀宽厚、肌肉结实，健壮得几乎不像个上流社会的人"；在他现身于慈善晚会时，"那壮美的身材，隐隐透出危险而又毫不文雅的个性""看起来像是一个荒淫无耻的人"，他不仅外表富有魅力，还陶醉于展示自己的魅力，他高雅得体的穿戴品位贯穿于小说始终，这是他不同于其他男性角色的地方。当斯嘉丽在亚特兰大照看受伤的士兵时，看到瑞德毫发无损、打扮光鲜地出现在她面前，她承认自己很高兴。他的穿着凸显了他的身材，也暴露了他的欲望。他的肌肉饱满匀称，浑身散发野兽般的气息，"狰狞雪白的牙齿""高耸的鹰钩鼻""像一只豹子慵懒地在阳光下伸展筋骨，又像是机警地等待着扑向猎物"。①

　　另外，瑞德的外表、着装和他不羁的个性，使人们自然而然地将他与邪恶、神秘以及性感等词联系到一起。从情节剧中的海盗、恶棍，到维多利亚时期皮肤黝黑的英雄和流氓，瑞德的黑暗面总会让人们联想到这些虚构的传奇人物形象。②迷人却又邪恶，魅力四射却又道德败坏，这些元素成就了一个神秘莫测的瑞德·巴特勒。在塞尔兹尼克的电影中，瑞德的出场经常以楼梯作为背景：在十二橡树园时，他站在楼梯下方，首次露面便给人留下深刻的印象；在皮蒂（Pitty）姑妈家时，他看着喝了酒的斯嘉丽脚步不稳地走下楼梯，向斯嘉丽求了婚；在亚特兰大的豪宅中，他将斯嘉丽抱上楼梯，和她一夜激情；同样是在亚特兰大的家中，他回家后与斯嘉丽争吵被激怒，失手将斯嘉丽推下楼梯，导致斯嘉丽流产；瑞德最后一次出场也是在楼梯下，他告诉斯嘉丽，他再也不会回来了。这些楼梯，关联了社交区域与私密空间，融和了平淡的起居与开心的夜生活，也隔离了会客室的寒暄

---

　　① 其他女权主义评论家看重的是浪漫主义小说中男性性感的身体和紧身的衣服，如，安·巴尔·斯尼托，《大众市场的罗曼史：女人的色情文学是不同的》，第144页，选自《激进历史评论》，1979年春夏季刊，第20期。
　　② 凯瑟琳·李·赛德尔，《美国小说中的南方淑女》，第56页。皮肤黝黑的瑞德让她想起南方黑人（见讨论，第129—137页）。

与卧室的激情，完美地象征了瑞德的神秘莫测、性情多变和旺盛的性活力。

从种种线索可以得知，瑞德曾经有一段不堪回首的情感经历，这段经历为他留下了一个私生子（他常常作为"监护人"去新奥尔良探望这个孩子），也使瑞德第一次经历爱人流产的痛苦。然而，如同所有高大英俊、皮肤黝黑的男主角一样，这一段不堪的过往并没有使他无地自容，相反，他谨慎、机警、自信、务实并且聪明绝伦。对女性来说，瑞德最吸引人的特质，莫过于他对女性的爱怜、帮助、抚慰，特别是他对女性的尊重。他不仅了解最新的女性服饰流行趋势，甚至包括隐秘的内衣裤，而且对女儿的要求百依百顺，经常推着她的童车陪她玩耍。[①]不管是女人们嘴上说的还是心里想的，瑞德都一清二楚。瑞德第一次出现在十二橡树园时，斯嘉丽就觉得瑞德似乎已经将她看"透"。瑞德不仅对女性的心理有自己独特的洞察力，而且十分了解女性的身体，比如接吻、性高潮和怀孕等方面的事。刚开始斯嘉丽对此十分苦恼，认为被瑞德看透令她"十分难堪"。然而人们都认为，这是瑞德独特的魅力，也正是这种魅力最终打动了斯嘉丽。那一夜，瑞德借着酒劲强行抱斯嘉丽上楼，与斯嘉丽翻云覆雨，这是斯嘉丽第一次体会到性爱的快感，对瑞德来说，"斯嘉丽就像是一本待他翻阅的书。他一直都懂她，也是这个世界上唯一一个让斯

---

① 推儿童车的镜头是电影中特有的。由于性别角色的原因，对 20 世纪 30—50 年代的观众而言，看到一个男人推着儿童车会令人感到不舒服。调查对象们并没有提到这一点。

嘉丽袒露无遗的人。"

离开费耶特维尔学院（Fayetteville Academy）后，斯嘉丽就很少读书，对周遭的事情一无所知（阿希礼和瑞德都用"肤浅"一词形容她）；虽然阿希礼读了不少书，但他既不懂得如何表达自己的情感，也不懂如何应对变幻的世界；瑞德则不同，他不仅阅读了大量的书籍，也交往了无数的女人。书籍也好，女人也罢，都蕴含了无穷的知识，让他实实在在地学到了很多，也让他成了女人们的蓝颜知己。正如"鞋合不合脚，穿过才知道"，斯嘉丽从未在他死去的丈夫弗兰克和她挚爱的阿希礼面前做真实的自己，而瑞德却是她可以袒露心扉的完美知己。

这可能是因为，瑞德并没有梅兰妮想象中那般有"男子气概"。这个皮肤黝黑的陌生人，有着壮硕的肌肉，身上散发出混合着白兰地、烟草和马的味道，就像杰拉尔德一样；他有一张女人般轮廓清晰的嘴巴，细腰，小脚，修剪整洁的指甲，他的着装是经过细心打扮的，这要在别的男人身上俨然就是一身的女子气。像艾伦·奥哈拉一样，他可以毫不避讳地跟女人谈论性和生孩子的话题；他柔声细语、动作温柔，甚至还会拿出一块干净的手帕来抚慰女人的伤痛。尽管他比阿希礼果断、无情得多，但他会为自己的妻子和死去的女儿伤心流泪，能够激发各类女性的钦佩和爱慕，比如梅兰妮、奶妈和贝尔。记者莱斯利·加纳（Lesley Garner）曾这样写道："瑞德兼具海盗的飒爽英姿和鳄鱼的凶狠毒辣。有先见之明的玛格丽特·米切尔将瑞德描写成一个雄心勃勃而又勇敢无畏的乐天派。他有思想，有内涵，温柔细腻，为人和善。只是在斯嘉丽面前表现得过于聪明，以嘲讽和睿智掩盖了自己的温柔。"[1]

瑞德心狠手辣但内敛细腻，自始至终都散发着男性的魅力，当之无愧地成为20世纪大量战后浪漫主义小说中男主人公的原型。[2]

瑞德身边常有女人相伴，又多与女性来往，因此瑞德比《飘》中其他男人都要了解女人。而且，他尤其喜欢那些如男性般刚强的女性，或是那些女人味不足的女性。比如，他崇敬圣洁温柔的梅兰妮，却不喜欢她圣母般的样子和孩子般拽着裙子哭，因此，他们的关系仅限于瑞德口头上表达的尊重而已。斯嘉丽和贝尔这两个女人都是生活的强者，为了生存和舒适的生活不惜奉献自己的肉体，遭到了世人的指责，然而瑞德却从她们身上获得了乐趣。对瑞德来说，他对传统南方淑女所谓的美德和矜持毫无好感。实际上，他更加赞同斯嘉丽活得像个男人，不必介意公众的闲言碎语，也不必拘泥于礼节。瑞德希望斯嘉丽像他一样，做事昂然自若，心狠手辣，但他丝毫没有体会到，这种生活方式对女性来说是多么危险。成为一个被社会唾弃的贵族女是斯嘉丽莫大的悲哀，她无法按照自己的意愿生活，无法决定与谁生活在

---

① 莱斯利·加纳，《伟大的爱情故事》，引自《每日电邮》，第 14 页，1987 年 2 月 16 日。
② 关于这一男性角色的深入探讨，见安·巴尔·斯尼陶、艾莉森·莱特，《重返曼陀丽》：以女性性行为和阶级地位为主题的浪漫主义小说，出自《女性主义评述》，第 7—25 页，1984 年夏季版，第 16 期；珍妮丝·A.拉德威，《品读浪漫主义：女性、父权制及大众文学》，伦敦，韦尔索出版社，1987 年。

一起，亚特兰大和查尔斯顿不会再接受她。不，如果按照瑞德的想法生活，只会有和贝尔·沃特林一样的下场。在女性读者和观众看来，将这两个女人等同看待，让她们对瑞德既爱又怕。当然，瑞德对斯嘉丽说的那句"爱做什么就做什么，我会一直陪着你"，这对斯嘉丽来说是一种无法抗拒的霸道。

　　我的来信者们大多将瑞德定义为一个反叛者，一个没有信仰、不够忠诚的"黑暗骑士"，这可能是受电影的影响。在小说中，瑞德最终屈服于严格的社会行为规则，这种做法成了瑞德和斯嘉丽争论的主要问题。起初，瑞德是一个社会的旁观者，他愤世嫉俗，批判南方价值观、道德观，但是在他参加内战之后，特别是当了爸爸之后，他赢得了周围人的一致认可。他鼓励斯嘉丽的儿子韦德·汉普顿（Wade Hampton）到哈佛读书并立志成为一名律师，他谴责斯嘉丽放任邦妮与共和"痞子"扯上关系，责备她迟迟没有为孩子们"在社会上的定位"做好准备。尽管斯嘉丽对瑞德冷嘲热讽（因为不久前瑞德还让斯嘉丽抛开名声，摒弃南方联盟那种"败局已定"的心态），但瑞德仍倾尽全力，为全家赢回了南方白人民主党的尊重，也正因此，在小说的最后，瑞德离开了斯嘉丽。恰逢中年危机的瑞德对斯嘉丽说，等到她45岁时，也许会懂得他为什么这么做。他开始珍惜那些他曾不屑一顾的东西，"家庭的和睦、名誉、安定以及深扎的根。"

　　这种感情上的改变被认为是可笑的。批评家弗洛伊德·C.沃特金斯（Floyd C.Watkins）诙谐地谴责道："瑞德的强硬，完全能与海明威小说中的硬汉形象相媲美。一旦温柔起来，他就变得唠叨、爱国又多愁善感，后悔曾经粗鲁地对待女人。"[1]另一方面，批评家安妮·琼斯更严肃地阐明了她的观点，她认为小说《飘》（她没有谈论电影）认可南方的社会秩序，也传递了一种对自然和两性的传统看法。她指出，那些对社会、对两性角色最为叛逆的人，最终会回头。

"如果要问《飘》中的最后赢家，我认为是'旧社会'。"[2]对于瑞德是否应该被看作叛变者这一点，来信者克莱尔·迈耶（Claire Meyer）发表了一种有趣的看法。她认为，瑞德作为一个典型的浪漫主义英雄，削弱人们对性别的刻板印象，是对浪漫主义小说题材的模仿。至于瑞德的愤世嫉俗，她说他"认识到了他所揭露事情的价值；他的愤世嫉俗是教人思考，而不是毁灭人"。她还认为，瑞德不会允许他人背弃道德，所以他不会冷眼旁观，而是撕下他们伪善的面具。我相信，那些认为瑞德品性"最为诚实"的来信者们也一定是这样想的。

---

① 弗洛伊德·C.沃特金斯，《作为通俗文学的〈飘〉》，引自《〈飘〉：小说与电影》，第 207 页，理查德·哈维尔编。

② 安妮·琼斯（Anne Jones），《坏女孩的美好旧时光：性别、性爱以及南方社会秩序》，引自达登·艾斯伯瑞·派隆的《在美国文化中重铸〈飘〉》，第 115 页，迈阿密，佛罗里达大学出版社，1983 年。

"亲爱的盖博先生，你偷走了我的心。"

——朱迪·加兰，《1938年的百老汇旋律》（*Broadway Melody of 1938*）

　　1985年的诙谐短片《嫁给克拉克·盖博的女人》，讲述的是20世纪30年代后期，都柏林一对没有孩子的工人阶级夫妇的故事。这个工人为了取悦贤惠的妻子，特意留起了克拉克·盖博式的小胡子，因为他的妻子是盖博的忠实粉丝。她看过很多次盖博出演的电影《火烧旧金山》（*San Francisco*），第一次是和丈夫一起，后来她又一个人在午后去看了几次，她还常常在电影杂志上看有关盖博的花边新闻。她把丈夫幻想成盖博，对着他讲电影中的对白。她曾经在床上对文雅、矜持的丈夫说"你好粗鲁哦"，显得十分滑稽而且不合时宜。她还曾向她的牧师忏悔，把她的丈夫叫作马克·盖博，将她的丈夫和克拉克·盖博当成了一个人。这把她的丈夫气得一个人喝闷酒，并刮掉了胡子。后来，这对没有孩子的夫妇一起去看了一部非盖博演的电影《育婴奇谈》（*Bringing Up Baby*）；回到家后，她坦言自己"感觉好多了"。[①]

　　这部怀旧电影反思了好莱坞的明星本质、20世纪30年代的两性关系以及女性的幻想，以充满激情的20世纪80年代的视角对这些问题进行了评论。影星克拉克·盖博是这个女人幻想的对

---

　　①《嫁给克拉克·盖博的女人》（*The Woman Who Married Clark Gable*），在鲁克电影公司拍摄，撒迪厄斯·奥沙利文导演，改编自肖恩·法莱恩的短片小说。

象，她试图将偶像转化成活生生的人，尽管她滑稽的行为并没有成功，但这一行为却发人深思。如琼·梅隆所言："盖博主宰了20世纪30年代"，[①]而他的主要作品也在那十年里熠熠生辉，例如，1931年与诺玛·希拉主演的《自由魂》（*A Free Soul*）、与葛丽泰·嘉宝（共同出演的《苏珊·诺伦克斯浮沉录》（*Susan Lenox*）、与琼·克劳馥出演的《藏娇记》（*Possessed*），再就是1939年风靡世界的《飘》。1938年，埃德·沙利文（Ed Sullivan）在报刊专栏里刊登的一篇国民调查文章显示，克拉克·盖博和玛娜·洛伊（Myrna Loy）被2 000万民众选为"好莱坞影帝和影后"；一些来信者热情地称盖博为"影帝"。

克拉克·盖博（1901—1960）是米高梅电影公司最杰出的演员之一。讽刺的是，他所出演的两部最成功的影片——《一夜风流》（1934）和《飘》却是与其他两个电影公司合作拍摄的。那时，好莱坞的电影业和明星发展体制正处在繁荣鼎盛、利润丰厚之时，盖博也和其他明星一样，受到了他的老板路易斯·B.迈耶（Louis B.Mayer）和宣传人员的严格控制和全面包装。1931年在电影界崭露头角后，他的形象也被树立起来。电影《自由魂》使盖博取得了意想不到的成功。在这部电影中，他把一个女孩抓起来扔到椅子上，以此驯服了这个被宠坏的富家女。数以千计的观众给米高梅电影公司写了信，称呼盖博为那个"掌掴诺玛·希拉

---

　　① 琼·梅隆（Joan Mellon），《大坏狼：美国电影中的男性形象》，第116页，伦敦，榆木出版社，1977年版。

的家伙"。①实际上，他并没有真的打到希拉，但是米高梅电影公司趁势在次年上映的电影《夜班护士》（*Night Nurse*）中，设计了盖博殴打芭芭拉·斯坦威克（Barbara Stanwyck）的镜头。

　　这一举动打破了温文尔雅、浪漫深情的男主角的传统形象，所塑造的新的男主角会因为"女人无视了他的魅力"就"狠踹她的屁股，把她扛在肩上，扔到不见天日的洞里"。②盖博是人们公认的"真男人"，他爱打枪，爱狩猎，爱钓鱼，爱骑马也爱赛车，是一个举手投足都散发男性魅力的全美运动员。米高梅电影公司谨慎地隐瞒了他真正的德国名字——格贝尔（Goebel）；他经历了两次买卖式婚姻，两任妻子都不如他年轻、有魅力（他的公司替他妥善处理了第二次的离婚事宜，因为那时电影《飘》已经开始拍摄）；大约在1933年，他装了假牙。唯一能够容忍盖博大尺度拍摄的是他的第三任妻子，也是最有魅力的卡洛尔·梅巴德（Carole Lombard）。③毫不吹嘘地说，盖博的身材健美，受到了人们的称赞。在电影《试验飞行员》（*Test Pilot*）（1938）中，盖博饰演的是一位海明威式的英雄人物，喜欢挑战身体极限。莱斯利·霍华德出现在荧屏上时，他总是叼着那专属叔伯一辈的大烟斗，而盖博则是拿着雪茄或伴随着香烟的烟雾出现，这种彰

---

① 简·埃伦·韦恩（Jane Ellen Wayne），《盖博的女人们》，第 73 页，伦敦，西蒙－舒斯特出版公司，1987 年。

② 同上。

③ 一部关于他们婚姻的电影在 1976 年上映：《盖博和郎白》，由西德尼·J. 富里、詹姆斯·布洛林和吉尔·克雷伯格共同导演。

显男子汉气概的独特风格，后来被克林特·伊斯特伍德（Clint Eastwood）效仿。[①]

在疯狂的媒体炒作和宣传盖博的文章中，尤其没有提及的就是他的表演能力。他的第一任妻子约瑟芬·狄隆（Josephine Dillon），曾经给他进行了大量专业训练，多年来，他在米高梅电影公司也积累了丰富的表演经验，他还凭借哥伦比亚·弗兰克·卡普拉（Columbia Frank Capra）的电影《一夜风流》获得了奥斯卡奖，然而，很少有人对他的表演技巧进行过探究。人们所关注的，是盖博在电影内外的感召力、明星品质和男性魅力。最新一部盖博传记的作者简·埃伦·韦恩公然将她的书定名为《盖博的女人们》，理由是"要了解克拉克·盖博，就要了解他生活中形形色色的女人们"。[②]在罗兰·弗拉米尼的一本介绍《飘》的创作的书中，盖博被描述为"在大萧条后的狂风暴雨中勇往直前的男人。对付女人和面对困境时，他自信满满，清楚自己是什么样的人，也知道自己要干什么"。[③]

人们常拿盖博的"性能力"说事儿，塞姆·高德温（Sam Goldwyn）就有过一句名言："罗伯特·蒙哥马利（Robert Montgomery）出现在荧屏上时，可以看出他是个真男人；而克拉克·盖博出现时，则可以秒杀一切男人。"[④]杰拉尔德·加德

① 琼·梅隆，《大坏狼：美国电影中的男性形象》，书中提到过伊斯特伍德的风格主义。
② 简·埃伦·韦恩，《盖博的女人们》，第 10 页。
③ 罗兰·弗拉米尼，《斯嘉丽、瑞德和千万演员》，第 110 页。
④ 同上。

纳和哈里特·莫德尔·加德纳在《珍宝塔拉：〈飘〉的画报史》中用大量章节重点展示了盖博的形象，而其他演员和电影主题的画报则一笔带过。他们把其中一章直接命名为"盖博和性"，并配上了一张盖博身边簇拥着八个姿态万千的女演员的剧照。在这一章节中，作者明目张胆地将盖博描述为"男性性能力和自信的象征"。苏珊·迈里克，电影《飘》的顾问，说她自己也像大多数女性一样，对盖博一见倾心，并形容他"男性魅力四射"。[①]简·埃伦·韦恩称他为"人类与野兽的融合体"，他以"粗糙、质朴、坚硬的金刚石"形象，取代了20世纪20年代鲁道夫·瓦伦蒂诺（Rudolph Valentino）的儒雅和内敛的形象。她挑逗般地把盖博描述为典型的"美国男人……他是恶魔，是男人中的真男人，女人心中的勇士兰斯洛特（Lancelot），影迷们的梦，他是斯嘉丽的瑞德，他是仁慈、正直的君王，只不过比起江山，他更爱美人罢了"。[②]韦恩满足了每个影迷的急切愿望，爆出了许多关于盖博的信息，比如，与盖博上过床的女人有几个，盖博娶了谁，哪个女人背叛了盖博，盖博是否与他的妻子离婚了，等等。这部内容清晰的传记，让人们更深入地了解了素有"行走的生殖器"（然而很多时候被称为"糟糕的性伙伴"）之称的盖博。

　　我的来信者们将瑞德的这种性魅力描述得很是含蓄，通过他们的来信可以看出，这位以男性魅力著称的好莱坞影帝，在

---

① 苏珊·迈里克，《好莱坞的白色圆柱——〈飘〉电影场地记录》，第87页。
② 简·埃伦·韦恩，《盖博的女人们》，第16、73、10、18页。

《飘》中塑造了瑞德这一成功的角色后，一直美名远扬。不同于费雯·丽和海蒂·麦克丹尼尔的是，盖博并没有因为电影《飘》获得奥斯卡的任何奖项。在大量的信件和问卷中，女性观众们告诉我，她们"无法自拔"地爱上了盖博那"华丽""英俊""致命的性感""无法忽略的男性魅力"以及他那双"会说话的眼睛"。更有来信者说，自从50年前第一次看电影《飘》，就情不自禁地爱上了盖博："1939年第一次看电影《飘》时，我就疯狂地爱上了这个男人，直到现在，我都觉得他魅力四射！"正如苏珊·迈里克所说，只是看盖博那么一眼，片场的场记女孩子们便会瘫软在地。还有一位女性称，她在1970年看了这部电影，从那之后便爱上了盖博。她在信中写道："噢！电影《飘》让我走火入魔。"另一位在少年时就看过这部电影的来信者也表达了她的爱慕之情："我认为盖博激发并满足了我对男人的所有的浪漫幻想。他的男性魅力深深地吸引着我，我知道，他冷酷无情的外表下，隐藏着真性情。"

我认为，对英国女性而言，盖博所体现的是一种专属美国男性的独特魅力。

人们似乎对克拉克·盖博饰演瑞德·巴特勒这一角色毫无争议。尽管他与米高梅电影公司以及大卫·塞尔兹尼克的岳父迈耶签订了协议，但从一开始，盖博就是公众心目中的最佳人选。虽然玛格丽特·米切尔对盖博没有太多的好感，但她也在1936年7月25日的书信中承认："我周围所有的朋友都认为，应该由盖博来饰演这一角色。"同年的10月份，她又写到，她收到了很多来信，要求换掉盖博。^①可见，小说刚一出版，盖博就被挑选出（或至少在考虑范围内）饰演瑞德这一角色；除了少部分的批评外，大多数来信者都赞同杰拉尔德和哈里特·莫德尔·加德纳所说的——"最完美的角色遇到了最完美的演员。"^②

　　大卫·塞尔兹尼克选择了"完美的"盖博出演这一角色，米高梅电影公司也答应将盖博"租用"给大卫，但前提是获得完整的电影发行权以及按比例分红电影票房收入。像莱斯利·霍华德一样，盖博本身是不愿意接演这一角色的，其原因有很多，例如，他不喜欢这一角色的服装配饰，不喜欢大卫·塞尔兹尼克，也不喜欢电影拍摄的时长，尤其不喜欢在片场被人们称为"女人统领者"的乔治·库克（George Cukor）。盖博是无可争议的大牌明星，片酬也最高，他可以决定几场拍摄，也有权利要求更换导演。所以他换掉了库克，选择曾导演过《试验飞行员》的好友维克多·弗莱明。"真男人"维克多·弗莱明将库克凸显细腻情感的拍摄视角改成了拍摄大型情节剧。或许正是出于朋友之间的相互信任和"真男人"之间的相互了解，弗莱明说服了不情愿的盖博放下身份，为邦妮的死痛哭一场。同样的，从小方面来看，盖博的大牌地位给了他发号施令的特权，例如，他可以要求缩短工

---

　　①《给乔治·A.康沃尔先生和凯瑟琳·布朗女士的信》，引自《玛格丽特·米切尔〈飘〉的信件集（1936—1949）》，第46、71页，理查德·哈维尔编。
　　②杰拉尔德·加德纳、哈里特·莫德尔·加德纳，《珍宝塔拉：〈飘〉的画报史》，第38页。

作时长，可以要求更换服装和剪裁师，或是拒绝用南方口音。尽管苏珊·迈里克为每个演员进行了适当的口音训练，但盖博对此表示抗拒。迈里克后来承认："他说什么其实不重要，重要的是女人们为他的魅力所倾倒。"①

各种宣传照、海报、明信片、影院大堂卡、杂志插图和唱片封套上，都印着瑞德·巴特勒和斯嘉丽·奥哈拉性感、浪漫的照片。一些新制作的剧照（大多是电影中的场景）大多是在去塔拉庄园的路上瑞德意欲亲吻斯嘉丽，或是瑞德向斯嘉丽求婚时拥抱着她的场景，还有他们在新奥尔良度蜜月时，瑞德安慰从噩梦中醒来的斯嘉丽时的场景。

但人们最喜欢的海报场景，出自电影中最有名的桥段：瑞德抱着斯嘉丽上楼，享受一夜激情。一张张海报的宣传让《飘》走向全世界。无论小说的名字被译成哪种语言，最受欢迎的描述（不是照片），当属瑞德抱着身穿睡袍的斯嘉丽，向卧室走去。为人们所熟悉的，还有霸道的瑞德深情地注视着漂亮、温顺的斯嘉丽的场景，这一幕也成了舞台剧和电视剧争相模仿的对象。戴尔·安格伦德（Dale Anglund）和詹妮斯·赫西（Janis Hirsch）的小说《与猿共舞》（*Gone With the Ape*）的封面就模仿了这一场景，展现了斯嘉丽被一只大猩猩搂在怀里；②还有，风靡一时的英

---

① 苏珊·迈里克，《好莱坞的白色圆柱——〈飘〉电影场地记录》，第 44 页。
② 纽约，柏克利出版公司，1977 年出版。

国左翼《社会主义工人》（*Socialist Worker*）的海报也模仿了这一场景，展现了核战争背景下，罗纳德·里根拥着玛格丽特·撒切尔。[①]在对这个场景的各种模仿中，克拉克·盖博是主要被模仿的对象，而不是斯嘉丽。这个场景以废墟中的塔拉庄园或者战火中的亚特兰大为背景，展现了克拉克·盖博在电影中的主导地位，强烈地凸显了他势不可当的男性魅力。

尽管所有来信者都认为并且相信，斯嘉丽是电影的核心人物，然而电影的宣传、广告和纪念品都倾向于展示克拉克·盖博，把他饰演的瑞德当作电影的核心代表人物。这张又复被复制的海报中，斯嘉丽袒胸露乳，衣服被撕碎（通常情况下她的天鹅绒和蕾丝裙都是穿戴整齐的），比任何一张电影剧照都要露骨，这个场景也成了女观众们最常回味的。盖博作为电影《飘》中的重要男性角色，他的第一次露面就令女人们心跳加速。P.E.巴克姆太太（Mrs P.E.Buckham）来信表达了她的看法，"在盖博第一次出现在十二橡树园楼梯旁的那一刻，几乎所有女人都为之感叹。"我的朋友和来信者们，还有我自己，看到这一幕时也有同样的感受。

① 不同国家张贴的海报和插画以及书的封面、入场券等，见赫布·布里奇斯的《〈飘〉大事记》，第 59—150、165 页，美国佐治亚洲，梅肯市，梅瑟大学出版社，1986 年。

一点儿也不在乎

一名观众在1939年看完电影《飘》后，心情久久不能平静，特别是电影最后瑞德·巴特勒说的那些话。当瑞德下定决心离开斯嘉丽时，斯嘉丽心里慌了，她不知道瑞德离开后她该何去何从，对此，瑞德的回答是："坦白说，亲爱的，我（他妈的）一点儿也不在乎。""坦白说"一词是由编剧悉尼·霍华德（Sidney Howard）特意加上的，而"他妈的"（米切尔原著中的词）打破了海斯法典（Hays Code）关于电影中脏话使用的相关规定。大卫·塞尔兹尼克充分意识到这一法规的严肃性，所以他为此拍摄了两个版本（第一个版本中，瑞德说"我一点儿也不在乎"），但他坚持保持原著中词语的力度。为了使台词既规范又不偏离原著，塞尔兹尼克亲自与威尔·海斯（Will Hays）交流了一下，他辩解说，"damn"一词援引自《牛津英语词典》，而且在众多出版物中这个词已被多次使用过。最后，威尔·海斯只得妥协，但大卫不得不为此付出5 000美元的罚款。不管怎样，钱没有白花，瑞德最后的退场台词还是很受人认可的。[①]

玛格丽特·巴洛（Margaret Barlow）女士在信中写道："在我的成长过程中，无论是我还是我周围的朋友，都常常用这句浪漫的台词，我相信60岁的我也一定难忘这句经典台词。"由此可见，

---

① 罗兰·弗拉米尼，《斯嘉丽、瑞德和千万演员》。

一个银幕英雄说出这样温和的脏话是多么少见。评论家琼·梅隆认为，克拉克·盖博说出这句话的时候"从未如此有魅力""对任何一个女人来说，她们都希望看到盖博这样的角色出现在银幕上，因此，盖博这种不安分的男人形象成了美国电影的常态"。①从这句台词中，或者从我们对它的反应中，可以看出为什么瑞德会有如此持久的魅力：因为他爱的女人没有及时地回应他的爱，他选择了放手。通过这样的方式，他保护了自己作为男人的优越感、对女人的控制力以及权威。没有哪一个真正的男人愿意受女人摆布，也没有哪一个男主人公愿意像女主人公一样操持家务。这是爱看电影的人们从盖博的传承者们身上学习到的，比如詹姆斯·迪恩（James Dean）、约翰·韦恩（John Wayne）、克林特·伊斯特伍德以及罗伯特·雷德福（Robert Redford）……对于20世纪三四十年代的观众来说，这些震撼无比的台词打破了银幕禁忌，也确定了盖博独一无二的银幕形象。尽管斯嘉丽拥有了瑞德，但她不知珍惜；在我们旁观者看来，斯嘉丽有如此结局是她咎由自取。无论是作为电影明星的盖博还是虚构的瑞德，这两个人物已然合二为一。克拉克/瑞德是独一无二的、不可替代的，但同时，他也是高不可攀的，如同所有明星和浪漫主义作品中的男主人公一样，他充满魅力，令人回味无穷。

　　琼·迪迪恩曾提到过约翰·韦恩对她童年时期的吸引力：

① 琼·梅隆，《大坏狼：美国电影中的男性形象》，第117页。

"他的魅力势不可当，即便是孩童也能感受得到。"之前她所接触的世界"充斥着利益、怀疑和不确定"，而韦恩让她对这个世界（或许并不真实）有了新的认识。韦恩的世界里有的是无拘无束，怡然自得，人们可以按自己喜欢的方式生活；如果一个男人承担起了他分内的责任，那么，到了那一天，他便可以带上自己心爱的女人四处兜风，享受属于大自然真正的自由……波光粼粼的小河旁，三角叶杨在清晨阳光的照射下闪闪发光。[1]

这种浪漫的观点是，神秘而又性感迷人的男主人公靠闯荡、自立和自己的能力获得力量，如果他愿意，他可以把他心爱的女人带到一个远离文明的神秘之地。在盖博塑造的人物身上，我们看到了这种力量，他能让女人享受到性快感，又能给予她神圣的精神快乐。然而，他所塑造的那个人物，抛弃了他的女人，在黑暗中扬长而去。这种冷漠，在许多银幕情人以及现实中的男人身上，我们都看到过……

争吵与强暴

喝醉了的瑞德，陷入对斯嘉丽刻骨的爱恋中不能自拔，当耗尽了最后一丝耐心后，他一把搂过斯嘉丽，不顾她的反抗（开

---

[1] 琼·迪迪恩（Joan Didion），《向伯利恒跋涉》中的《约翰·韦恩似一首情歌》，第 39 页，哈蒙兹沃思，企鹅出版社，1974 年。

始是这样），强行抱着她走上楼梯。长长的楼梯被黑暗淹没，看不见尽头。场景结束，接下来的情节任由你们想象（当然，现在已经没什么好想象的了）。我脑海里也曾经浮现出一个生动的场景，不过并没有太多的细节。

是的，这是丈夫用"独有的方式"与自己妻子相处的缩影，他们引起了我对浪漫、爱情、渴望和责任的思考，包括后来的很长一段时间，我都在默默观察一些已婚夫妇（包括我的父母）互相之间是如何相处的。

艾琳第一次看《飘》是在1957年，那一年她14岁。在信中，她说她从中感受到了隐秘的性刺激，她还提到了瑞德令斯嘉丽失足摔下楼梯的可恶行为。她提到了20世纪30年代对电影中性爱画面的严格审查制度，还有许多20世纪五六十年代的年轻女孩（包括我自己），她们对于探究当时社会的禁忌话题——婚姻暴力和强奸，有一种莫名的兴奋。

为了宣传电影，提高知名度，这个场景的海报被频繁使用。所有能激起人们情绪波动的镜头中，瑞德对斯嘉丽的性暴力行为无疑是最有争议的。在评论性和报道性文章中，还有我收到的来信和问卷中，这一镜头被视为电影以及小说中的性高潮（两种意义上都是如此），是具有象征意义的重要部分。不同人对此有不同的观点和感受，这种差异尤其体现在那些年代不同、政治立场不同的作者中。大卫·塞尔兹尼克将其称为"争吵与强暴"，一些有名的现代小说评论家以及我的一些来信者也都认为，那一晚，瑞德强暴了斯嘉丽。[①]然而，大多数来信者（包括我自己）意识到了这场争吵的两面性，并将此解读为一场享受彼此的激烈性爱。

这一场景引起争论是意料之内的事。无论是婚内还是婚外，强暴以及男人对女人使用暴力，多年来一直是女权主义者关注的重点。近十年来，这一话题也受到社会公众的广泛关注。为遭到殴打的妇女提供庇护所、强奸危机中心的设立、警察局中强奸诉讼案件的频发、"重返黑夜"游行以及女性在成人用品商店中遭到攻击事件的发生、通俗报纸上刊登的色情文学和"三版女郎"裸照，这些都凸显了男性暴力的严重性，大多数女性因此每天都担惊受怕，精神紧张。女性主义者对此进行了反抗，并采取了对抗男性暴力的举措，使人们对男性暴力的看法发生了转变。强暴，并不是一种对"想要"和"期待"发生性关系的女性而犯的性罪行。（这是至今还影响着年长的强奸案法官的一种主流观点）这种罪行引发了警察和主流媒体的激烈讨论，是男性对女性实施的一种恶劣的罪行，伴随着暴力、恐惧和女性的仇恨。受到20世纪七八十年代的美国文学作品的影响，"革命的"女权主义者采用了理论家苏珊·布朗米勒的观点，认为强奸是一种"男人有意识的

---

① 在《反男性小说与大萧条：玛格丽特·米切尔的〈飘〉》中，莱斯利·费德勒认为，这是斯嘉丽遭遇的三次强奸未遂中的一次，另外两次分别是塔拉庄园的大兵和在贫民区遭遇的黑人。《飘》：小说与电影》，理查德·哈维尔编，第248页；凯瑟琳·李·赛德尔，《美国小说中的南方淑女》，第56—57页；安吉拉·卡特，《毫不神圣》，第142—143页，伦敦，维拉戈出版社，1982年。

恐吓并使对方感到恐惧的行为"。①

有一位来信者埃琳娜·邦德（Elena Bond），以革命性的女性主义视角读完了小说《飘》。她认为瑞德强暴了斯嘉丽，希望让她怀上孩子。她说："强迫斯嘉丽爱上瑞德，这对女人来说是巨大的侮辱。如果男人太坏，女人们反而会爱上男人，这让男性对女性的辱骂和羞辱变得理所应当。作者在此处传达的信息是，女人们注定会遇见羞辱她们的瑞德，而且，实际上是她们让男人们潜移默化地改变了她们，无论是精神还是肉体。"

关于《飘》，安吉拉·卡特写了一篇充满讽刺和智慧的文章，她认为"强暴"一词对布朗米勒的辩护者们来说是一种报复的幻想："画面切换到第二天早上，斯嘉丽在豪华的大床上肆意翻滚，嘴角上扬地为自己的幸福歌唱。怎么样？这就是这个放荡的女人一直追求的。

　　　　如果你就这样相信了，那你也太好骗了。或许她刚弄坏了瑞德的护膝，一定是这样！当然，在这个节骨眼儿上，这是唯一能够让斯嘉丽微笑的事情。这也一定是瑞德去欧洲拜访一位优秀的护膝专家的原因。当然，剧本中一定不会这样写，但我确信事情的经过就是这样的。②

---

①苏珊·布朗米勒（Susan Brownmiller），《违背我们的意愿》，第15页　哈蒙兹沃思，企鹅出版社。

②安吉拉·卡特，《毫不神圣》，第142—143页。

评论家凯瑟琳·李·赛德尔认为，斯嘉丽"受虐般的妥协"表明"女人的内心隐藏着受虐的欲望"。她把瑞德表现的这种忽略斯嘉丽意愿的"大男子主义行为"定义为强暴，因为人们并不认为"享受特权是他的权利"，凯瑟琳将此与20世纪美国南方小说中的类似场景进行比较。她还指出，瑞德黝黑的皮肤以及他野兽般的行为，激起了读者们对典型的南方黑人强奸犯的联想和恐惧，就像人们一谈到19、20世纪的小说，会自然联想到小说中描写的南方淑女一样。但在关于传统的一系列讨论中，赛德尔有些偏离了方向。如果你没有认真阅读过原著，那很有可能将这一场景定义为强暴。有人认为《飘》中的"核心的合理化解释"就是"所有女人都希望被男人强暴"，对我来说，这是对米切尔的原著以及塞尔兹尼克电影的扭曲。[①]相反，我认为《飘》通过描述斯嘉丽的三次遭遇，颠覆了南方小说和电影中常见的强暴主题。在其他的南方小说和电影中，这些遭遇多以女主角受到暴力威胁收场。然而，斯嘉丽没有被那个北方大兵强暴，反而还杀了他；她在贫民区差点被黑人强暴，但最后被曾经身为奴隶的黑人解救（所以并不是所有黑人都是强奸犯）；尽管瑞德扬言要杀了斯嘉丽，也向梅兰妮坦言他想伤害斯嘉丽，但实际上，瑞德发现只有厌倦了循规蹈矩般性游戏的斯嘉丽才能满足他的欲望。

---

① 凯瑟琳·李·赛德尔，《美国小说中的南方淑女》，第 56、148 页。

来信者对瑞德这一形象爱恨交织，一位来信者用"完美的下流鬼"一词来形容瑞德，认为他的流氓行为"可恶中带着美妙"。科拉·卡普兰（Cora Kaplan）说，斯嘉丽前两任性无能的丈夫（如瑞德所说：一个"男孩"，一个"老男人"）并没有让她体会到作为女人应该享受的性快感。在斯嘉丽与瑞德第一次的性爱经历中，双方仅仅沉醉于彼此的肉体，而精神却背道而驰，然而（可能正是因为）这一次性爱经历，让斯嘉丽体验到了性爱。杰拉尔丁·凯伊（Geraldine Kaye）认为，这是小说和电影在心理上给观众的错误引导，让观众们认为，因为斯嘉丽十分享受这难得的一夜激情，所以最了解斯嘉丽的瑞德会选择留下来。假如他为此道歉并转身离开，那才是真正地出人意料；如果不是瑞德让斯嘉丽体会到性爱的快感，斯嘉丽又怎么会说他是最了解自己的人？多丽丝·巴克利（Doris Buckley）也赞同这一观点，她"不太相信"瑞德选择在第二天早上离开，因为"以他对女人的了解以及他对斯嘉丽深深的爱，他应该会想到那一晚对斯嘉丽意味着什么，并留下来验证他的猜想"。目前为止，大多数女性来信者都认为，这一情节让人身心愉悦，深刻难忘。很少有人将其定义为"强暴"。

仔细读过小说并且观看电影后会发现，没有任何指向性的信息表明这是一场强暴。在阿希礼举办的宴会上，斯嘉丽被周围的人冠以通奸的罪名。怀着对阿希礼的愤怒和忌妒，瑞德威胁斯嘉丽要使用武力，就像他曾经做过的一样（他曾经说要拽着缰绳骑在斯嘉丽身上，既束缚她又鞭策她；他还清楚地表明，门锁阻止不了他进入卧室）。他们一起在楼梯旁喝酒时，瑞德把双手强有力地放在斯嘉丽的头上，威胁斯嘉丽说，他要敲碎她的头颅，把阿希礼从她的脑海中移除。但瑞德这种威胁或者潜在的暴力并没有真实发生。瑞德一直被认为是一个典型的南方白人，他杀死了一个黑人和一个美国佬，但绝不会对白人女性这样做。

当然，这种暴力的威胁令人惶恐。每次瑞德喝醉酒后都会威胁斯嘉丽，那时的他变成了斯嘉丽第一次见到他时的样子，就像一个陌生人；"陌生人"一词在整个事件中多次用来指代瑞德。一旦这个"喝醉了酒、嘟嘟囔囔的陌生人"抱着斯嘉丽上楼，他就变成了一个"发狂的""粗暴的"陌生人，"一个比死亡还要可怕的人""一个比她强壮，她既不能给予威胁也不能征服的人，一个正在威胁她并征服她的人"，但也令她感受到"一种从未体验过的狂热的刺激"——显然指的是第一次性高潮（我认为的重要情节）。然而，当我十几岁读这部小说时，就认为这种行为属于强暴（尽管那时我不太理解"强暴"一词是什么意思），但最近重读小说后，对此变得更加不确定。考虑到斯嘉丽成长过程中所受到的道德准则熏陶和对性自由的约束，我们就不难发现，其实她并不喜欢之前所感受过的性爱，也难怪她现在很抗拒瑞德强有力的臂膀，因为瑞德总爱吹嘘自己与女性接吻的技巧。她所受到的教育告诉她，性爱只是一种对婚姻的责任，谈的越少越好。就像弗朗西斯·纽曼在《冷漠的处女》中说道："在佐治亚州，女人直到嫁为人妻，才会知道自己曾经是处女。"①在缺乏可靠的避孕措施的情况下，意外怀孕是不可避免的。与梅兰妮不同的是，斯嘉丽不肯妥协于宿命，她不想要更多的孩子，所以，瑞德为了使斯嘉丽体会到这种身心愉悦的性快感，也是费了不少功夫的。

让斯嘉丽享受到性快感的男人，还要满足她的性幻想，激发她的想象力，而瑞德最终（恰巧）做到了这些。他一贯机警，掌控一切，又为自己做好了全身而退的准备，而醉酒后的瑞德把这一切抛在脑后，他是施虐方，斯嘉丽是受虐方，两人在这充满危险气息的行为中体验快感。从某种意义上讲，这种关系使斯嘉丽身心愉悦，而事后却令瑞德感到羞愧。许多对浪漫小说的评论指出，男人和女人之间的性爱是一种情爱力量，能够使双方在永恒的时空里冰释前嫌。但在当代大众眼中，浪漫性爱就像是一个舞台，女主角最后才知道，那个"神秘莫测的他者，那个拥有无限男性魅力的性爱偶像"是爱她的。②当然，到这里，故事也就进入尾声了。

对斯嘉丽而言，那一夜的激情证明了瑞德是爱她的，但也让斯嘉丽体会到，她控制着瑞德的情感。但是，这些在电影中并没有体现。小说中的斯嘉丽一直陶醉在自己的想象中，认为"她最终还是拥有了瑞德"，最初想要"扬起鞭子驯服这个傲慢的家

---

① 弗朗西斯·纽曼（Frances Newman），《冷漠的处女》（*The Hard-Boiled Virgin*），第 42 页，纽约，博尼和利弗莱特出版社，1926 年。

② 安·巴尔·斯尼陶，《女性主义评述》，第 144 页。

伙"的愿望也得以实现了。这样一来，她"发现了他身上的弱点"并且可以"画地为牢，任意让他往里钻"。斯嘉丽的想法不同于遭遇强奸的受害者，亦不同于那些受到丈夫羞辱后仍能保持冷静的女人；她的反应就像一个奴隶主一样，认为对自己的奴隶拥有绝对的掌控权，可以对他们任意施虐。与"女性哥特式"小说中受到强奸威胁而恐惧的女性相比，斯嘉丽更像是南方文学作品中残暴的男性种植园主；在阶级和种族关系的影响下，她具备了男性的处事策略和特点，拥有了上流阶层白人男性的自信。了解了黑人和白人之间的权力游戏，有助于她对付那个看起来是白人，但内心无比黑暗的傲慢爱人。

当然，那时瑞德已经逃离了。一些女性认为，这个结局是误导性的暗示，但我认为，这是一种灵活的小说叙述技巧。毕竟，瑞德一反常态地卸下了他的伪装、他的自我约束和他的讽刺。在表达了他的忌妒、愤怒、激情和渴望后，他跑去找了贝尔·沃特林，贝尔（与斯嘉丽不同）是他在经济上和肉体上都可以掌控的女人（这部分在电影中并没有体现，可能为了维系观众对他的同情）。瑞德一下子变得萎靡不振，远远没有了那晚他对斯嘉丽的嚣张气焰，也没有了他叫嚣斯嘉丽失去了一个优秀的性伴侣的狂妄。在我看来，瑞德是一个让人害怕的、忌妒心强的男人，因为担心自己性能力不强，所以他粗暴地对待斯嘉丽来证明自己。难怪他在第二天早上悄悄溜走了。

所有对强暴/引诱等词的不同解读表明，一部作品中，当一个具有争议的问题急需准确答案时，不同的人其实可以有不同的看法。直到最近，婚内强暴才引起了社会关注（其合法性最近才被质疑），关于"争吵与强暴"能否作为一种人们对性爱的需要而被接受，取决于读者和观众对性虐待的判断标准，取决于对人物以及演员的评价。多数年龄超过50岁的女人，会觉得这些场面令人心跳加速；然而一些年轻女性，特别是那些女权主义者，对此表示无法接受，并批判了瑞德的行径。还有一些人，包括我在内，对这种男性力量的看法模棱两可。

　　女权主义理论家琳恩·西格尔就曾对此作出评论。她认为，从性爱心理学的角度来说，[①]掌控与被掌控的思想，是通过与异性接触过程中的语言和意向建立起来的……一个女权主义者如何能够从男性手中夺得性支配的权利，又怎样在生活中的每个领域以悬殊的力量差距与男人斗智斗勇？无论是女人的性幻想，还是男人的性幻想，都无法单纯地反映男性的主导地位和社会中厌女症存在的事实（尽管他们一直受其影响）。他们利用各种不成熟的性幻想，主动的或被动的，深爱的或痛恨的，一直追溯到童年时期那些不成熟的欲望和快乐。

　　所以，任何从屈服、顺从、强暴的幻想中所获得的愉悦，都是有悖常理的，不管它们给女性带来了什么，强暴这个行为本

---

　　① 琳恩·西格尔（Lynne Segal），《未来属于女性吗？对当代女权主义的错误思考》，第99—100页（关于男女性爱、暴力和强奸等话题见第117—161页），伦敦，维拉戈出版社，1987年。

身，如西格尔等人所言，不会让她们感到愉悦。瑞德粗暴的激情，被斯嘉丽"屈服于他过于强壮的臂膀、粗暴的吻以及降临得太快的命运"所替代。观众或读者能否原谅男性暴力行为，我们无从得知，或许有人为了满足性欲望，内心是渴望被如此对待的。

由于来信者们疯狂地迷恋着瑞德•巴特勒，所以我也一直关注着他。瑞德几乎可以算是现代浪漫作品中男主人公形象的楷模：神秘而又无赖，集父亲、母亲、朋友的特征于一身。我认为，在许多方面，他是一个合成体，而非人物原型。这是毫无疑问的事实，传记作者安妮•爱德华兹证实，米切尔将她第一任丈夫的一些特征注入到了瑞德身上，例如名字雷德•厄普肖（可能是瑞德名字的出处）。关于男主人公的情感线索，源自先前令米切尔爱恨交织的性伴侣。如米切尔曾承认的，《飘》"可能与维多利亚时期的作品有相似之处"，① 瑞德这一形象在维多利亚时期的诗歌、小说和戏剧中为人们所熟知，也延续了英、美小说和戏剧的风格。瑞德这一形象，借鉴了真实人物以及早期代表人物的风格，同时又刻意背离了这一点，因此，大多数读者和观众认为，这一角色能够引起共鸣并令人难忘。

瑞德是现代小说中独有的男主角，他的形象刻画被杰奎琳•苏珊（Jacqueline Susan）和芭芭拉•卡特兰德（Barbara

---

① 安妮•爱德华兹，《塔拉之路：玛格丽特•米切尔的一生》，第 272 页。

Cartland）争相模仿。因为《飘》不仅是一部史诗级的著作，还是一部家族传奇。瑞德的命运不是最后简单地向他爱的人屈服，包括他的情人和/或妻子；他和斯嘉丽携手走过了整个婚姻的四分之三，然而接下来真正的矛盾产生了。从某种程度上讲，尽管瑞德的形象类似于哥特式小说那些"年纪大的、皮肤黝黑的、有魅力的、聪明的、爱讽刺人的超级男人"，斯嘉丽却并非哥特式小说中那些羞涩、懵懂以及胆小的女人。[①]斯嘉丽能够控制和保护自己，在"争吵与强暴"这一片段中也是这样做的。在浪漫或哥特式小说中，性高潮或者关键的时刻都会使男女主角步入婚姻的殿堂，他们之间温柔的亲吻或者性行为就代表了两个人会永远和谐共处。后来的许多传奇家族与《飘》一样，对婚姻的重视度是排在性和感情之前的。斯嘉丽嫁给瑞德的动机并不单纯，但她仍然对瑞德的粗暴性行为心存恐惧。她对瑞德的欲望和爱在那一晚之后又变得摇摆不定，而且这种情不自禁的、被压抑的欲望无限放大。这里的性并非张贴在私事广告栏中的色情信息，而是可以让你通过光亮看清对方，相反，如果仅仅为了满足欲望和快感，在黑暗中，双方的心只会渐行渐远。难怪这一场景至今令人回味无穷。好莱坞的宣传员也反复用这一场景对电影进行宣传。我们可能对克拉克·盖博饰演的瑞德有很多的不理解，但对女性来说，身为演员的盖博以他独特的男性魅力，足够让他成为浪漫主义作

---

① 乔安娜·露丝，《有人要杀我，我想是我丈夫》，现代哥特式作品，选自《大众文化期刊》，第 6 期，第 668 页，1973 年。

品中男主角的代表。

通过大众对瑞德和阿希礼的评判可以看出，在某些方面，《飘》中对男性的刻画非常正统。实际上，如果以女性的视角来看，来信者们多会谴责阿希礼的懦弱，因为他不承认理想主义的残酷，也不了解自己所经历的痛苦。一开始，瑞德与阿希礼截然不同，阿希礼所能具备的所有精神美德，似乎恰恰是瑞德不屑一顾的，然而后来，瑞德渐渐认可了这些美德，甚至对阿希礼有过的痛苦也深有感触。无论是小说还是电影，都着重刻画了瑞德。瑞德爱而不得，是一个保守的完美主义者，是女人们心中无法触及的爱人。在小说和电影里，瑞德抢尽了阿希礼的风头，是一位多才、多面的史诗般的浪漫人物。他曾是一个无情无义的情人，从一个粗鲁的花花公子变成一个保守的理想主义者；从流氓变为了硬汉；从精明的商人到重返战场的英雄；从神秘的陌生人到可信赖的知己；从性爱魔法师转变为慈爱的父亲；从漫游世界的浪子到贪恋家庭温暖的人；从打破传统的人到梦想家。这样的男人，怎能不是女人们幻想中完美的男人？他最终的离去，怎会不让许多女人泪流满面？

 第六章

明天又是新的一天：《飘》的隐晦结局

　　康兰、克兰兹、罗宾斯，忧伤的作品让人心碎！最令读者难忘的两性关系，不是那些毫无芥蒂的，而是那些永远都无法圆满的。

——莱斯利·加纳，

《最伟大的爱情故事》（*The greatest love story yet to be told*）

《飘》的粉丝们都知道，不论是小说还是电影《飘》，都没有一个愉快的结局。跟随着男女主人公艰难困苦的人生历程，读完1 000多页的小说，或看完近四个小时的电影，我们却没有听到铜钹和着小提琴的曲调，没有听到斯嘉丽和瑞德和解的激情宣言。《飘》脱离了19世纪和20世纪初的文学模式，不同于其他受欢迎的现实主义小说和19世纪30年代经典的好莱坞电影，它没有迎合读者和影迷的愿望，将爱人之间相互折磨的游戏一次性彻底解决。继《远大前程》与《维莱特》这样结局隐晦的19世纪小说和亨利·詹姆斯与弗吉尼亚·伍尔夫这些尝试写开放性结局的作家之后，《飘》没有满足人们对小说结局的普遍期望，而是隐晦地暗示了一系列可能发生的情节。难怪如此多的来信者都想当然地认为，玛格丽特·米切尔打算写续篇，她写下这样一个引人遐想的结局，只是为了确保人们能对《飘》的续篇感兴趣，当然，这是绝对错误的想法。

　　玛格丽特·米切尔最先写出了小说的最后一章，而第一章却是最后写的。她总是极力否认这部小说会有续篇，并且拒绝透露故事最后的结局。她习惯于回复来信者说，"对于他们最后会发生什么，我也没有明确的概念，这将由他们的最终命运来决定。"[①]然而，她又开玩笑地说，续篇会命名为《归来》，这将是一本"蕴含高尚的道德情操的小说，里面的每一个人，包括贝尔·沃特林在内，都经历了心灵和性格的转变，变得虚伪而又无趣"。[②]在首先撰写最后一章时，米切尔列出了一系列复杂交织的主题，如女人和土地、女人和母亲或母亲形象、遭受包括死亡在内的痛苦经历后的希望和绝望、爱情的品质与永恒、传统的力量、忠诚和祖先、人与人之间的相互了解以及生存问题——这些都体现在了最后斯嘉丽和瑞德之间伤感的对话中。斯嘉丽，刚刚意识到自己爱的人是瑞德；而瑞德，饱受了战争的创伤，对感情早已疲惫，也失去了耐心。他要离开，去寻回那些自己年轻时草率抛弃的东西：家庭的和睦、名誉、安定以及深扎的根。之后，他说出了文学史上最为著名的退场台词："亲爱的，我一点儿也不在乎。"

也是在最后一章，个人情感的失败、政治的变革、家庭的离散和种族的冲突，各种因素及其影响汇集到一起，斯嘉丽·奥哈拉感到极度痛苦、挫败和失落。那时她才明白，自己在迷雾里奔跑的噩梦代表着什么，瑞德才是她永远的、唯一的爱人。然而，

---

① 《给 E.L.沙利文女士的信》，1936 年 8 月 18 日，引自《玛格丽特·米切尔〈飘〉的信件集（1936—1949）》，第 54 页，理查德·哈维尔编。
② 安妮·爱德华兹，《塔拉之路：玛格丽特·米切尔的一生》，第 294 页。

为了维护他作为男人的尊严，瑞德收回了他那母亲般的怀抱，拒绝了我们所有的人——斯嘉丽、读者和观众。这就是我们一直期盼着的大结局。

　　大卫·塞尔兹尼克忠实地再现了原著，并没有给电影设定一个明确的结局。大量的来信者都提到，19世纪三四十年代的电影都有明确的结局，而且浪漫故事也都是大团圆的结局。马格里·欧文（Margery Owen）回忆说，即使是大卫·利恩（David Lean）导演的狄更斯的《远大前程》（1946），也没有完全展现原著的结局，而是以皮普（Pip）和埃斯特拉（Estella）终成眷属结束的。她写道："无论故事的前情怎样跌宕，人们总认为男女主人公以拥吻结束才是合乎常理的，特别是在一些通俗故事里。"她还回忆了她在第二次世界大战期间几次观看电影《飘》的经历。每一次，当演到梅兰妮告诉斯嘉丽瑞德爱她，斯嘉丽冲出去寻找瑞德时，总会有许多观众立马跳起来往家跑，害怕空袭突然来临。他们心里认定，浪漫的爱情电影一定是美好的结局。欧文嘲讽道："在战争期间观看过《飘》的人们当中，肯定有相当一部分人不知道它的结局并不美好。"

　　她们中的一些人一定非常崩溃。很多给我回信的人说，她们对这种没有结果的结局感到十分失落、悲痛甚至气愤。评论家科拉·卡普兰大约在14岁时就读完了这部小说，她强烈地表达了自己当时"绝望的心情和濒临崩溃的感受"。她的父母是左派犹太知识分子，并不赞同她读这样的小说。对小说的隐晦结局，她表达了自己失望：

> 《飘》使我彻底相信了我对社会和政治的一些了解，就像罗森堡夫妇（Rosenbergs）被处决的那天，在痛苦与愤怒的号哭中，我意识到，生活可能就是不平等的。①

许多女性（我的来信者中只有少数一部分）觉得自己被幸福的结局"欺骗"了；但更多的人却说，她们对幸福结局是十分期待的，并且对那些没有结局的结局感到困惑；还有一个人称，那是"一种强烈的空虚感"。见证一个皆大欢喜的结局显然是一种无比珍贵的快乐。一些50多岁甚至更年长一些的女性，把自己描述为"期待幸福或清晰的结局的一代"。其中一位女士诉说了自己情感的转变，最初她对作者十分气恼，后来气恼慢慢地转变为了钦佩："这样的结局一开始让我很震惊，故事怎么能到此为止了呢？我读过的所有作品的结局，都是男主角和女主角紧紧相拥在一起。但是，以这样的方式来结束故事，的确很新颖。"

战后一代的女性，却极少惊讶于或者气恼于这样一个隐晦的结局。她们从小读的小说或者看过的电影，都有隐晦的或者开放式的结局，展现的是现代主义和后现代主义的时代。在那样的年代里，人们会怀疑那些完美的结局，至少，这种结局只在流行

---

① 科拉·卡普兰，《关于文化与女权主义文章的显著变化》，第118页，伦敦，韦尔索出版社，1986年。

侦探小说、浪漫小说和电影这样特殊类型的作品中才会看到。许多年轻的读者和观众，觉得那种拥吻的结局是骗人的，会让他们感到沮丧，而"开放式的、具有前瞻性的结局"才是"可能发生的"，会让他们兴奋不已。一位来信者认为，这种结局是不公平的，就像"缺了最后的乐章的交响曲"。她觉得那个没有解决的矛盾像"挥之不去的心事。因为主人公们最终没有冰释前嫌，他们会一直在你心里"。这个开放式的结局，会让许多人猜测之前发生了什么，会让她们想象出各种丰富的故事情节，或者幻想斯嘉丽如何挽回瑞德的心。

至少有两位读者告诉我，在她们十几岁的时候，就欣然接受了这样的结局。这种没有结果的结局，让她们觉得自己走进了成人的情感世界。有一位读者，在1959年她13岁的时候读了《飘》，觉得这本书"似乎非常'复杂'"；有一位读者，曾经是修道院学校的学生时，因为"没有被灌输那些欺骗性的完美结局"而觉得自己"成熟了"。还有一些人，在少年时就读过或者看过《飘》，成人之后又重读或重看了很多次，每一次的重温都会产生不同的理解和想象。年少轻狂时，人们一次次重温这部作品，等到年纪越来越大，就会越发觉得，生活中的幸福结局既珍贵又少有，所以上年纪的读者会认为，这样的结局虽然不足以安慰人，却是合情合理的。一位来信者颇为无奈地说道："第二次世界大战前，我们还是年轻的女孩子，都喜欢浪漫的事情。在经历了人生的起起落落后，我现在的态度大不相同了！"对于一些女性来说，每一次读完小说或看完电影，《飘》都会让她们的思想有所改变。其中一位说："每次想象出一个不同的结局，都会觉得特别有意思。"而诺玛·米勒（Norma Miller）描述得更加详细：

> 我认为，斯嘉丽总是能得到她想要的东西，除了阿希礼。当她说要回到塔拉庄园时，我们就自然而然地相信，她一定会把瑞德追回来。换个角度讲，这一次，我们是否可以认为，斯嘉丽没有得到她想要的东西？这个问题，我都不知道跟人谈过多少次了！

和许多其他女性一样，诺玛·米勒用了"我们是否可以认为……"这样的句式，尊重了作者的意图，而不是单纯地相信自己的判断。女性来信者们用词大都比较谨慎，不确定自己对结局的解读是否准确。然而，大体上来说，她们都很高兴能积极参与到对读者的调查中来。女性们不再期待故事有明确的结局，也不再关注懦弱的阿希礼和男孩子们，她们更乐于通过自己目前的情感经历与观点，来设想斯嘉丽和瑞德的最终命运。从其他方面来讲，母亲与女儿，朋友与同事之间都会为故事的结局争论不休。事实上，这个不明朗的结局，使得女人们有了重温《飘》的理由，如同在梦中重复一个永远没有结局的故事，这可能会是一种反高潮，也可能是故事的另一种小高潮。

每一位粉丝不同的生活经历以及对小说和电影产生的独特感

受，使她们对《飘》产生了各种想象，我的问卷调查从而得到了花样百出的回复。

> 小说和电影的结局都没有明确表明斯嘉丽是否追回了瑞德。
>
> 你认为：斯嘉丽成功了？
>
> 斯嘉丽没有成功？
>
> 不在乎结局？
>
> 幸福的结局具有欺骗性？

对于前两个问题的回答（她成功了还是没有成功？），我收到了几乎同等数量的答案。玛格丽特·米切尔这样设计结局，的确是棋高一着！逼真的心理描写把斯嘉丽和瑞德都塑造成了城府极深的人，他们的命运极有可能是多面的。来信者们对此产生了多样的理解，并为自己的理解做出了各种可信的解释。从她们的评论中，我了解到了她们的情感生活、人生观，尤其了解到了她们是如何看待浪漫爱情的超验品质的。读者和观众们最珍贵的幻想、她们内心深处的恐惧以及多年生活和爱情的智慧，决定了她们会如何诠释小说和电影中的问题。明确的故事结局，能够满足人们的期望，但同时也彻底断了她们的念想。与之不同的是，小说《飘》的最后一页和电影的最后一幕展示了一个模糊的结局，使得人们无法被动地接受它，只能发挥个人的创造性思维来展开想象。

对于斯嘉丽是否能成功追回瑞德的回答，以下是从来信中挑选出来的一些有代表性的理由：

斯嘉丽能成功……	斯嘉丽不能成功……
1.爱可以战胜一切	
他们为彼此而生。	瑞德会忘掉过去，去爱一个更温柔、更体贴的人。
他们是同一种人。	他们都太固执了。
他们的关系总是会伴随着争吵，但无论怎样，我都认为他们的爱情能经得住命运的考验。	
他们的一生太依赖彼此，随着他们变得成熟，痛苦的记忆都将消退。	
2.瑞德一直支持、掌控着斯嘉丽	
瑞德时刻关注着斯嘉丽和塔拉庄园，他总是为斯嘉丽雪中送炭。	我认为瑞德已经不爱斯嘉丽了，或许他的爱已经被消磨殆尽了。
瑞德忍受了斯嘉丽的许多坏脾气和任性……我更希望他让斯嘉丽得到应有的惩罚后，再让她乞求原谅。	我认为瑞德已经放弃了斯嘉丽，他应离开去和贝尔一起享受幸福晚年，这才是他们应有的命运。
我认为瑞德最后的冷漠态度是装的。	如果斯嘉丽能追回瑞德，那只不过是一个疲惫中年男子想得到一些家的温暖。
3.斯嘉丽十分独立	
斯嘉丽和我们现在的总理一样，有自己的想法。	斯嘉丽应该深呼吸，买衣服，重新找个人或做一些事情来充实自己的人生。
她是一个坚强的人。	斯嘉丽那个时期的坚强女性往往不得不独立自主。
经历过如此多的感情失败后，她应该以坚定的意志来扭转不利的局势。	经受了懦夫的无情折磨，斯嘉丽最终会遇到一个可以包容她的男人。

斯嘉丽能成功……	斯嘉丽不能成功……
斯嘉丽一直对母亲、对女性有一种渴望，那么她回到塔拉庄园后，是否不再是女同性恋了？	
4.塔拉庄园	
我认为斯嘉丽最想拥有的是塔拉，我认为斯嘉丽爱财产胜过爱瑞德。	男人们不能满足她的期望。
5.读者和观众的感受和看法	
我喜欢幸福的结局，我认为瑞德和斯嘉丽应该得到幸福。真不敢相信一切已经太晚了！	这就是生活，不可能总有美好的结局。
这种结局带给人们无限幸福的希望。	我想她会成为一个独立的单身女人。
我曾想象过如果我是斯嘉丽，我会如何追回瑞德……	

这些都是读者和观众当中非常典型的回答，她们的解释、理由各不相同，有的是根据小说隐含的线索，比如人物性格、主题等等，有的源自她们个人的想法和愿望，比如"生活就是这个样子的"。《飘》迷们对这部小说及电影十分熟悉，尤其认为斯嘉丽缺乏自知之明，"太晚"明白自己的内心感觉，因而，她们给出了令人信服且符合逻辑的理由，解释了为什么瑞德会对她失去耐心，不再爱她。她们还根据小说中重复出现的背叛、失去、根源及安定等主题解释了瑞德的离去及其原因。这些理由完全合理，诠释了为什么她们会认为，瑞德再也不会回来，或者至少是几年后才会回来。

依次阅读这些关于结局的来信，我印象最深的是，大家对斯嘉丽都十分苛责，对瑞德却又十分纵容，而且几乎没有人指责阿希礼或者认为他该负责。在第四章中，我曾提到，读者和观众很欣赏斯嘉丽，能原谅她的种种过失，但毫无疑问，她仍然是很多人仇视的对象。如同上述回答里显示的，许多来信者更欣赏瑞德，认为他最终应该享受宁静的生活；然而，她们对斯嘉丽的评价则尖锐刻薄、吹毛求疵："她活该""这是她应有的惩罚""她根本没有意识到失去了什么！"在《飘》的结尾，各阶层、各年龄段的女性似乎更加同情瑞德，而不是斯嘉丽。

与那些"浪漫"或者"幸福"的结局相比，这个结局更加有意思。从简·奥斯汀到夏洛蒂·勃朗特，再到芭芭拉·卡特兰德，在她们的小说中，男女主人公一开始相互误会，最后冰释前嫌，把小说推向高潮，以步入婚姻的殿堂告终。大部分情况下都是男主人公试图抑制自己的内心情感，而不是女主人公。米尔斯布恩出版公司（Mills & Boon）的标准故事情节就是，男主人公总是冷酷傲慢，极力隐藏对女主人公的情感，直到深深的爱恋突破内心的防线，他才能意识到，他的成长经历或者之前的恋爱经历阻碍了他向真正的爱人表露情感。在长篇家庭小说和影视大片中，结局之前就会出现结婚的情节，所以没有简单而又明确的高潮；耐心、体贴的女主人公与无情、迷惘的男主人公之间也没有鲜明的对比。通常，女主人公都会像斯嘉丽一样，经历过几次婚姻，要么丧偶，或者更现代一点的，离异，所以不可能把第一次接吻、第一次亲热或是求婚作为故事的结局。大部分情况下，由于女主人公是故事的中心，让读者们感兴趣的，是她们作为妻子、母亲或其他角色时，如何处理家庭关系，或者把事情搞砸了。小说中最清晰、最能引起读者评判的，是女主人公的性格和精神。

《飘》更多地展示了女主人公的实干和开创精神，而不是她的情感需求，这在小说和电影史上可能是史无前例的，也是同类中流传最久的。难怪玛格丽特·米切尔的名字常常会被提起！然而，也似乎是因为斯嘉丽不够有女人味，没有体现女人应有的柔弱，我的来信者们都对她严加指责；对那些深陷于这个故事中的读者观众们来说，这可能是斯嘉丽·奥哈拉最让人生厌的地方。女性的柔弱之美以及女人在生活中的各种不易，我们都深有体会。一方面，来信者们钦佩斯嘉丽的坚韧不拔，佩服她掌控自己人生的能力，甚至有一小部分人认为，斯嘉丽根本不需要男人（甚至有人认为，她深陷母性缺失中不能自拔会导致她成为女同性恋）；另一方面，她们都清楚，瑞德带给了斯嘉丽第一次性高潮、第一个她真正爱的孩子、第一次渴望的怀孕以及第一个真爱，是瑞德照顾了柔弱的斯嘉丽，又迫使她不得不坚强起来。这是一个极为难得的男人，懂得回应女人的爱与渴望，会照顾孩子，深谙床上的技巧，了解女性的时尚，对女人的身体也了如指掌……难怪，来信者们会抱怨斯嘉丽对瑞德过于吹毛求疵了。

而且，所有浪漫故事的感情责任都在于女性，因此，大部分来信者都将这段婚姻的失败怪罪于斯嘉丽。只有少数人将矛头指向瑞德，指责他有一些不光彩的风流往事，在酒吧杀了一个"盛气凌人的黑鬼"和北佬骑兵，他酒后施暴，对邦妮的溺爱间接导致了她的死亡，在邦妮去世后，他没有好好安慰斯嘉丽，造成了斯嘉丽的流产。最让人无法原谅的是，在两人一夜激情、第一次同时体验到真正的性快感后，他竟然在第二天一早就离开了，压根没有察觉到斯嘉丽其实是快乐的。我曾和几位女性朋友探讨过这个问题，但只有一位名为乔伊·亚当斯（Joy Adams）的来信者谈到了这个问题，她的洞察力相当敏锐：

> 瑞德误解了斯嘉丽对阿希礼的重新定位，以为她将阿希礼视为爱人和顶梁柱，他离开得为时过早了。其实我们早就发现，那次"强奸"之后，他就没能够直觉地感受到斯嘉丽的快乐，而只是自以为是地做出了判断。

对于大多数女性而言，传统意义上的女人理应更多地关注丈夫与孩子的情感需求，并且负责维系婚姻与家庭的幸福；如果家庭分崩离析了，那么女性要承担主要责任。斯嘉丽·奥哈拉被公认为一个战斗者和野心家，我调查的对象中约有一半的人相信，她最终能将瑞德追回来。然而，大多数的女性，她们对细节进行了深入探讨，批判了斯嘉丽的性格与行为。但在我看来，这些批判有点过于激烈了。在19世纪80年代末，随着媒体对女性的

颂扬，在我调查读者和观众们的感受时，至少我从未遇到过一个
"后女权主义女性"，她能拥有女人所有的一切：丈夫、孩子、
纤细的腰肢、整洁的居室以及各种性技巧（女权主义者和无趣的
女人也包含在内而且被边缘化了）。这时，斯嘉丽或许会受到比
以往更严厉的批判：你可以继续拥有塔拉、工厂以及桃树街那栋
风格低俗的房子，但是，不管你做什么，都不能忽视丈夫的情感
需求。婚姻是经营出来的，而你，斯嘉丽，需要更加努力。

　　尽管如此，不管来信者们如何批判斯嘉丽，在"斯嘉丽是否
能成功"的问题上做出什么选择，只有一小部分人表示对此"不
在乎"。显然，巴特勒的婚姻危机以及他们是否真正分手了，对
女人们的意义非常重大，这似乎道出了我们自己那些破裂的关
系、不尽人意的婚姻以及与最爱之人的渐行渐远。塔拉庄园和奶
妈的怀抱虽然只能勉强地替代瑞德的怀抱，但这却表明，女性有
能力在被抛弃、经历绝望之后挺过去；这同时也显示出，在失去
男人的爱与支持后，我们的根、我们的女性朋友，对我们是何等
重要。

　　当男人们不再认可与欣赏她，斯嘉丽的美色就变得一文不
值。斯嘉丽一直享受着瑞德的爱与钦佩，沉迷于阿希礼对她隐秘
压抑的欲望（被误认为是爱情），直到梅兰妮去世。阿希礼的真
爱是梅兰妮，对斯嘉丽只不过是一种肤浅的性吸引，甚至一直把
她当成母亲的替身，当斯嘉丽终于接受了这一现实时，她还要面
对通俗小说中常出现的最令人寒心的回绝：她的丈夫对她说，他

一点儿都不在乎。我认为，对于瑞德的离开，许多女性都会怪罪斯嘉丽，因为一旦一个丈夫不再重视妻子，就说明这个女人不够女人。瑞德可以自由地去伦敦、巴黎和查尔斯顿，斯嘉丽却不能，因为斯嘉丽是19世纪末的南方女性，她受到社会准则和性观念的束缚，不能随意走动。而且，斯嘉丽还要负责照顾阿希礼、波（Beau）和她疏于管教的自己的孩子——韦德和艾拉（Ella）（后者没有出现在电影中，这样的话她的孤独会更让人唏嘘）。对斯嘉丽来说，独自驾马车穿过贫民窟，比漫游欧洲更加有损她的名誉；因此她别无选择，只能回到那个无论何时都是"家"的地方。那是生她养她的地方，在那里，无论有没有战争，家庭、社会和种族关系都一如既往地存在着；那里有白色的房子，有洁白的窗帘，有曾经是奴隶的奶妈，她忠诚、慈祥，是'最后一个连接过去的纽带"。回到家，一切又周而复始，恢复现状；回到家，她可以不必去学做一个成熟的女子，可以重获孩子般的自由，重新变回那个为得到梦中情人而绞尽脑汁的南方淑女。

　　这个结局并不圆满，使我们回想起了塔拉庄园旦黑人与白人的差异，而且隐含了斯嘉丽为挽救她人生中唯一美好的婚姻所面临的问题，但为什么这个结局对女性读者们如此有吸引力呢？首先，斯嘉丽缺乏自知之明，对真爱认识不清，这在小说中是不可饶恕的错误。让斯嘉丽受到惩罚，顺应了读者和观众的正义感和道德要求。其次，这个结局强有力地警示了女性社会地位的岌岌可危，尤其这个女性从根本上脱离了她女人的本色与责任，而且不清楚自己想要的是什么。最后，它可以满足我们所有的需求——放弃追求真正的理解与认可（通常称为爱），身体上和精神上都回归家乡，回到一个母亲一样的人身边（通常与真正的母亲不一样），她会无条件地接受我们的一切，宠爱我们，帮我们回到一个不管我们变成什么样子都会接受我们的成人世界里。正如科拉·卡普兰所说，"《飘》鼓励读者回归，又坚持让她继续前行。"[1]这个结局使读者在一遍遍的重温中得到了安慰，却又陷入了困扰；它为读者和观众留下了想象空间，让她们审视自己的过去与未来，并考虑是要冲动退出还是积极重来。

《回归》：《飘》的续篇

小说和电影开放又模棱两可的结局，对读者和观众是一种逗弄，显然在暗示会有《飘》的续篇面世。出版商、小说家、电影制片人以及编剧们都想当然地认为，这种模糊的结局是为续篇做了铺垫。直到最近，他们都一直因玛格丽特·米切尔坚决拒绝创作续篇而感到沮丧。米切尔的继承人，她的哥哥斯蒂芬斯·米切尔一直严格执行她的这个遗愿，直到1983年他去世前不久。斯蒂芬斯和他的儿子们意识到，《飘》的版权将在2011年失效，在那

---

[1] 科拉·卡普兰，《关于文化与女权主义文章的显著变化》，第119页。

之后，任何人都可以创作续篇——不管续篇是多么糟糕或者与原著多么不沾边，这是他们不希望见到的。于是，威廉·莫里斯经纪公司与玛格丽特·米切尔遗产执行人之间达成协议，签约美国南卡罗来纳州的作者亚历山德拉·瑞普利进行续篇创作，并以此为基础拍摄电影《飘2》。

　　执行人的这一选择，一定让许多热切期望过的小说家和续篇作家大失所望。（更不用说那些百万富婆了，瑞普利的图书销售和电影版权将保证她从此衣食无忧！）曾有许多满怀期望的无名氏撰写了一些续篇，其中有一个通灵术的人，宣称玛格丽特·米切尔通过通灵板，向他叙述出了一部续篇。[①]对续集版权的角逐是秘密进行的，但能确定的是，其他一些知名的小说家也对此跃跃欲试。美国媒体曾提到过，不太可能获得版权的二人组合，其一是英国纯情小说之后芭芭拉·卡特兰德，另一个是创作女同性恋题材的女性主义经典喜剧《红果林》（*Rubyfruit Jungle*）的作者丽塔·梅·布朗（Rita Mae Brown）。安妮·爱德华兹作为玛格丽特·米切尔和费雯·丽的传记作者，在19世纪70年代末受电影制片人理查德·扎努克（Richard Zanuck）和大卫·布朗（David Brown）[电影《骗中骗》（*The Sting*）与《大白鲨》（*Jaws*）的制作人]之托，为小说撰写续篇，她才是最失望的人。编剧詹姆斯·高德曼将她创作的完整小说《塔拉庄园》（*Tara: The*

---

① 查尔斯·布雷姆纳，《支持斯嘉丽和黄金》，引自《时代周刊》，第14页，1988年4月。

Continuation of Gone With the Wind）拍成了同名电影。这些作品都遇到了各种各样的问题，同米切尔遗嘱执行人之间也产生过摩擦，现在想必都一败涂地了。

选择亚历山德拉·瑞普利作为续篇撰写人一事，被誉为是具有国际意义的重大事件。瑞普利要满足百万读者们的愿望，让他们知道是"新的一天"的"明天"发生了什么，接受了这一重任后，她成了国际媒体、电视和电台的焦点人物，并获得了为美国《生活》杂志撰写封面文章的殊荣。在类似于《支持斯嘉丽和黄金》《六百万美元打赌续集写不成》这样的文章里，人们对瑞普利的创作记录及资历进行了仔细的核查，以确定《时代周刊》赋予她的"一个伟大的美国神话的保护者"的称号是否名副其实。

我写这本书时，瑞普利的创作还没有问世，因此我无法预测该创作会产生什么样的影响。人们对《飘》的热情如此高涨，要创作这样一部巨著的续篇，几乎是不可能的。但就目前来看，选择瑞普利是一件比较有把握的事情；事实上，无论选择哪个人，在一个国际机构的支持下，都是有把握的事情。米切尔遗产执行人选择瑞普利似乎是一个比较保守的决定，他们希望续篇的作者能够忠实于原著的精神与风格，不要彻底改变故事情节与人物特征，在性、种族、语言使用等问题上不要出格。我们会看到的，将是一本由来自瑞德的家乡查尔斯顿的南方浪漫小说家所撰写的小说。当瑞普利还是个孩子的时候，她就卖过旅游指南，引导游客们去"瑞德·巴特勒的墓地"，后来，她获得了极端保守的美国南方女子联邦（United Daughters of the Confederacy）颁发给她的奖学金，去了瓦萨（Vassar）女子学院。"为什么她们会选择我？"她说道，"因为我是一个女作家，我具有一定的南方人特质。"和米切尔一样，她有过两次婚姻，也曾在商界摸爬滚打过，主要从事出版业和航空宣传，她也是美国内战研究专家。由于她是17世纪英国移民者的后代，也是一名众所周知的亲英派人员，选择她做续篇撰写人会得到英国粉丝的拥护。

40多岁时，瑞普利创作了她的前两部小说，在19世纪80年代发表。这两部流行浪漫历史小说分别是《查尔斯顿》（*Charleston*）和《新奥尔良的遗产》（*New Orleans Legacy*）。《查尔斯顿》讲述的是在1863年至1898年的动荡历史时期里，美国南卡罗来纳州的一个家庭的命运的故事，该作品为《飘2》的创作奠定了良好的基础。故事的女主人公莉齐·托德（Lizzie Tradd），和斯嘉丽一样有勇气、有毅力，并热爱着自己的故乡。小说的护封上，插图配的依旧是玉兰花、山茱萸花、南方的淑女们和受情伤的绅士们，并附有文字称，这部小说是"带有稻香和农田的味道而不是棉花和红土地气息的《飘》"。①为了让自己能更好地创作续集，瑞普利不仅读了六七遍《飘》，还手工抄录了两百页原文，以领悟米切尔的精神。她不会透露自己创作的结局，声称自己有两个选择，还没有决定好用哪一个，但是她已经

---

① 亚历山德拉·瑞普利，《查尔斯顿》，纽约，埃文出版社，1981年。

承认，续篇将加入更多的婚外性行为（不会过于露骨，她可是一个三好学生），会给已经劣迹斑斑的瑞德再添点儿坏事，对黑人人物的处理也会更加谨慎。她还没有决定是否把斯嘉丽描述成在"胡说八道"。

瑞普利和米切尔在脾气秉性和创作的年代上迥然不同，但她们拥有同样的素质，也面临着相似的问题。瑞普利继承了导师谦虚、低调的品质，迄今为止都尽量避免在媒体上抛头露面；如果米切尔能活到1949年之后的电视媒体时代，她大概也会这么做。等到续篇问世后，瑞普利也将不得不考虑是否雇佣秘书和保安人员，在她的18世纪的农舍周围建造高墙并豢养看门狗，以躲避各种媒体的骚扰；而米切尔在人生最后的13年里，也一直为媒体的追踪所困扰。而且，瑞普利已经在剽窃问题上受到了警告，米切尔也遭遇过同样的问题。有人曾建议瑞普利不要公开邮箱，以防续篇创作中会用到来信者提议过的情节，或者也会像米切尔一样，被一些募捐信或者普通朋友的来信困扰。（或许有人会要求她再创作一部续集！）《飘》已经取得了非凡的成功，她的作者曾经默默无闻，她创作这部作品时，书籍和作家对人们还有一定的吸引力；而在瑞普利创作的年代里，书籍和作家已经被影视媒体作家和制片人所取代，随着电影的50周年纪念日的到来，她和她的小说，或许在面世之前，就成了公众耳熟能详的东西了。这，就是瑞普利创作续篇最大的问题所在。《飘2》注定会为创作人带来大量的财富，但它也将经受原著的忠实粉丝们的严格审视。或许，瑞普利将在早餐时间读到她的第一批评论，无疑，其中的一些肯定来自那些对续集失望的毒舌们。所以，对比，我是一点也不羡慕……

读者和观众们对《飘》中弥漫的那种美好颂扬深有共鸣，他们勉强同意创作续集，但续篇中必须要解决那个未完待续的开放式结局中遗留的问题。有些人公开反对创作续篇的原因与电影有关。他们的反对源自对"电影之典范"的《飘》的怀旧之情，源自对好莱坞的黄金时代的怀旧之情。在他们看来，电影《飘》是好莱坞黄金时期的巅峰之作，也是谢幕之作。其中，最著名的代表人物是英国知名的电影评论家巴利·诺曼（Barry Norman），他是一个知识渊博的好莱坞电影发烧友。在电视节目中，诺曼频繁地表达了对《飘》的赞赏；三年内，他至少三次在报纸上联合发表文章，谴责续篇的创作。在他的文章中，诸如《讨厌的谣言在风中弥散》（*Nasty Rumours that Blow in the Wind*）[伯明翰的《晚报》（*Evening News*），1986年10月30日]、《让瑞德和斯嘉丽顺其自然》（*Leave Rhett and Scarlett alone*）[布里斯托尔的《晚间邮报》（*Evening Post*），1987年3月]以及《新斯嘉丽定会一切安好》（*The New Scarlett MUST be Good*）（《晚间邮报》，1988年7月4日），他记录了当时流散的一些谣言，比如瑟吉欢·莱昂想翻拍《飘》，这"和大卫·霍克尼试图重画蒙娜丽莎一样不切实际"；美国报纸民意调查决定了哪个演员在续集中扮演斯嘉丽和瑞德；亚历山德拉·瑞普利最终被选为《飘2》的作者，其中，诺曼对续集创作是否能够成功提出了质疑。他呼应了许多读者的感受，称《飘》的原作为"罕见的真正的经典电影""人类所能创作出的一部近乎完美的电影""留给子孙后代永远的财富"。诺曼在填写我的调查问卷时，将《飘》描述为"19世纪30年代美国电影全盛时期最棒的史诗巨制。毫不讽刺与夸张地说，没有任何其他演员可以更好地扮演斯嘉丽、瑞德、阿希礼或是梅兰妮（虽然续集中她已经不存在了）。"

他告诫好莱坞"别管那该死的续集"，得到了很多人的支持。当续集逐渐得到媒体关注时，许多观众给报社写了信，赞同他的想法，就是这部"独一无二的经典"不会被超越。1986年3月，来自布里斯托市亨伯里的理查德·博耶特（Richard Boyett）给《西方日报》（Western Daily Press）写信提出了抗议，他表示"现代电影都比不上好莱坞黄金时期的电影，演员也是一样"。提到朱迪·加兰、加里·格兰特、贝蒂·戴维斯等著名演员，他引用了一句诺曼说过的名言："他们演不出那个感觉的！"同样也是在报纸的读者来信里，乔伊·希斯洛普（Joy Hyslop）则主张回归浪漫，称"瑞德将斯嘉丽抱上楼是我看过的最激情浪漫的电影情节"，她认为，续集中将会充斥床、肚子、乳房、屁股和鲜血这五种元素，以吸引观众的眼球。

许多来信者都有同样的感受。他们认为，如巴利·诺曼所说，任何版本的续集都会令人觉得扫兴，没有任何演员能取代原班人马；或者如乔伊·希斯洛普所说，现代的改写不可避免地会出现露骨的性情节，但却远不及原作让人心潮澎湃。许多人认为，电视连续短剧和浮夸的电视剧会大大影响当代作家。一位男性来信者设想续集中会出现"一些类似于《家族风云》（*Dallas*）或者《豪门恩怨》中的华美服饰，充斥着暧昧的卧室情节和虚幻的商业阴谋"；另一位女性来信者则表达了她的惋惜之情：

> 还有什么可讲的？战争结束了，斯嘉丽夺回了塔拉，瑞德必然也不会再对她生气了，也就这样了。呵呵，博学的好莱坞作家们，他们可能会让瑞德建立一所儿童骑术学校，而斯嘉丽则从事窗帘和服装设计。

这位来信者还用精练的话语说出了费雯·丽的粉丝们的观点："有谁能够取代她呢？不过就是丑陋的姐妹们把脚硬塞进她的水晶鞋里罢了。"

但是，不管是《大白鲨》《洛奇》（*Rocky*）、《鳄鱼先生》（*Crocodile Dundee*）的续集，还是翻拍的好莱坞经典《夜长梦多》（*The Big Sleep*）、《邮差总按两次铃》（*The Postman Always Rings Twice*）和《星海浮沉录》（*A Star is Born*），这些影片同原作基本一样，产生了巨额的利润。流行作品的新版或者续集，都有自己成功的经济逻辑。不管巴利·诺曼和来信者们多么强烈地反对续篇，瑞普利的小说将会非常畅销，之后的电影续集也一定会票房大卖。所以，娱乐圈已经煽动起了公众的热情，参与到

"寻找斯嘉丽"中来，以寻找合适的演员出演这部19世纪30年代创造的传奇。

1987年3月，据媒体报道，美国报纸进行了一项民意调查，调查民众心中最喜爱的斯嘉丽和瑞德的扮演者。结果显示，人们认为演员要"魅力十足"且"性格刚烈"，所以他们选择了英国的珍·西摩（Jane Seymour）或美国的凯瑟琳·特纳（Kathleen Turner）来扮演斯嘉丽，而瑞德则选择了汤姆·塞立克（Tom Selleck）（电视剧界的大拿）、斯泰西·基齐（Stacy Keach）[美国内战题材电视连续短剧《南北军魂》（*The Blue and the Gray*）中斯蒂尔（Steele）的扮演者]或哈里森·福特（Harrison Ford）。根据报道，《飘》的"专家们"认为，新演员缺乏必要的浪漫特质，他们提出，只有伊丽莎白·泰勒这样有经验的女演员，才能诠释好成熟老练的斯嘉丽。泰勒是英国人，与已故的费雯·丽很相像，但她至少要比斯嘉丽老20岁。而在选择年老的瑞德的扮演者时，他们认可的是一直朝气蓬勃的罗伯特·雷德福和克林特·伊斯特伍德。这些专家和其他人一样，怀念好莱坞的辉煌岁月，他们倾向于让"优秀"的演员来演绎这些传奇的角色。亚历山德拉·瑞普利，毫无疑问也属于思想老派的人，她无法想象"除费雯·丽以外"还有谁能扮演斯嘉丽。

续作、影响力、模仿及引用

不可避免的，公众希望看到"更多《飘》的后续创作"，因而小说续篇的创作应选择一个尽可能接近原作作者的作家；电影续集的拍摄也会被想象成一首经典老歌，公众会去寻找与费雯·丽和克拉克·盖博相似的演员，来重现当年的经典。在图书业、电影制造业和明星体系中，最守旧的群体也都已经被激活了。人们对续作的创作过程已然了如指掌，因此，很难想象续篇或续集会特别地不同凡响、特别让人激动或者让人生厌。

当然，在过去的50年里，《飘》绝对没有销声匿迹，它的"存在"也绝不依赖于任何续篇或续集。它影响了许多作家和制片人，在各种数量惊人的文本中，它一直被加工、被提及、被模仿。所有作家和制片人都以早期的小说和电影为灵感源泉和创作范例，从很多方面来说，小说和电影的历史就是产生影响的历史。小说家和电影制片人创作新的作品，在这些作品里，他们评价、批判早期的作品，并继续探讨早期作品提出的问题及主题，像《飘》这样极为成功的作品当然不会被他们忽视。因而，《飘》，不管有没有续作，都会存在于各种对它的重新解读中，它的观点和问题也会不断地被补充和反驳。任何熟悉1860年到1900年美国南方历史的小说家或编剧都不会忘记呈现《飘》的巨大影响力和重要意义。就像哈丽特·比彻·斯陀的《汤姆叔叔的小屋》，在19世纪和20世纪初，被许多白人和黑人作家作为创作奴隶制题材小说的参考（虽然有些作家极不情愿，特别是那些激进的黑人作家）；①《民族的诞生》是包括电影《飘》在内的许多南方电影的参考。而自19世纪30年代以来，《飘》已将它们取而代之。尽管玛格丽特·米切尔自己也借鉴过许多早期白人作家创作的小说（显然，其中没有奴隶故事和黑人小说），但她的小说已经成了所有体现奴隶主集团和南方白人中产阶级内战经历的作品的主要参考，电影《飘》更是如此。

　　《飘》讲述了一个女人的故事。这个女人，为她的家园、她的乡土殚精竭虑，在翻天覆地的历史变革中辗转痛苦，遭遇过爱情、死亡、激情、灾难和各种各样的挑战。这部小说的确是女性创作某些现代小说的典范，对那些撰写流行历史浪漫小说、家庭故事以及"女强人"小说的英、美两国的女作家来说，它的影响尤为深远。②

　　一系列由黑人，特别是中产阶级白人女性和少部分男性作家创作的当代小说中，总是直接地或间接地通过情节线索、人物名字或人物类型提及《飘》。内战时期的家族传奇故事一直以来都是流行的小说话题，在一些畅销小说作家的作品中都有探讨，比如，弗兰克·耶比（Frank Yerby）[第一部小说是1947年的《哈罗的狐狸》（*Foxes of Harrow*）]、约翰·杰克斯（1982年的《南方

---

①　詹姆斯·鲍德温，《每个人的抗议小说》，选自《一个土生子的札记》，第9—17页，伦敦，迈克尔·约瑟夫出版社，1964年。
②　雷萨·林恩·杜多维兹，《女超人的神话：美、法女性畅销书比较》，博士论文，伊利诺伊大学香槟分校出版社，1987年。

与北方》）、新手传奇作家玛丽·德·茱莱特（Marie de Jourlet）
[1984年的《文德哈文的遗产》（*Legacy of Windhaven*）]、伊丽
莎白·凯瑞（Elizabeth Kary）[1987年的《男人请走开》（*Let No
Man Divide*）]和《飘》的续集作者亚历山德拉·瑞普利。此外，
许多女作家的小说中也呈现了一些读者熟悉的《飘》中的细节。
杰奎琳·苏珊在《娃娃谷》（*Valley of the Dolls*）（1967）中提到
了《飘》的书名，并以奥哈拉作为人物尼利（Neely）的艺名；茱
蒂丝·克兰兹在《顾虑》（*Scruples*）（1978）中提到了《飘》
中主要人物的名字，在《黛西公主》（*Princess Daisy*）（1930）
中，弗朗西斯卡·瓦伦斯基（Francesca Valensky）对无麻醉分娩
感到十分害怕，因为梅兰妮生孩子时痛苦的样子深深地印在了她
的脑海里；[①]在芭芭拉·泰勒·布拉德福德的小说《富有的女人》
（1981）中，爱玛·哈特拥有斯嘉丽的绿色眼睛，来暗指她心性
坚忍、相貌迷人；莎莉·比奥伊曼（Sally Beauman）在《命运》
（*Destiny*）（1987）中，通过把内德·卡尔弗特（Ned Calvert）与
克拉克·盖博饰演的瑞德进行对比，以期让读者了解到内德这个
南方无赖是什么样的人，她还在小说中加入了爱女跳下一匹烈马
的情节，而结果却与《飘》不同，女孩没有死掉，丈夫却在车中
自杀了，让人感到十分意外。

---

① 关于杰奎琳·苏珊和茱蒂丝·克兰兹的作品，选自马多恩·M.米内尔，《永不满
足的欲望：20世纪女性畅销书》，韦斯特波特，美国康涅狄格州，格林伍德出版社，
1984年。

　　《飘》作为一部经典，在传奇小说界的地位毋庸置疑，它不断地被宣传、被引用，并成为评价后世作品的标准。例如，早在1945年，凯瑟琳·温莎创作了《琥珀》，这是一部以英国王政复辟为题材的畅销小说，由《飘》的编辑哈罗德·莱瑟姆编辑，被当作"新《飘》"推向了市场。在过去的十年里，这种比较明显增加了。科琳·麦卡洛（Colleen McCullough）轰动一时的小说《荆棘鸟》（1978），被评论家约翰·萨瑟兰德评论为一部"民族的诞生"式的史实，小说采用了詹姆斯·麦切纳（James Michener）和里昂·尤里斯（Leon Uris）的创作模式，被称赞为"澳洲的《飘》"；①雷吉娜·德福奇（Régine Desforges）的《夏日单车》（*The Blue Bicycle*）（1982）的第一卷被称为"高卢人的回答……"；雷伊·唐娜希尔（Reay Tannahill）的《黑暗悠远的海岸》（*A Dark and Distant Shore*）（1983）讲述的是19世纪初期一个苏格兰城堡的故事，被称赞为"《飘》和《荆棘鸟》的完美结合"。如果要出版一部旧南方题材或者家族的变迁史的小说，而没有宣传它有着"《飘》的壮丽"[尤金尼亚·普利斯（Eugenia Price），《萨凡纳》（*Savbannah*）（1983），封底]，小说就会让人难以接受。在许多小说中，即使《飘》没有被直接引用，它的主题、风格以及细节的呈现也会暗含其中。美国书店中一排排的

---

　　① 约翰·萨瑟兰德（John Sutherland），《畅销书：20世纪70年代的通俗小说》，第77页，伦敦，劳特利奇和开根·保罗出版社，1981年。萨瑟兰德指出，与《飘》的对比，激怒了科琳·麦卡洛。他（最不公）的评论是"她作为作者的专业性与米切尔的业余形成鲜明对比"。

书架上，无论是种植园小说、"民族的诞生"式的传记文学，还是浪漫的情欲小说，都大肆宣扬真实地展现了历史，故事背景也都设在了迷蒙的南方各州，这证明了《飘》对图书市场的持久的影响力。[①]

评论家马多恩·M.米内尔从米切尔的《飘》中发现了一个贯穿女性作品的"母系传统"，认为还有另外四部小说也遵循了这样一个传统：温莎的《琥珀》（1944年）、格雷斯·梅塔琉斯（Grace Metalious）的《小城风雨》（*Peyton Place*）（1956年）、苏珊的《娃娃谷》和茱蒂丝·克兰兹的《顾虑》。这些小说创作于不同的年代，作者和潜在的读者都是中产阶级的美国白人，它们非常具有代表性，常常被其他作品模仿。根据南希·乔多罗（Nancy Chodorow）的女性主义精神分析，米内尔认为，这些小说中的五个女儿都与母亲十分亲密，但她们都爱上了一个父亲般的男人，她们"让女性读者不断回忆她童年时期最矛盾的关系，也就是与她最亲密的女人的关系，这个女人是她物质上和精神上的依靠，但是最终又离她远去"。[②]

因此，她读了所有关于女性需求的作品，希望能够与母亲和平共处，能够具有做母亲的能力，同时也构建一个独立的身份，

---

① 如：詹妮弗·布莱克，《南方的狂喜》，纽约，福塞特·科伦拜出版社，1987年，该作品被定义为色情作品，讲述的是一个反对废奴制度的女人去路易斯安那州探寻她哥哥的死因的故事。为了支持南方事业，她处心积虑，甚至不惜出卖色相。杀死她哥哥的凶手被路易斯安那州与三K党组织、白山茶花骑士团体齐名的组织处以死刑。作者指出了客观存在的南北方的家庭纽带关系，也明确指出治学思想是造成这一局面的真正的"刽子手"。

② 马多恩·M.米内尔，《永不满足的欲望：20世纪女性畅销书》，第8页。

就像我曾说过的，《飘》对我的心灵产生了巨大影响。这五部小说以及其他带有母性传统的小说，都被认为是"关于女性欲望的永恒的话题"。米内尔认为，由于故事能够带给人一种精神寄托，是一场"包含梦想、噩梦、心理和社会结构的盛宴，在20世纪美国的文化中，影响着女性——母亲们和女儿们的生活"。①或许，有人会说，在其他文化中，也是如此……

如果我们把《飘》作为一个家庭故事来读，这种解读的确既令人满意又令人信服。米内尔提出的女性写作传统，是探讨《飘》的影响力的一个有趣的视角。此外，《飘》还蕴含着其他传统，这些传统有助于解释它对男性作家和读者的影响力，尤其体现在历史小说、南方史诗，还有那些被米切尔轻视和改变过的流派中，如南方哥特式小说和维多利亚时代的南方淑女传奇。另外，尽管《飘》开启了白人中产阶级女性的写作传统，无疑，它也影响了一些黑人作家。这些黑人作家们，刻意以黑人的视角重写美国内战和重建时期的历史，以此来挑战米切尔作品的权威性。这其中最著名的，当属取得巨大成功的小说和电视剧《根》。这部作品于1976年由亚历克斯·哈里创作而成，以纪念美国建国200周年。它反对了米切尔所认为的"和谐的种族关系是在美国内战后被破坏的"这一观点。这是美国黑人小说史上第一部畅销作品，根据它翻拍的电视剧也打破了黄金时间段的收视

---

① 马多恩·M.米内尔，《永不满足的欲望：20世纪女性畅销书》，第141页。

纪录。

　　而《飘》在电影界又产生了怎样的影响呢？电影中，内战前带有白色柱子的南方白人种植园里，一片和谐有序，快乐的奴隶们在棉花地里劳作，年轻的绅士们风度翩翩，美貌的淑女们风情万种，完全没有经受战争的折磨与打击，这样的场景，成了观众心中传奇的"真实"，深深地根植在了他们的脑海中。1939年之后，《飘》的形象、主题和演员都出现了在了其他南方电影中，或者被用来宣传南方电影。费雯·丽在《欲望号街车》中扮演一位神经质淑女，这为电影带来了极大的影响力；克拉克·盖博在《金汉艳奴》（*Band of Angels*）（1957）中出演一位种植园主，该电影被影评人莱斯利·哈利维尔评论为"有点儿《飘》的影子"。[①]沃尔特·迪斯尼的怀旧电影《南方之歌》（*Song of the South*）凸显了尖锐的种族问题，讲述的是种植园中黑人雷穆斯叔叔的故事，使用了《飘》中的一些陈腐的语言，海蒂·麦克丹尼尔在电影中扮演了另一位滑稽的女仆。该电影于1945年发行，在1971年《飘》再版后，它也紧随其后于1972年再次发行。1940年，杰克·华纳的电影《卿何遵命》（*All This And Heaven Too*），由贝蒂·戴维斯饰演了其中的"荡妇"，利用了《飘》成功的元素，比如启用马克斯·斯坦纳为电影制作音乐，模仿电影《飘》的宣传广告，并试图让观众接受其电影的首字母缩略名称，但此

---

　　① 莱斯利·哈利维尔（Leslie Halliwell），《哈利维尔的电影指南》（第五版），第66页，伦敦，格拉夫顿出版社，1986年。

举没有成功。

巴特勒与斯嘉丽在亚特兰大的家里的楼梯，一定引发了观众无数的想象，瑞德抱着斯嘉丽走上楼梯这一画面，也成了观众们最熟悉的场景之一。因此，那位设计了这一场景的海报的设计师，也因此受聘，为1975年迪诺·德·劳伦蒂斯（Dino de Laurentiis）的电影《曼丁哥家族》（*Mandingo*）制作宣传海报。这部电影讲述的是路易斯安那州的一个种植园里的故事。这位设计师模仿了《飘》，设计了"种植园主抱着他的黑人情人，女主人则躺在壮硕的黑奴怀里"的场景。黑人作家爱丽丝·沃克（Alice Walker）的小说《紫色》（*The Color Purple*）（1985），被斯蒂芬·斯皮尔伯格翻拍成了电影，其中，也完美地沿袭了《飘》中的形象、色彩、音乐和标志，深受观众好评。《比尤拉》（*Beulah Land*）（1980）、《南北军魂》（1983）和《南方与北方》（1985—1986），这些19世纪80年代的电视短剧的制作，都是基于观众对《飘》所描绘的内战和重建时期的认识。观众们对《飘》这部电影是如此熟悉，大量的模仿作品涌现，乔安娜·伍德沃德（Joanne Woodward）、卡罗·贝奈特（Carol Burnett）和斯坦利·巴克斯特（Stanley Baxter）这些明星都出演过类似的作品，使《飘》在观众心里留下了一个源远流长的、温馨的、美好的形象。自1939年电影《飘》面世之后，各种不同的影视版本相继出现，它们创作于不同的年代，有不同的侧重点。正是这些好莱坞电影，使得美国南方成了一个独特的存在，美国旧南方在人们心里浪漫而又神秘；对比，《飘》功不可没。[①]

总之，《飘》以全新的富有想象力的方式，利用了各种文学以及电影传统和观念，创造了一部震撼人心的神话般的史诗，展示了悲惨的美国内战以及男人和女人、黑人和白人、母亲与女儿、人与土地的关系，成为后来许多小说和影视作品创作的原型。即使没有续作，《飘》也会永远存在于我们的心里，它是作家和制片人们模仿的范本，或是他们反驳的对象。至今，它的地位仍然是至高无上的。今后，当它的续作，或者续作的续作面世后，这部巨作必定又会焕发出新的生机。

---

① 小爱德华·D.C.坎贝尔，《赛璐珞的南方：好莱坞和南方神话》，诺克斯维尔，田纳西大学出版社，1981年。威廉·普拉特，《斯嘉丽热——〈飘〉的电影画册》。对于斯蒂芬·斯皮尔伯格的评论，我非常感谢黑兹尔·V.卡比。

第七章

所有人的奶妈：《飘》与种族

　　读这本书的时候，小说中同胞之间的陌生感让我诧异；然而，他们表面陌生却又彼此信任和关爱，这也让我既惊讶又感兴趣。

——C.M.福德女士（Ms C.M. Ford）

　　小说自带的种族主义读起来令我非常反感，有关种族歧视的部分我基本上都不读。为三K党的行为辩解是可耻的。唯一能让我稍稍接受的是，这部小说虽然在道德上有失偏颇，但从历史的角度来说，它真实地记录了那个时代的态度。这些态度是那个时代的一部分，就像斯嘉丽17英寸的纤腰和长裤一样。上帝知道，多少人因为种族主义饱受磨难，玛格丽特把种族主义写得如此合理可敬，真是十分罪恶。

——帕特·里德

如今，在密西西比州的纳奇兹沿着高速公路开车，你可以看到沿途难得一见的风景。一位20多英尺高的巨型非裔美国妇女矗立在街边，这个奶妈端着盘子，戴着耳环，扎着头巾，冲你咧着嘴笑。一打眼你还以为她是一座雕像，可是等你看到加油站、公共电话和咖啡馆的指示牌你就不会这么想了。要想吃东西，你要钻进她安在大摆裙的门内，坐在她温暖的"身体"里点一份玉米粉和黑眼豆。

　　有意思的是，这个形象很具有象征性，她是美国历史和神话中奶妈形象的缩影。她傲然挺立在路旁，作为一位日常生活中的营养分配师，端着盘子为每一个进入她身体的顾客服务；她的身体欢迎这种入侵，毫无保留。就像商业广告中的"杰迈玛大婶"（Aunt Jemima）牌煎饼粉中的杰迈玛，这个人物体现了美国南部白人最喜欢的黑人厨娘的形象：无处不在，兢兢业业，不具有性意味，提供高热量的食物，永远和饼干面团联系在一起，是一位名正言顺的"谷物女神"。[①]一个世纪以来，诗歌、小说、话剧和电影都一直赞扬奶妈的形象。1869年，一本杂志刊登了一首来自热心的白人的赞歌：

> 她的一生都在无私地奉献，理所应当得到天使的保佑。
> 她的所有想法都饱含了诚恳的温柔。[②]

1923年，南联邦女儿联合会请求美国国会允许她们在华盛顿为"奶妈"建立一座丰碑。如果你在新奥尔良的大街上闲逛，就可以在商店里看到琳琅满目的洋娃娃、烟灰缸、仿制的种植园大钟，还有人形的饼干罐子，形状像一位被尊为"伟大的黑人母亲"的女性，[③]至少在美国，她有这样的地位。

自早期南方小说出现以来，这种受人尊敬的奶妈形象已经成为白人理想化的产物，在小说中被刻画成维持和谐快乐的种植园生活的核心。在哈丽特·比彻·斯陀夫人的著作《汤姆叔叔的小屋》中，奶妈的角色起着极其重要的作用；从托马斯·纳尔逊·佩芝（Thomas Nelson Page）的小说《红岩》（*The Red Rock*）（1898）、艾伦·格拉斯哥的《维吉尼亚》（*Virginia*）

---

① 黛安·罗伯茨（Diane Roberts），《福克纳的女人们》，第99页，博士论文，牛津大学，1987年。

②《奶妈——1860年的写照》，引自《我们热爱的土地》，1869年3月6日，威廉姆·L.范，《美国文化中的奴隶制与种族》，第93页，麦迪逊，威斯康辛大学出版社，1984年。

③莱斯利·费德勒，《反男性小说与大萧条：玛格丽特·米切尔的〈飘〉》，引自《〈飘〉：小说与电影》，第246页，理查德·哈维尔编，哥伦比亚，南卡罗来纳大学出版社，1983年。

（1913）和威廉·福克纳的《喧哗和骚动》（1929）到电影《民族的诞生》（1915）、《猜猜谁来吃晚餐》（*Guess Who's Coming to Dinner*）（1967）都有着异曲同工之处。其中，奶妈一直是坚强隐忍的存在。她顺从、有耐心，没有自己的需求和欲望；她敌视北方佬，敌视穷苦的白人和傲慢的黑人，忠诚于她的白人"家庭"，给他们带来了无尽的精神和物质慰藉。奶妈的温暖形象经常被拿来和与她相反的人相比，例如萨菲尔（Sappire），一个泼辣、顽固、处处不满意、爱唠叨的奶妈，在"先知安迪"无线电视节目中为人所熟知。①

历史上的奶妈绝非成熟的无性的老妇，也不是受尊重的智者。通常情况下，奶妈是年轻的女人，因为一个年老体衰的老人是绝对完不成这么多繁重的日常工作的！事实上，即使是有地位的奶妈，也只能吃专门给奴隶吃的少量且劣质的食物，她并不会感到快乐，也几乎不会长胖。即使遇到了十分富有同情心的种植园主，奶妈的辛苦劳动也只能得到一丁点儿回报。19世纪中期，废除奴隶制运动的主要领导人弗雷德里克·道格拉斯（Frederick Douglass）曾经就是一位从北方逃跑的奴隶，在描述他祖母的命运时，他痛彻心扉地写道：

从青春少女到年迈老妇，祖母穷尽一生为我们从前的主

---

① 贝尔·胡克斯，《我不是女人吗？——黑人女性与女权主义运动》，第84页，伦敦，普鲁托出版社，1981年。

人服务。她辛苦劳作，和奴隶们一起打理着主人的种植园，源源不断地为他创造财富。主人的一生，都在享受着这位老祖母的服务。襁褓中，祖母摇着他的婴儿床；童年时，祖母对他嘘寒问暖；他的一生中，祖母都为他尽职尽责，直至他去世的时候，祖母抹去他眉间冒出的冷汗，永远地合上了他的双眼。尽管如此，她依然无法摆脱奴隶的命运，还是要被当作奴隶卖给陌生人。在陌生人的手里，她目睹了自己的孩子、孙子以及曾孙子被隔离开来，就连进行只言片语的交流的权利都没有，更别提掌控他们自己的命运了。祖母老了，他们把她带到森林里，给她建了一个带有泥烟囱的小木屋，她欣然接受了无人依靠的生活，觉得继续被赡养仍是一种荣幸；其实，那只不过是让她在那里等死罢了！[①]

当代黑人小说家葛罗瑞亚·内勒（Gloria Naylor）在谈到白人文学中的《女族长的神话》时，剖析了这样一位白人眼中理想化的人物形象的意义：

> 她无私奉献，抚平了每一位心怀不满或想要反抗的奴隶的怒气。她皮肤黝黑，使过去种族通婚的猜忌不攻自破；她身体肥胖，年纪渐长，人们不会对她产生性幻想。她是大地之母，

---

① 弗雷德里克·道格拉斯，《弗雷德里克·道格拉斯的一生——一名美国奴隶的自传》，第 61—62 页，纽约，印章出版社。

是保姆、厨师。奶妈虽活着，却没有过去，也没有未来。[①]

在黑人作家和批评家看来，奶妈被看成了十分有用的老黄牛。她的形象安抚了白人的恐惧，让他们相信确实会有这么一位"好"的黑人女人，他们可以钦佩她，甚至可以崇拜她，因为她愿意认可自己黑奴的身份，愿意屈服于白人主人。莱斯利·费德勒戏称她为"能干的黑鬼头子"，她为所有企图反抗白人主权的"坏"的黑人们起了模范作用。亚特兰大的人权活动家何西亚·威廉姆斯（Hosea Williams）在办公室墙上挂着"杰迈玛大婶"的海报以警示自己。V.S.奈波尔描述说，"这个高大的黑人女人从来不笑，她喜欢使用暴力，说的话也只是'够了''净重一千磅'这样简洁的语句。"[②]

《飘》绝非第一部描写奶妈（以及她的后继者碧西）形象的作品，但它的确使奶妈的种族形象根深蒂固了。玛格丽特·米切尔在描写奶妈时比较墨守成规，大卫·塞尔兹尼克则加入了自己的一些东西。书中描写的奶妈高大威猛，皮肤黝黑，是标准的非洲人（纯正的黑人血统），兢兢业业地为奥哈拉家族服务到生命的最后一刻。尽管她本质上是一位服从主人命令的女仆，可是她打心眼里"觉得自己掌管了奥哈拉家族的大大小小的一切事务，

---

① 葛罗瑞亚·内勒，《女族长的神话》，引自《生命》（春季版特刊），1988年，《过去与现在的梦想》，《专题研究》，第65页。

② V.S.奈波尔（V.S.Naipaul），《弗塞斯的圣人》，引自《独立杂志》，第46—47页，1988年9月17日。

了解他们的每一个秘密"。她体型庞大，时而凶狠，时而孩子气；像是做母亲的人一样，她"身体笨重，乳房下垂"；她说话口音极重，明明是在严肃地表达自己的想法，在读者看来却十分滑稽，因为她总是把"先生"说成"先僧"。在电影里，她老是嘟囔着"这不行啊"，引来了阵阵笑声。

比起艾伦·奥哈拉，奶妈更频繁地责备斯嘉丽，更苛刻地践行女主人的思想和传统的价值观，无论是在选择裙子的事情上（"三点钟以前不能穿露胸的衣服"），还是在买胭脂的事情上（"把你的脸擦得像个……"），抑或是嫁给瑞德·巴特勒的事情上（"嫁给个垃圾！"）。最主要的是，她没有自己的名字，没有自己的家庭，她打点着和"她"没有任何血缘关系的白人家庭中的一切，从衣食住行到子女教育，全都悉心照料。奶妈代替了母亲，承担着家中日常生活的大小事宜，在奥哈拉家族的变故和种族变革的历史中，她起着必不可少的作用。黑奴解放运动并没有影响到她：她对奥哈拉家族的态度、奥哈拉家的人们对她的态度以及她的雇佣地位，都从未改变过。黑奴被解放后，她有没有得到佣金？我们至今都不清楚。在政治和社会结构的激变过程中，白人家庭从适应到改变，渐渐地发展起来，但是奶妈却是一成不变的。葛罗瑞亚·内勒曾这样描述，"她没有过去，也没有未来，就这么亘古不变地生存着。"在小说的最后（电影里表现得并不明显），为了想办法让瑞德重新回到她身边，斯嘉丽想回到塔拉庄园，仅仅是因为"奶妈一定在那里"。斯嘉丽需要奶妈那宽阔的胸膛和那粗糙的大手来抚慰她，奶妈是"与旧时代仅剩的一丝联系了"！

相比米切尔笔下的奶妈，大卫·塞尔兹尼克通过几个关键场景，将黑人与白人、奴隶与主人之间的亲密无间展现得淋漓尽致，从而使得奶妈的形象更加人性化。比起书中的奶妈，电影中海蒂·麦克丹尼尔扮演的奶妈承担了更重要的戏份。奶妈目睹了斯嘉丽真情流露的每一个瞬间，见证了她的快乐与耻辱。无论是在她轻佻地参加聚会的时候，还是在她生完孩子后，奶妈每次都帮斯嘉丽束好她的紧身衣；为了让斯嘉丽去赢得瑞德的爱情和金钱，她拿塔拉庄园的窗帘为她做了一套新衣裙；她为斯嘉丽打点好一切，帮她追求富有的弗兰克·肯尼迪。她看着刚刚守寡的斯嘉丽脱下丧服，戴上了招摇的帽子，看着她参加完那个灾难性的聚会后回家就换上了猩红的裙子；当阿希礼从战场上回来的时候，又是她[书中是威尔·本特恩（Will Benteen）]提醒斯嘉丽，阿希礼是梅兰妮的丈夫，不是她的丈夫。

奶妈是斯嘉丽的良师密友。她从不期待什么，也没有得到一丁点儿的回报。尽管已经是一个被解放的奴隶（或者电影中常用的叫法，叫"仆人"）了，她依然坚持着为主人打开大门，管理着家中的事务。电影中，在奶妈最后一次出现的场景里，她心急如焚地让梅兰妮去劝说瑞德，让他把邦妮的尸体下葬。影片最后，许多声音回响在斯嘉丽的耳边，让她意识到了塔拉庄园对她生命的重要性，然而，奶妈的声音并没有出现。电影没有安排奶妈在最后一个场景里出现，奶妈最终沉寂无声，淡出了人们的视线。奶妈的权力已经太大，不能扩展得太广。当斯嘉丽瘫倒在楼梯上，思考着下一步要怎么做的时候，她脑海中不断回荡着的，是父亲、阿希礼和瑞德这三个白人男人的话，他们召唤她回到"过去的日子"，回到塔拉庄园。也就是说，或许塞尔兹尼克希望奶妈的最后一场戏是海蒂·麦克丹尼尔演得最好的一场戏。当她与梅兰妮一起上楼的时候，她喋喋不休地向梅兰妮哭诉着，讲着邦妮的死给这个家带来的无尽的苦难。正是这个情节，给了海蒂一个能够发挥演技的空间，深度挖掘了电影的悲剧内涵，这是其他的女仆从来都没有过的。

海蒂和奶妈

海蒂·麦克丹尼尔曾多次扮演"奶妈"，而且打算扮演更多。作为"彩色管弦乐队"（Colored Orchestra）里的一名歌手，她一度十分成功，之后，她成功转型，在好莱坞银幕上塑造了一个经典的奶妈形象。她一生都在扮演奶妈；在电影《飘》取得巨大成功的这一年，她至少在12部电影里扮演了奶妈。海蒂会跳踢踏舞，在杂耍演出团唱歌，还给那些生病的剧组成员喂自制的止咳糖浆。[1]难怪，训练麦克丹尼尔讲一口地道的南方方言的苏珊·迈里克，在现场接受采访时曾说，她是"现实生活中的奶妈"。迈里克能够将这两种身份合二为一，在那个种族隔离的年代里是极有意义的。在电影《飘》的拍摄现场，黑人与白人的盥洗室是分开的，直到人们对此提出抗议，盥洗室才重新合并；另外，虽然海蒂·麦克丹尼尔当时身在亚特兰大，但是她并没有被邀请参加都是白人的电影首映式。

在面试了大量人选后，塞尔兹尼克最终敲定了麦克丹尼尔饰演奶妈，这似乎是个必然的结果。但是一开始塞尔兹尼克给玛格丽特·米切尔写信时，他提到麦克丹尼尔不够高贵，年龄不大，也没有和书中奶妈相匹配的脸，但事实证明，他最后的选择是正确的。[2]她不仅是第一位荣获奥斯卡金像奖的黑人演员（此后获得这一奖项的黑人也是少之又少），而且，在电影发行之时，正是她的演技平息了一大批人反对的声音。黑人和一些自由党人士曾经提出质疑，称麦克丹尼尔饰演的角色没有脑子，但他们又不得不承认，她靠的不仅仅是本色出演，她得到的奖项至少认可了她的表演能力。此外，她对自己的定位从来不会出错。她曾经说："扮演一个女仆，每周挣7 000美元，何乐而不为呢？如果不去演，我就只能做一个女仆，每周挣7美元的薪水。"[3]当然，她说

---

① 苏珊·迈里克，《好莱坞的白色圆柱——〈飘〉电影场地记录》，第293页，理查德·哈维尔编。

② 同上，第49页。

③ 伦纳德·J.莱夫，《大卫·塞尔兹尼克的〈飘〉中的黑人问题》，引自《佐治亚文学评论》，第156页，1984年。

得比较夸张。事实上，电影《飘》剧组每周给她的薪水是450美元，在1939年，这对于一个黑人妇女来说算是一笔相当高的薪水了。

然而，获奖这件事其实可以牵扯出很多问题。吉姆·派恩斯（Jim Pines）指出，电影《飘》与饱受争议的电影《民族的诞生》一样，受到了民权方面的抨击，而好莱坞对此比较敏感，将奥斯卡奖授予麦克丹尼尔，目的就是平息这些关于民权的争议，而且此举无疑取得了成效。由此看出，这个奖与其说是一种对艺术的褒奖，倒不如说是一种政治手段。另外，好莱坞电影中可供选择的黑人妇女的角色极度稀缺，即使麦克丹尼尔受到了褒奖，成了名人，对此也是于事无补。海蒂·麦克丹尼尔一生都在扮演奶妈这类角色。与此相反，饰演碧西的巴特福里·麦奎因，厌恶继续出演类似电影《飘》里的那种傻气的形象，她把这种女仆角色定义成"纸巾脑袋"。演完《太阳浴血记》（*Duel in the Sun*）（1946）后，她声明已经演够这种角色了。结果，电影制片人们联合起来抵制她，导致她的演艺生涯到此结束。后来，巴特福里·麦奎因做过很多工作，也做过女仆。时代在改变，人们或许会觉得，麦奎因的愤恨并不符合时代的潮流，或许，我们应该来看看英国黑人女演员茱蒂丝·雅各布（Judith Jacobs）的一番评论。茱蒂丝·雅各布是少数出现在英国电视剧中的黑人女演员之一。20世纪80年代末，她在电视剧《东区人》（*East Enders*）中饰演卡梅尔（Carmel）。与众不同的是，她在电视剧中经常饰演的是一个专业的医疗工作者，而不是那些很容易得到的"恭顺的、愚蠢的或者道德败坏的"黑人角色。她说：

> 黑人扮演反面角色的主要原因是他们只能得到这样的角色。我从不会扮演那种典型的黑人女仆，我觉得丝毫没有意义，但是总会有黑人愿意扮演这些角色。①

自20世纪60年代以来，人们对海蒂·麦克丹尼尔扮演的奶妈褒贬不一。1961年，《时代周刊》曾写过一篇"回顾"式的评论，文章故作老练地说"奶妈的夸张表演确实推进了情节的发展""吉姆·克劳（Jim Crow）式的幽默"在1939年的观众群体中很受欢迎，"但对于今天的观众群体来说就有点尴尬了。"20世纪70年代，美国黑人批评家丹尼尔·J.李博（Daniel J.Leab）和托马斯·克里普斯（Thomas Cripps）称，麦克丹尼尔饰演的角色虽然被定型了，但是她取得的成功仍然值得称赞。吉姆·派恩斯是少数几位反对这种人物定型的黑人批评家之一，他称海蒂·麦克丹尼尔"演起这种仆人的角色来明显非常自信、自然，而且电影宏大的爱情主题让奶妈这个形象更加饱满，更加有意义"。但是，他说，这类电影都是如此，很容易让人觉得刻板单调。②

---

① 杰奎·罗奇，佩特尔·菲力克斯，《罗琳·甘曼与玛格丽特·米切尔笔下的"黑色外表"》，选自《女性关注——女性视角下的大众文化》，第137—138页，女性出版社。

② 威廉姆·普拉特，《永远的斯嘉丽——〈飘〉的电影画册》，第261页，纽约，麦克米伦出版社，1977年；吉姆·派恩斯，《电影中的黑人——美国电影中的种族主题调查》，第48页，伦敦，维斯塔工作室，1975年。

如果观众看过海蒂·麦克丹尼尔演过的其他"南方"电影，会发现她在里面关于奶妈的表演和在电影《飘》中的表演并没有太大差别。例如，在《小叛逆》《小上校》《南方之歌》等电影中，她饰演的奶妈也都喜欢感情用事，说话声音刺耳，数落人时语气滑稽，走起路来身体笨拙不堪。虽然她参演的部分比较少，通常是在情景剧的下半场才入场，而且也从来不需要表演情感上的波动，但是这些电影里的奶妈是十分相像的，观众很难区分出她们之间的区别。

　　来信者们对奶妈都感觉很亲切。22位来信者认为奶妈是他们最喜欢的形象（是喜欢梅兰妮的人数的一半，是喜欢阿希礼的人数的六倍），他们都认可奶妈身上的优秀品质。很多人认为，她是一位特别有影响力的人物（从历史的角度来说，她绝对不会有影响力）。一位女性读者认为，奶妈是斯嘉丽背后"母权社会的支柱"；另一位读者认为，她是"塔拉的主心骨"；还有一位读者认为，她具有"典型的贵族气质"，尽管这在历史上是根本不可能的。另外一位读者认为，她是所有人心中"永恒的母亲"，不管是白人还是黑人。她有着"母性的光辉，威严又睿智"。她所拥有的"智慧"，更加"证实了确实需要废除奴隶制"。有些来信者认为，把她塑造成一个卑躬屈膝的滑稽人物是不妥的；还有一些来信者提出，白人一方面十分信任地将他们的家业委托给奶妈管理，另一方面又觉得高人一等，一直把她当作奴隶看待，这种矛盾的存在十分奇怪。然而，在所有的来信中，有一点是十分清楚的，奶妈身上被赋予的尊严与高贵，在可怜的碧西身上一点儿影子都没有。

碧西和巴特福里

巴特福里·麦奎因在职业生涯中立场坚定，性格果敢，可惜的是，人们只记得她扮演的碧西。1967年，米高梅打算借民权法通过的契机重新发行电影，但是巴特福里拒绝了。10年后，她参加了一档电视讨论节目，并在节目上讲出了影片中"接生孩子"的那一句台词。1986年，她来到亚特兰大，庆祝了《飘》出版50周年。当年，她已经28岁了，却要在影片中扮演一个12岁的女仆，对此，她一直耿耿于怀。1978年，巴特福里在她的纽约个人秀节目中谈到电影《飘》：

> 当时的我饱受煎熬。我并不知道片方要将电影制作得如此真实，也不知道我要扮演一个愚蠢的小黑奴。那时，我必须按照片方的要求来做，但是，我不愿意让斯嘉丽扇我的耳光（在棉花田里那幕），也不愿意吃西瓜……当然，现在回想起来，我或许可以尽情享受这场戏，我可以吃着西瓜，在有人经过的时候，把西瓜籽吐在地上。[1]

---

① 史蒂芬·伯恩，《傲慢与偏见》，引自《美国之声》，第16页，1984年9月1日。

　　麦奎因扮演的碧西让一些黑人观众感到失望和恼怒。我的回信者中，只有少数人称看到巴特福里的表演会感到很开心。大多数人对其评价就是"愚蠢"，非常"侮辱人"。（人们看小说的时候很少有人评价她，因为她在小说中太不起眼了。）从问卷调查中可以看出，在很多女性读者的心中，奶妈就是"尊贵与忠诚"的代名词，与之相反，碧西就是"愚蠢"的代名词。然而，碧西愚蠢、滑稽、不负责任，她常常尖叫，默默承受白人妇女的耳光，这些举动在黑人观众看来却是别有意味。黑人革命家马尔克姆·X曾在自传中描述过他在家乡密歇根看电影《飘》的情景："作为电影院里唯一一个黑人，看到她的表演，我羞愧地想钻进毯子里。"20年后，作家爱丽丝·沃克斥责了一个崇尚女权主义的朋友，因为在一次女性宴会（主题为"把自己打扮成最欣赏的女性"）上，她把自己打扮成了斯嘉丽·奥哈拉：

　　　　我之所以针对斯嘉丽，是因为当斯嘉丽总是蛮横地对待碧西，碧西总是表现得神色慌张、一副奴才的样子。我永远忘不了斯嘉丽一把把碧西推上楼梯的场景。[1]

————————

① 马尔克姆·X（Malcolm X），《马尔克姆·X的自传》，第113页，伦敦，企鹅出版社，1965年；爱丽丝·沃克，《来自时代的思考——施虐行为应当被继承吗？》，引自《你不能让一个好女人失望》，第118页，伦敦，女性出版社，1982年。

碧西的年纪，比那个身材臃肿的奶妈更接近历史上"奶妈"的平均年龄。她少不更事，总是惹人生气，还有一部分印度血统，这种混血儿总是给人一种不可靠的感觉。尽管她只是一个孩子，但恼人的是，一个新手奶妈至少应该有的基本素质她一项也不具备。碧西面对危险手忙脚乱，异想天开，工作效率很低。她是第一个被斯嘉丽打的黑奴，还被打了两次，一次是斯嘉丽扇了她一耳光，一次是用树条抽打她。碧西吹嘘自己会接生，结果被发现是在撒谎。后来，在接生的时候，她放错了剪刀，把水洒到了梅兰妮的床上，还失手摔了婴儿。电影中的碧西代表了另一种奶妈的形象。电影中，她还是个特别迷信的奴隶，她曾经建议，把刀放在床下会减轻一半的痛苦。这种行为证实了斯嘉丽的猜想："北方佬想解放这些黑奴！哼！而这些黑奴也向他们敞开大门。"让一个十一二岁的小姑娘去完成接生这种事本身就很讽刺，找了一个是角色年龄两倍不止的演员来演，对演员本身来说也更痛苦。

但是碧西并不是一无是处。她工作效率低下，有损白人主人的利益，渐渐地，她会走向反抗之路。克莱尔·迈耶在她的调查问卷上写了这样一段话：

斯嘉丽的人生中遭遇过让她害怕的黑人，也有像奶妈一样忠诚的奴仆。有时，碧西似乎成了介于这两者之间的人物。人们会认为，她待在斯嘉丽身边并不是出于忠诚，而是她觉得这会给她更舒适的生活。

毫无疑问，碧西的性格更接近那些"粗鲁野蛮""人品极差"的黑人，他们不被信任，需要严加看管。来信者中有不少人想要给她一个响亮的耳光；玛格丽特·米切尔在书信中也说过类似的话。[①]碧西不是奶妈，她做不到默默无闻地去做白人不愿意自己做的事情，准确地说，正是这点让人很恼火。尽管她从未逃跑，也从未认同那些逃跑的黑人，但她就像重建时期那些独立自主的黑人一样，她办事不力，以发泄对白人支配权的不满，因此她被认定是一个潜在的危险人物。如果读者或观众认同碧西的角色或过度同情碧西，作品中体现的这种等级制度的大框架就会遭到质疑。也难怪碧西会成为黑人批评家公认的最令人讨厌的人物。

《飘》与三K党

要想了解奶妈和碧西这两个人物，一定要深刻挖掘小说和电影中关于种族问题的深层次的内容，尤其是其中对于三K党的具有争议性的态度。现居伦敦的美国作家莱斯利·迪克（Leslie Dick）就这个话题给我写了一封对我颇有启迪的信。信上说，1963年，

---

① 《玛格丽特·米切尔〈飘〉的信件集（1936—1949）》，第85页，理查德·哈维尔编。

莱斯利八岁的时候，她第一次读《飘》。几个月后，在纽约她的学校里发生了一件事：

> 《生活》杂志刊载了一篇关于复兴三K党的图文。在《飘》里，三K党被描写成一群骑着马的白人英雄，专门保护女性，防止她们遭受强奸和恐吓。上课时，我说："三K党的复兴难道不应该是一件皆大欢喜的事吗？！"我的老师克劳福德小姐吓坏了。她竟然停止上课，让其他人继续看书，然后走过来坐到我的桌子旁。她盯着我的眼睛，告诉我这样的想法真是大错特错了。她说的有些话我到现在仍然记得："如果你是阿拉巴马州的一个黑人小女孩，很多戴着白头巾的白人来到你家的后院焚烧十字架，你还会觉得这很浪漫吗？"她很气愤，我感到又害怕又伤心，但是又非常困惑，因为《飘》对于坏人与好人的描写十分分明，我对三K党所有的印象都是从小说中得来的，对于现实生活中的三K党一无所知。

在民权运动处于关键期的那一年里，八岁的莱斯利·迪克迷惑了，她分不清小说与现实，不懂政治真相与故事传说的差距，也不了解南北方仍然存在的矛盾。这一切，也让我们想起了在《飘》大获成功的这50年里，它一直在刺痛着很多人的神经，触发了人们强烈的感情。尽管这个中产家庭的白人小孩明白了，她一直以来深信不疑的，只不过是从她的小说中了解到的，并不是客观的历史事实，但是，相信不只是她一个人，很多人都以为三K党就是为了保护妇女、防止她们被黑人侵犯的骑士，他们还相信，《飘》中对重建期刚刚成立的三K党的描述是毋庸置疑的。19世纪60年代后期，三K党一直辩称，他们进行的是道德讨伐斗争，而非政治运动和种族斗争。非常幸运地，电影《民族的诞生》和《飘》都成功地颂扬了三K党的伟大（即使在《飘》里并没有指明就是三K党）。莱斯利的老师提醒了她，三K党最看重的是政治运动和种族斗争，也暗示了那个"住在阿拉巴马的黑人女孩"现在长大了，对于《飘》崇尚一个厌恶黑人的组织的行为，她可能会十分反感。

为了理解书中玛格丽特·米切尔的描写，我开始研究三K党。我惊讶地发现，三K党并不是一个已经与历史脱节的团体，它对国家政治和意识形态仍旧有影响。当然，美国和其他地方的种族冲突与矛盾错综复杂，远远超过了三K党所能应对的范围。在苛刻的福利政策、高失业率、贫穷、毒品泛滥和高犯罪率面前，个体三K党的活动对于黑人和少数族裔的生存并不会构成太大威胁。尽管如此，三K党斩钉截铁的民粹主义慷慨言辞和象征意义是所有种族主义团体、政党及个人的指路明灯，三K党仍然是种族主义不容异己的集中表现。温·克雷格·韦德认为，三K党"颠覆了美国的民主，是民主的阴影"。他认为，如果三K党重视尖端技术的开发和军国主义纪律的管理，它可能会有一段短暂的萌芽状态，然后在恰当的时候迅速发展。[1]也许那个时刻已经近在咫尺了。几位评论人士指出，乔治·H.W.布什在 1988 年竞选总统时曾多次提到，民主党总统候选人杜卡基斯州长的家乡马萨诸塞州的一个黑人威利·霍顿（Willie Horton），在一个假释的周末强奸了一个女人，并刺伤了她的未婚夫。"威利·霍顿支持杜卡基斯，要不是他现在在监狱里，他很有可能挨家挨户上门。"[2]"每一个黑人都是一个潜在的强奸犯或杀人犯。"三K党再次发表这样粗暴的言论，这样的言论极具煽动性，很有可能会对总统选举的结果产生巨大的影响。

自20世纪20年代以来，三K党的命运开始跌宕起伏，差点破产，内讧不断，两次被国会调查，然而三K党挺了过去，如今在北方和南方仍有一些运作，并和欧洲等地的新法西斯主义组织保持着一定的联系。20世纪20年代，三K党还是一个攻击天主教徒的男性组织，现在却有越来越多的女性和天主教徒加入其中。英国《女性》（*Woman*）杂志在1986年8月曾发表过一篇关于康涅狄格州北部的一个小镇的报道，据悉，在这个小镇，女性成员增加的速度比男性成员还快。一个名为丹妮丝的女子加入三K党时正好是"学校已经开始普及白人与黑鬼平等的观念的时候"。现在，丹妮丝常给住在白人街区的黑人家庭写恐吓邮件，欺负当地学校的犹太孩子，并参加三K党组织的集会和焚烧十字架的恐怖活动。[3]

---

① 温·克雷格·韦德，《火红的十字架——美国的三K党》，第 402—403 页。
② 西蒙·霍贾特，《梦乡里的总统》，引自《观察》，第 15 页，1988 年 11 月 6 日。
③ 安佐里·雅各布森，《当我穿上长袍，人们都给我让路》，引自《女性》，第 52 页，1986 年 8 月 9 日。

要想了解许多20世纪活跃的人物，三K党是一个很重要的切入点。生于牙买加的马库斯·加维（Marcus Garvey）是20世纪20年代一位积极的黑人领袖，他支持三K党的主张——美国黑人对未来的唯一希望就是移民到非洲去[这一观点遭到W.E.B.杜波衣斯（W.E.B.DuBois）等黑人领导者的强烈谴责]。主张推行"新政"的富兰克林·D.罗斯福视三K党为国家的一大威胁，并于1994年推行了一项税收政策，将三K党打击至瘫痪状态。战后，总统哈里·杜鲁门建立了一个人权委员会，防止三K党死灰复燃。20世纪50年代，美国黑人民权运动领袖马丁·路德·金，采取了甘地的非暴力抵抗的方式，与三K党的暴力活动针锋相对。一个三K党的领导人看到马丁·路德·金的实力越来越大，戏称他为"马丁·黑鬼恶魔"。曾经有一次，马丁前脚刚离开酒店，酒店就被三K党炸了，三K党还炸毁了他弟弟的家。[①]直到现在，马丁·路德·金仍然是三K党仇视的对象；1987年3月的一次大游行中，三K党党徒们举着一幅海报，上面就写着"金是具有共产思想和左倾思想的男同"。

20世纪60年代前期，三K党企图摧毁民权运动的胜利成果——1964年，林登·约翰逊（Lyndon Johnson）签署通过了民权法案。1963年，肯尼迪遇害，三K党兴奋异常，他们希望这样民权法案就不会有落实的那一天。三K党袭击和谋杀那些来到南方帮助黑人进

---

① 温·克雷格·韦德，《火红的十字架——美国的三K党》，第331页。

行投票的"自由乘客"，以期阻止法案的实施；他们还暴力镇压那些尝试黑人白人合并的学校。在罗纳德·里根总统任期内，也就是20世纪70年代到80年代之间，"道德多数派"崛起，三K党又打着白人至上的旗号进行活动，同时参加了新右翼组织的活动，打压同性恋者的权利。他们攻击的对象除了校车上的学生和独行的黑人，后来又加上了同性恋酒吧和独行的同性恋者。

20世纪80年代，小说家V.S.奈波尔在游历南方时，报道了在格鲁吉亚的福赛斯县举行的那场臭名昭著的游行示威。事件的起因是1912年一名白人女孩遭奸杀，事后，所有的黑人都被赶出福赛斯县，永生不得返回。1986年1月，三K党选择福赛斯县为根据地，抗议为纪念马丁·路德·金设立法定公休日一事。两年后，也就是1988年1月，为纪念金的诞辰和圣雄甘地的被害，一场名为"行走于兄弟情谊"的游行在福赛斯县进行。一周后，由于三K党的袭击和破坏，约有两万至四万人前来福赛斯县支持游行，庆祝黑人与白人第二次结交"兄弟情谊"。第一次游行由亚特兰大市黑人议员何西亚·威廉姆斯率领，他曾是马丁·路德·金的同事，设计了目空一切的"杰迈玛大婶"的海报。当时，三K党被召集在一起大喊，"杀了这个黑鬼！让他滚回亚特兰大的西瓜地里！"令人难以置信的是，还有一大群三K党的妇女带着孩子惊声尖叫着，"黑鬼们都得艾滋吧！"亚特兰大的黑人市长安德鲁·杨（Andrew Young）认为，三K党的行动是基于阶级基础和经济基础之上的："这是当人们发现自己已经跟不上时代的步伐而感到绝望时所采取的极端行为。"他认为，当前佐治亚州面临的问题就是"底层阶级"的问题，也就是涉毒、犯罪的底层黑人，还有涉毒、犯罪外加三K党的白人。何西亚·威廉姆斯是马丁·路德·金可靠的接班人，他对奈波尔说，"同志，就像内战后的情势一样，种族主义要卷土重来了。"①

　　尽管英国与美国相隔遥远，但我们也必须防止新型纳粹集团和针对少数族裔的暴力攻击的出现。三K党复兴后，其"全国指挥官"（"皇家巫师"的新名字）戴维·杜克（David Duke）于1978年访问英国，接受了英国广播公司的采访，并在英国多个城市进行了大规模的演说。尽管内政大臣对他下放了驱逐令，杜克仍旧在英国待了数周。毫无疑问，他在一些公开的种族主义组织中找到了一些盟友，例如"国民阵线"，找到了一些国会的议员、支持遣返亚非裔英国人的人，还有支持南非种族隔离政策的组织。英国对移民、住房、就业、教育和对少数族裔的容纳度等政策过于迂腐，而种族主义和种族歧视的恐惧也绝不仅仅局限于美国南部和种族主义团体之间。

---

① V.S.奈波尔，《弗赛斯的圣人》，引自《独立杂志》，第46、48页，1988年9月17日。

当代评论与四点总结

玛格丽特·米切尔的家庭经历让她清楚地意识到，她写的这部关于三K党崛起的作品会引起政治上的争议。①不出所料，激进的左派媒体猛烈地抨击了《飘》，但她无须担心，因为这些敌对的批判很快就淹没在了大家一致的喝彩声中。激进的左派媒体，如《新共和国周刊》《新大众杂志》（*New Masses*）、共和党的《工人日报》（*Daily Worker*），对《飘》一致持谴责的态度。他们的作品评论家们都非常反感里面的反动政策，尤其是其中关于种族主义的内容。20世纪30年代到70年代，《新共和国周刊》相继发表了数篇评论文章批判《飘》。第一篇评论是马尔科姆·考利于1936年9月发表的。在过去的50年里，这篇文章一直都是在《飘》的反面评论中最具有影响力的一篇。文中，他把这本《飘》称为"种植园传奇的百科全书"，追忆了种植园里的"最后一包棉花，最后一片月光"，是一个"白人女性任劳任怨地为白人阶级奉献的故事"。②其他著名的白人作家也一起谴责它，例

---

① 如想深入了解米切尔、亚特兰大以及三K党，请查阅我之前的文章《〈飘〉中"所有人的奶妈"》；基恩·雷德福等著，《浪漫小说的发展——小说中的政治因素》，第113—118页，伦敦，劳特里奇与凯根保罗出版社，1986年。

② 马尔科姆·考利，《飘》，引自《新共和国周刊》（*The New Republic*），1936年9月16日；达顿·艾斯伯瑞·拜隆，《美国文化下的〈飘〉》，第19页，迈阿密，佛罗里达大学出版社，1983年。

如W.J.卡什（W.J.Cash）和莉莲·史密斯（Lillian Smith）。最近，黑人作家詹姆斯·鲍德温也加入了谴责《飘》的大军。

　　至于电影方面，《民族的诞生》在很多方面做了《飘》的模范，该电影是全国有色人种协会等黑人组织攻击的对象，通常被左派和自由主义评论家视为对黑人的一种恶毒的辱骂。（电影中没有出现真正的黑人饰演黑人角色，但这并未平息骚动。）因此，对于侮辱性较轻一些的《飘》来说，人们对它的反响一直都是毁誉参半的；人们还认为，《飘》中并没有出现类似之前的作品中出现的过分的种族主义行为。犹太人大卫·塞尔兹尼克意识到，他的种族一直受到迫害，也意识到了20世纪30年代法西斯主义的兴起；他从人们对《民族的诞生》的批判中吸取了教训，并倾听了全国有色人种协会里的人的看法。在整个电影的制作过程中，他建了一个文件夹，上面标注着"黑人问题"；他会写信去问脚本编剧悉尼·霍华德，确保"这些黑人出现时，十分清楚他们的立场"。他将所有有关三K党的脚本都删掉，以防他们在法西斯主义横行的年代里，不知不觉地为那些容不得异己的团体做了宣传。他对脚本里的某些字眼做了修改，虽然这种调整极其细微，但意义却非常重大。他把强奸斯嘉丽未遂的黑人改成了白人；只称呼黑人为"黑鬼"；他删掉了碧西在棉花地里偷懒时被斯嘉丽打了一耳光的情节，让碧西切开西瓜而不是吃掉西瓜，因为西瓜经常与愚蠢的"黑鬼"联系在一起（比如在福赛斯县）。他还同意动作片管理委员会的观点，反对使用"明显具有冒犯性"的词语来描述黑人。①

　　然而，这些小修改并没有改变人们对小说中的内战和重建期的基本解读。起初，自有媒体对电影《飘》十分反感，他们并未阻止人们给出负面的评论。1940年1月6日，芝加哥的《卫报》（*Defender*）将《飘》形容成一部比《民族的诞生》更恶毒的电影，说它是"恐吓美国黑人的武器"；洛杉矶的《前哨报》（*Sentinel*）的头版评论文章的大标题就是"没有希特勒的好莱坞更好"。匹兹堡的《信使报》（*Courier*）称这部电影中的黑人是"幸福之家的仆人，是没有思想的、倒霉的蠢货"。共和党的《工人日报》开除了他们的电影评论员，因为共和党想要抵制该电影，但这位评论员没有对这部电影进行严厉的批判。有哨兵在电影院外挂上了写有"你是不是欠抽了"的横幅。②1940年9月，在写给塞尔兹尼克导演的公开信中，黑人剧作家卡尔顿·莫斯抨击了电影的历史真实性，他认为，这部电影是对"美国进步时代的歪曲"，其中编造了两个大谎言：③

　　　　第一，黑人根本不在乎或是不想要争取自由；

---

　　①伦纳德·J.莱夫，《大卫·塞尔兹尼克的〈飘〉中黑人的问题》，引自《佐治亚评论》，第147、151页，1984年；鲁迪·贝尔默等著，《大卫的备忘录》，第152页，纽约，维京出版社，1972年。

　　②约翰·D.史蒂芬，《黑人眼中的〈飘〉》，引自《大众小说杂志》，第367页，1973年；伦纳德·J.莱夫，《大卫·塞尔兹尼克的〈飘〉中黑人的问题》，引自《佐治亚评论》，第159页，1984年。

　　③卡尔顿·莫斯（Carlton Moss），《致塞尔兹尼克先生的一封信》，引自《工人日报》，1940年1月9日，理查德·哈维尔编，《〈飘〉：小说与电影》，第158页。

　　第二，黑人没有资格也没有与生俱来的能力照顾自己，更别提让他自治了。

　　莫斯被电影中所有的黑人人物所震惊，认为他们都"不思进取，像蠢猪一样。小碧西总是好逸恶劳，毫无责任心；大山姆一直逆来顺受；奶妈也整天唠唠叨叨，围着斯嘉丽转"。[①]讽刺的是，正是塞尔兹尼克挑选的黑人演员平息了人们批判的狂潮，尤其是海蒂·麦克丹尼尔饰演的奶妈。《民族的诞生》和其他南部电影都是起用白人演员来扮演黑人角色，或是使其中的黑人角色边缘化，而《飘》里面的黑人角色与众不同，辨识度高。虽然电影中的黑人角色比小说中的少，并且波尔克（Pork）和彼得大叔（Uncle Peter）这两个人物形象很不突出，但是，奶妈和碧西这两位女性奴隶被赋予了很大的空间来展现她们的演技，令人十分难忘。麦克丹尼尔获得奥斯卡奖一事令自由派媒体欢呼雀跃，因为这让人们首次关注到了好莱坞无数黑人演员们默默无闻的工作，转变了以往对他们的陈腐的看法。不止托马斯·克里普斯一人相信，作为美国电影史上的一个重大事件，相比其他电影而言，《飘》对电影中黑人和白人的角色做了更多的调整，他认为，该电影结束了20世纪30年代退化的南部电影风格，最终推动了黑人

　　① 卡尔顿·莫斯，《致塞尔兹尼克先生的一封信》，引自《工人日报》，1940年1月9日；《〈飘〉：小说与电影》，第159页，理查德·哈维尔编。

角色的延展。[1]

　　要评价玛格丽特·米切尔和大卫·塞尔兹尼克对黑人及黑人问题的态度，我们需要先看一下南方小说和电影史上白人所代表的南方形象，我想把它总结为四个名词：月光、玉兰、奶妈和异族通婚。从最早的种植园小说开始，到反对奴隶制题材的畅销小说《汤姆叔叔的小屋》（包括21世纪前十年里根据它翻拍的所有版本的电影），到南北战争后美化旧南方的小说以及《民族的诞生》《比尤拉》之类的南部电影，再到20世纪60年代之后关于性与奴隶的小说和电影，在这些作品中，南方的历史因其农奴经济和1865年内战的失败而永远被铭记。在这段历史中，南方是一块充满田园风情的农耕乐土，乡绅们温文尔雅，黑人小孩儿活泼快乐；"每一片种植园里至少有上百名黑奴、一名监工和广阔的土地，他们的生活怡然自得。"[2]尽管是在新南方，但这个"美国南部梦幻岛"给人一种田园诗的美感，山茱萸花在枝头绽放，夜晚的玉兰花香沁人心脾，是不同种族的男女老少快乐的聚集地。[3]这段历史已然成了一个大众神话，从20世纪30年代到80年代，酒水广告中常出现像南方美女杜松子酒、南方安逸香甜酒等这样的名字。

　　白人创作的南方小说，极少会单纯地从政治、经济的角度关注奴隶制和内战——这是历史学家和政治科学家需要关注的……

---

　　① 托马斯·克里普斯，《从黑暗过渡到光明——美国电影中的黑人（1900—1942）》，第356页，伦敦，牛津大学出版社，1977年。
　　② 小爱德华·D.C.坎贝尔，《赛璐珞的南方：好莱坞和南方神话》，第28页。
　　③ 这是由杰克·坦普尔·卡比创造的词条。

小说家们展示了战后白人的担忧,他们担心黑人强奸白人女子,以至于玷污了她们的纯洁,而三K党被认为是白人女子的守护者。就像着了迷一样,南方白人作家们都回归到了种族通婚这个主题,用黑白混血儿作为南方悲剧性的种族繁殖的标志。到了20世纪60年代,这段历史变得带有性感的色彩。凯尔·昂斯托特(Kyle Onstott)和兰斯·霍纳(Lance Horner)的多卷长篇小说《法尔肯霍斯特》(*Falconhurst*)中浓缩了这一段历史。该书在宣传中承诺,这将是"一部炙热的奴隶制题材的小说,充斥着色欲和堕落""对爱情和性欲的直观描述,呈现了往昔岁月中冰冷的现实,在那段岁月里,白人继承着土地,而黑人则遭人奴役'。这部作品中描述了黑奴光着身子,后背、臀部被毒打的场景。在最近的一些作品中,暴力能引发人的兴奋,而黑人通常是暴力的实施者和接受者。昂斯托特的《鼓》(*Drum*)中的人物奈特·特纳反叛又危险[与1969年的电影《奴隶》(*Slave*)一样,奴隶会向主人们复仇],与逆来顺受的汤姆叔叔相比,要更令人难忘。黑人们要么守在种植园里,要么就从种植园里逃跑,他们极少会被描写成佃农、小农场主,或者是城市的移民、工人抑或市民。奴隶制和种族问题总是会被看作南方的问题,却极少有作品反映北方人对黑人的压迫及其种族主义思想。

当然,也有一些值得注意的例外存在,比如,威廉·福克纳。在这类小说和电影中,用威廉·范·德堡(William Van Deburg)的话来讲,黑人的形象一直是"意志软弱又高尚的野蛮人、滑稽音乐吟游诗人以及毫无人性的牲畜"。电影中的黑人一直都是花花公子力普·库恩（Zip Coon）、不思进取的酒鬼吉姆·克劳这样的形象，直接沿袭了吟游诗人的传统形象，并一直持续到了20世纪60年代；在《民族的诞生》和《汤姆叔叔的小屋》的无声电影里，黑人的角色都是白人来饰演，白人演员们将脸涂黑，眼神空洞，咧着嘴傻笑；成功的黑人演员司代普·费奇特（Stepin Fetchit）（音译，原意带有侮辱性）曾出演了一系列萎靡不振、卑躬屈膝的黑人角色；而海蒂·麦克丹尼尔饰演了十几个雷同的奶妈角色。1946年，新奥尔良的《皮卡尤恩时报》称沃尔特·迪斯尼的《南方之歌》为"彩色蜡笔下的旧南方"。三年前，女星莉娜·霍恩（Lena Horne）曾抱怨她在好莱坞受到的不公正的待遇，她说："我们希望将黑人塑造成正常人，比如工会会议上的工人、享有投票权的选民、公务人员或官员。"① （讽刺的是，当时极少有黑人可以加入工会、参与投票或成为官员。）

近年来，很多黑人批评家和白人自由主义历史学家都表达了他们的愤怒之情。1965年，黑人小说家约翰·奥利弗·基伦斯（John Oliver Killens）指责好莱坞将非裔美国人置于"经济、社会、情感和心理上的奴隶制"之下；1979年，吉姆·布朗说："好莱坞就如同密西西比，我们又倒退到了一个新的种植园

---

① 小爱德华·D.C.坎贝尔，《赛璐珞的南方：好莱坞和南方神话》，《皮卡尤恩时报》（Times-Picayune）；莉娜·霍恩，引自玛丽·艾莉森，《美国的电影、政治以及社会》中的《美国电影中的黑人》，第181页，菲利普·戴维斯与布莱恩·尼夫等著，曼彻斯特，曼彻斯特大学出版社，1981年。

里。"①虽然自20世纪60年代以来，这种情况有所缓解，也有白人或黑人创作了一些小说或电影，反对将南方黑人描写成土里土气、头脑简单、爱惊声尖叫、吵闹欢快的黑人，然而，这种种植园里的故事或人物（用吉姆·布朗的话说）仍然处于主流地位。有意思的是，许多当代作家和制片人仍然坚持诠释这个影响深远的神话主题。白人约翰·杰克斯的《南方与北方》三部曲，从广泛的白人自由主义者的视角刻画了内战，反映了内战对黑人和白人的影响；黑人女作家托妮·莫里森获得普利策奖的《宠儿》（1987），是她的第一部探讨奴隶制主题的小说。杰克斯在选择这个主题时，对内战那段历史十分感兴趣，但是对于托妮·莫里森来说，这不是一个容易的选择。莫里森的祖辈是奴隶，父母是佃农，家里的房子曾经被白人地主一把火烧毁了。这部小说是她的第五部小说，也是撰写过程最痛苦的一部。"没有什么比撰写这部小说更让我心烦意乱的了"，因为她在创作的过程中不得不走进那些"重现的记忆"。大部分的非裔美国人对奴隶制"没有记忆"，因为，正如莫里森所说，他们除了每天起床去工作，还有别的办法吗？②因此，在她写作了20年、创作了四部小说之后，她才能够去探讨这样一个主题。

---

① 吉姆·布朗（Jim Brown），《记录》，引自《时代周刊》，第45页，1979年6月11日。引自玛丽·艾莉森，《美国的电影、政治以及社会》中的《美国电影中的黑人》，第190页。

② 托妮·莫里森，《梅尔文·布莱格的采访》，引自《南岸秀》（伦敦周末电视台），1987年10月11日；瑞吉·那代尔森，引自《艾丽》中的《快乐的作家》，第23页，1988年2月。

黑人眼中的《飘》

托妮·莫里森的《宠儿》是最近的一部从黑人角度描述奴隶的经历的小说，无疑也是最让人难忘的一部卓越之作。但托妮·莫里森并不是第一位探讨这个主题的作家。此前就有许多黑人作家以奴隶的经历和大型种植园生活为切入点，创作了内战题材或以内战为背景的作品。例如，弗兰克·耶比的《朱门怨》（*The Fox of Harrow*）（1946），欧内斯特·J.盖恩斯（Ernest J.Gaines）的《简·皮特曼小姐的自传》（*The Autobiography of Miss Jane Pittman*）（1971），亚力克斯·哈里的《根》（1976），伊什梅尔·里德（Ishmael Reed）的《飞往加拿大的航班》（*Flight to Canada*）（1976），大卫·布莱德利（David Bradley）的《昌奈斯韦尔案件》（*The Chaneysville Incident*）（1981）和雪莉·安妮·威廉姆斯（Sherley Anne Williams）的《德萨·罗斯》（*Dessa Rose*）（1986）。当然，这些作家保持了黑人小说悠久、良好的传统，大部分作品内容都源自黑人亲述的经历和口耳相传的历史。但是这些作品主要面向的是美国读者，而在美国读者的心中，早已普遍接受了玛格丽特·米切尔所刻画的奴隶形象，认可了她所描述的内战的起因和影响；他们将奶妈视为理想化的黑人文化偶像，并对她极为敬重。

而上述作家描述历史事件和人物的角度完全不同，他们从别样的角度呈现了社会的混乱和动荡，解读了在乱世之中消失殆尽的南方白人中产阶级的"文明"。小说中，这些黑人作家都在质问，"文明"难道就是随意拍卖奴隶、在逃跑的奴隶身上烙上印记或者吊死他们吗？难道就是随意强奸女奴，再把她们的孩子卖掉吗？难道就是让奴隶大字不识、忍受工头的虐待、在田地里无休止地劳作却挨饿受冻、疲于奔命吗？这些作品中回荡着一个个激进的奴隶的呐喊声：号称"文明"的种族为何会奴役另一个种族？是什么样的道德准则让他们视奴隶制为公平正义的？为什么内战解放了黑人，为他们赢得了合法的美国公民地位，却被认为是一件可怕又可悲的事？

关于种族问题的看法

我所调查的读者中，很大一部分人极少或者从未读过与内战和重建期相关的黑人小说（黑人小说家弗兰克·耶比经常被谈及，却被误认为是白人小说家），然而，来信者中却有不少人对《飘》产生了上述质疑；还有一些来信者表示，《飘》让他们体会到了奴隶制时期以及解放后黑人的处境。许多人表达了对不同黑人角色的不同看法，详尽地评论了这些黑人角色，而且，在他们第一次读完小说或看完电影后，对黑人及黑人历史都有了改观。

在20世纪40年代早期看过《飘》的人中，很多都认为自己对种族问题的看法有些狭隘。有一位来信者坦白说，在看《飘》之前，他从未见过任何黑人，因此，他坚定不移地认为黑人都是《飘》中描述的那样。梅维斯·芬德利（Mavis Findlay）表示，她和许多人一样，如今已经改变了对黑人的看法，相信如果玛格丽特·米切尔还在的话，对黑人的看法也会改变：

> 如果玛格丽特·米切尔现在再写《飘》的话，一定会有一个不一样的版本。毕竟，这本书写于民权运动之前，那时，人们还没有意识到美国黑人与白人之间有着不可逾越的鸿沟。《飘》将白人与黑人的关系写得太浪漫了。

戴安娜·丘吉尔（Diana Churchill）评价说，米切尔明显是站在一个白人的角度来描写黑人的，她将他们写得"幼稚、愚蠢、依赖人又不被当人看，有时候还需要被保护"。她上一次重读时，对书中黑人被描写为"浑身恶臭、长得像大猩猩"感到震惊。她断定，"如果你是一个黑人，读到这些描述一定感觉非常不舒服。"

我在第一章曾经提到，给我来信的女性读者中，只有少数是黑人，而且这些人实际上都是美籍黑人。她们对书中的黑人人物极度挑剔，称他们"思想片面又低声下气""是对固有的黑人形象的滑稽模仿"，称碧西是"无知的小丑"。G.米歇尔·柯林斯（G.Michelle Collins）认为，电影中的黑人角色就像在演一场闹剧,像《活宝三人组》(*The Three Stooges*)或《两傻双人秀》(*Abbott and Cotello*)这样的喜剧一样。桑迪·罗素(Sandi Russell)认为,这些黑人要么就是愚忠到了极点,要么就是不思进取、无知至极:

> 我认为,美国白人(我并不能代表英国人)看到黑人咧着嘴笑、低声下气地服从的样子,他们会觉得心安理得。我与一些美国白人接触的亲身经历证明,他们很愿意现实中有这样的黑人存在。

并不是只有黑人才能看出《飘》中对种族关系的描写太有局限性。自20世纪60年代以来,种族差异和种族态度问题已经被提上了国家以及国际日程。因而,很多女性对《飘》中狭隘的种族关系的批判意识大大增强,她们对其中展现的和谐的种植园社会产生了质疑,穆里尔·莱德(Muriel Ryder)的话代表了这一观点:

> 《飘》描写的是奴隶制美好的一面;毫无疑问,有很多奴隶主像奥哈拉家和威尔克斯家一样,对待奴隶就像对待自己的孩子,堪称奴隶主的模范。但是,奴隶制社会也存在着黑暗和悲苦的一面,而这是小说中没有提到的。

达琳·M.汉兹(Darlene M.Hantzis)针对奴隶制"黑暗和悲苦

的一面"发出了如下质问：

> 废奴主义者在哪里？北方人在哪里？那些渴望自由、愤怒的奴隶在哪里？那些普通的南方人又在哪里？过于浪漫的描写反而显得平庸。

有些来信者对于《飘》中低声下气的黑人形象特点总结得十分到位，他们像是"有读写障碍的儿童"，更有甚者将他们形容成"口齿还算伶俐的宠物"。特蕾莎·威尔金斯（Teresa Wilkins）做了一个带有讽刺意味的类比："他们常让我想起忠心耿耿的黑色拉布拉多犬，当生活沿着既定的轨道行进时，它们会追随你、信赖你；一旦被要求做不同的事，它们就会陷入困惑，提出抗议。"这种过度的依赖只会发生在迟钝的孩子或愚蠢的动物身上，那些对《飘》并没有什么政治见解的女性对此十分恼火。多萝西·弗雷泽（Dorothy Fraser）坦白说："这部电影让人痛彻心扉地感受到内战是多么的可怕，同时，它也让我看到了之前我从未意识到的虐待黑人的问题。"伊迪丝·霍普风趣地说道："当我看到养尊处优的淑女们悠闲地小憩着（不知道她们做什么累着了需要休息？），等待快乐的夜晚来临，与此同时，黑人们却在没日没夜地辛苦劳作，我十分难受。"

对于我提出的关于种族的问题，得到的答复有明显的时代和政治方面的差异。比起其他问题，这种问题更能看出读者和观众的年龄和政治态度。尽管一些上了年纪的女性读者被问到种族问题时，会感到不解或不快，有时甚至拒绝回复，但是大部分来信者都认识到，黑人与白人两个种族从未平等过，在20世纪80年代，很难做到不加批判地颂扬两个种族间的差异。而年轻的女性生活在一个多种族的社会，对小说和电影中展现的对黑人的偏见和虐待，常常会加以批判。

这几年，我对这些黑人角色的理解不断发生着变化。起初，无论是看电影还是看书，我一直没有注意到他们，把他们看作奥哈拉家族里微不足道的人物，嘲笑他们滑稽的言辞和可笑的蠢事。我也像有些女性在信中所描述的那样，跳过了很多从奶妈口中说出的典型的黑人方言，觉得去辨识这些方言未免太无聊。近几年，在关于种族问题的讨论及相关文章的影响下，我开始更加密切地关注黑人人物。我发现，他们在作品中都在为白人的种植园统治辩护，这让我十分难受。所有的奴隶，尤其是奶妈，他们不能顺应时代的变迁，固执到了令人难以置信的地步。奶妈决心维护社会和种族之间的秩序，成了一种十分恶劣的行为。在内战期间，当她看到斯嘉丽长满水泡的双手、黝黑的脸蛋，不复淑女的样子，她感到震惊；当斯嘉丽被要求去田里像农工一样摘棉花时，她气愤不已。这一切表明，坚持维持社会现状并催生了一场战争的，是黑人奴隶，而不是白人奴隶主。

我认为，海蒂·麦克丹尼尔对奶妈的诠释近乎完美（排除在允许范围内的小瑕疵），她和斯嘉丽在一起的每一幕都令人心痛。奶妈就是斯嘉丽唯一的真正意义上的母亲，她无私地给予了斯嘉丽无微不至的母爱，无论发生什么事，奶妈始终在那里，把斯嘉丽当成自己的女儿，支持她，安慰她，劝诫她，警醒她。但是，为什么斯嘉丽对奶妈那么漠不关心？完全无视了她的需求和权利？最后一次看这部电影时，我惊讶地看到了奶妈压抑的一面。维克多·弗莱明导演的这部电影，呈现给我们的不是一部美国内战史诗，而是一场展现亲人关系的情节剧。奶妈的抱怨大概总是不合时宜，所以她变得很忧伤，这就稍稍解释了在"争吵与强暴"发生的第二天早上，为什么奶妈来到斯嘉丽的房间时，会抱怨自己的后背不舒服。当斯嘉丽兴高采烈地问到她最近怎么样的时候，她抱怨道："干了这么多苦活，我的背已经不像从前那么结实了。"这也是我们唯一知道的奶妈的身体状况。奶妈的健康和福利通常完全取决于她的白人奴隶主的经济状况，所以她提出自己的后背问题就显得很突兀。这让我意识到，我们理所当然地接受奶妈母亲般的付出，而这个女人却连个名字都没有，不管是被人奴役还是获得自由，她所能享有的自主权利都是那么的微不足道。

为人母者

前文已经提到，来信者们对奶妈怀有一种温情，持有一种褒扬的态度，认为她有自己独特的尊严和力量。自然而然地，奶妈和其他的女性奴隶的形象永远地留在了我们的记忆中，而在刻板的男性角色中，只有配角彼得大叔经常被人想起。要解释为什么黑人角色对女性读者观众（主要是白人）产生了如此大的吸引力，我就必须再次提到奶妈作为黑人大地之母的模范形象。作为一部不吝笔墨刻画母亲形象，体现母爱和养育主题的小说和电影，其中体现的黑人女性身上的母爱般的关怀，才是最动人心弦的。

　　《飘》的每一位女性粉丝都为人女儿，有许多已经为人母、祖母，甚至曾祖母。无论是亲生母亲还是养母，抑或是家庭或工作中像母亲一样照顾我们的人，我们都曾深切地感受到母爱，也曾像母亲一样关心过别人。玛格丽特·米切尔与姥姥和其他女性亲戚一直关系厚密，她在仍需要母爱的年纪失去了母亲，母亲为她树立了一个坚强的女性主义模范形象，她的一生都活在对母亲的怀念里。在我看来，《飘》最触动女性读者心弦的一个方面就在于，它执着于体现母女关系，不管是有血缘关系的还是替代的、优秀的还是糟糕的、孝顺的还是叛逆的、白人的还是黑人的。小说和电影（相关内容较少）都不同程度地颂扬或呈现了问题重重的母性的本质、刻画了母爱、母女关系、已故的母亲和代替的母亲，也强调了母亲的力量——即便母亲去世，她也会支配和约束着女儿的人生。

　　《飘》涵盖了关于母女关系的所有主题：斯嘉丽及其姐妹们与耐心的艾伦·奥哈拉的短暂相处；斯嘉丽极不情愿做母亲，而梅兰妮却乐此不疲并最终死于难产；在战火连天的亚特兰大，梅兰妮生孩子时气氛紧张；斯嘉丽流产；瑞德像母亲一样全身心地照顾斯嘉丽和邦妮，却不得不面对女儿的惨死；女儿的死使他们本就风雨飘摇的婚姻更加陷入困境。《飘》中描写了大量不同的母亲形象，优秀的、糟糕的、冷漠的、不是亲生却胜似亲生的替代母亲等，尤其是梅兰妮和斯嘉丽，她们不仅要照顾彼此，还要照顾彼此的孩子，关照阿希礼，还有贝蒂姑妈和其他类似于母亲的奴仆们。

小说《飘》中，作者创设了一些非正统的人物，使得作品涵盖了各种不同的母亲形象。在威尔克斯家的烧烤宴上，早早就到了的是生养了八个孩子的强悍母亲贝特丽斯·塔尔顿（Beatrice Tarleton），她自己驾着马车，御马的能力超越了县里的所有男人。更令斯嘉丽惊讶和羡慕的是，她与女儿们一起嬉闹，母女之间的关系是平等自由的。斯嘉丽曾经告诉瑞德，她的姥姥洛毕拉德（Robillard）是个对礼仪要求严苛的人，但和艾伦截然不同，她结过三次婚，脸上常常涂着胭脂，穿低胸礼服，几乎不穿内衣。斯嘉丽回忆母亲时，内心是带着敬畏的，但是在她的心里，似乎更加喜欢那些具有波西米亚风情的母亲形象。

《飘》完全没有规避为人母者会有的自私和阴暗。在三K党的突袭活动中，贝尔·沃特林救了阿希礼。在梅兰妮向她表示感谢时，贝尔说自己也有一个儿子，从他很小的时候开始就再也没见过。根据小说的暗示，这个孩子是她和瑞德的私生子，贝尔也就成了另一种非正统的母亲形象。方丹老奶奶曾经提及奴隶时代她的家庭里的那些"黑白混血宝宝"们，并预言说，在黑人解放之后，会有更多的混血儿。另外，那些因黑人强奸白人女性而出生的混血后代们，对战后重建期是一个潜在的巨大威胁。

《飘》中戏份最少的母亲角色当然是艾伦·奥哈拉，她去世得早，是一个传统的女性角色。她体恤病人和穷人，她公正无私、勇气可嘉，是斯嘉丽想要努力赶上的"伟大女性"。然而，斯嘉丽太过于叛逆。她曾多次表示懊悔，懊悔自己没能成为母亲的模范样子。事实上，她极少追寻艾伦的脚步，她更愿意像身边的男性幸存者那样，自立自强地生存，而不是做一个贤良淑德、自我否定的女人，丧失掉女性应有的气质……但是，艾伦这个角色常常会给我们借鉴和启示，她的精神也贯穿了这个故事。

奇怪的是，艾伦生前对女儿的影响也极为细微。虽然我们知道，她是女儿们成长中至关重要的人物，但是不管是在小说中还是在电影中，她在身体上和情感上都没有和女儿们有太多接触。日日夜夜看护她们、教育她们并关心她们的，不是这个亲生母亲，而是连名字都没有却懂得承担责任的奶妈，而她只不过是个奴隶、女佣而已。奶妈是所有女孩可能拥有的最好的妈妈，从一出生就密切地关注着她们，满足她们的每一个要求，却从不为自己打算，解放后也拒绝离开庄园。她从不生病，也不会老死；她不会抱怨，也不会质疑，只是淡然地活着。难怪女性读者和观众会喜欢她，会无视她具有争议性的种族身份，赞扬她大地之母的女神魅力，想投入到她温暖的怀抱里。

另一种奶妈

值得一提的是，白人想象中的奶妈和现实生活中饱受磨难的奶妈截然不同，这一点在以下两本小说中都有体现。相比之下，玛格丽特·沃克的《欢乐》（1996）、雪莉·安妮·威廉姆斯的《德萨·罗斯》重新诠释了《飘》中不朽的"奶妈"形象，让奶妈以新的方式获得了重生。①这两部小说中的故事和人物都源自现实生活。沃克的小说是根据她祖母的经历写成的，而威廉姆斯则是根据一个黑人历史学家的叙述进行的创作。这两位作家从白人种植园主的视角中抽离了出来，站在苟且偷生的奴隶的角度，颠覆了玛格丽特·米切尔笔下理想化的种族关系。白人奴隶主强暴黑人妇女；黑白混血儿难以在社会上立足；奴隶被当成个人财产倒卖，如果他们逃跑，将会遭到毒打并被烙上印记；黑人婴儿一生下来就被迫与他们的母亲分开，这些惨无人道、令人作呕的史实在两部小说中都有形象的描述。

《德萨·罗斯》的故事终结于内战爆发前，而《欢乐》则展现了奴隶以及被解放的黑人们的困惑和孤立境地。在重建时期，《欢乐》的主角魏蕾，作为一个刚刚被解放的黑人，遭遇了一连

---

① 玛格丽特·沃克（Margaret Walker），《欢乐》（*Jubilee*），伦敦，W.H. 艾伦出版社，1978 年；雪莉·安妮·威廉姆斯，《德萨·罗斯》，伦敦，富图拉出版社，1988 年。有趣的是，在其纽约出版的袖珍版的封面上，《欢乐》中的魏蕾被形容成斯嘉丽·奥哈拉的对手，尽管这只是一名奶妈的角色。我要感谢赫兹尔·V.卡比为我提供了这条参考。

串的生活问题。她辛勤耕耘的那块土地洪涝不断，收获的粮食要被可恶的农场主收走一部分，三K党因不满她稍稍安定的生活，一把火烧掉了她的房子。故事的结局中，魏蕾最终和家人一起住在了白人社区，在那里，她享受到了和平安定的生活，即将成为一名"奶奶"接生婆，成为"黑人母亲的模范"。《德萨·罗斯》展现了一段非比寻常的友谊——种植园的白人女主人鲁弗尔和黑人奶妈德萨·罗斯之间的友谊，只不过这种友谊并非全心全意，也很难保持下去。挺着大肚子的奴隶德萨逃到了鲁弗尔的农场，寻求她的庇护。在交往的过程中，这个白人女人明白了，她和她的丈夫曾经有多么低看黑人奴隶身上的人性。让鲁弗尔感到痛苦的是，她竟然不知道自己已故的奶妈叫什么名字，她从来没有过问也不知道奶妈是否有后代。和小说《欢乐》一样，《德萨·罗斯》最后的结局是美满的。在鲁弗尔的帮助下，德萨假扮成鲁弗尔的奶妈，最终逃到解放了的西部，和她的丈夫、孩子在那里定居下来，并给孩子们讲述了这个故事。

这两部小说以不同的方式说明，黑人妇女以及她们的孩子、丈夫的生命是多么卑贱，为了让她们全身心地做好奶妈的本职工作，继续喂养白人的孩子，奴隶主们又是多么随便地把黑人妇女的孩子卖掉。两部小说都认为，奴隶制犯下的滔天罪孽，正是利用了奴隶的愚昧无知，黑人不可能和她的白人"家庭"建立亲密的情感关系。两部小说都颂扬了黑人女性打破种族和阶级界限的革命潜力，认为她们可以创造一个公平、公正的社会。最重要的是，在这两部小说中，那个永恒的奶妈形象已经不复存在，奶妈再也不是站在种植园的白色窗帘后面，等待主人分派任务的样子了。这两本小说描写的奶妈是真实的，她们寻求自治，有自己的需求，对玛格丽特·米切尔塑造的那个简单、亲切的"所有人的奶妈"形象，是一种极大的讽刺。

与玛格丽特·米切尔不同，玛格丽特·沃克和雪莉·安妮·威廉姆斯通过口耳相传的历史，揭露了由美国内战引发的阶级、性别和种族问题。魏蕾、德赛·罗斯以及其他小说中的黑人女性人物，让我们清楚地看到了，那个"所有人的奶妈"，那位"伟大的黑人母亲"、无私奉献着的无名氏，她们"没有过去，也没有未来"，只能存在于小说、电影、薄饼盒和枫糖浆的包装上，存在于密西西比州高速公路边上的某个咖啡店里。

 第八章

回顾与展望：《飘》的历史与传承

《飘》将我们从那些充满灰暗、战乱、满是惨重伤亡的日子中解脱出来。

——格拉迪斯·米尔曼（Gladys Millman）

我对书中斯嘉丽衣着细节的描写情有独钟。每当我穿着单调的灰色制服时，就会幻想穿上紧身的荷叶边的裙子，喷着妈妈柠檬马鞭草的香水。我的衬裙如同奶妈喜欢的衬裙一样沙沙作响。

——杰奎琳·威尔逊（Jacqueline Wilson）

许多小说和电影模仿了《飘》中对美国南方历史的诠释方法。黑人作家们通过家族口耳相传的故事了解到美国内战和黑人解放运动的历史，他们创作的作品与此有着天壤之别。但是，在3万多本美国内战题材的书（包括2 000多本小说）以及几十部好莱坞电影和电视剧中，《飘》仍然是最知名的作品。一名评论家曾说过："在那个复杂且成熟的文学圈里，比起其他文学作品，《飘》更加深远地影响了大众对于内战和解放运动的看法。"①

　　这本书所呈现的历史是否属实，仍然是一个争论的焦点。许多给我来信的人都很钦佩玛格丽特·米切尔对于历史背景的了解，而评论家和历史学家对此却颇有争议。他们有的赞扬米切尔真实地反映了历史，有的强烈指责她扭曲了史实并大肆宣传了这些史实。如何看待《飘》与复杂的历史之间的关系，取决于读者的性别、种族、年龄、地区身份、政治信仰以及对美国历史的了

---

　　① 芭芭拉·梅罗什，《小说中的历史记忆——民权三部曲》，引自《历史评论》，第65页，1988 年（冬季刊）。

解。无论是什么样的身份，人们都无法抵挡这部举世闻名的历史巨著的魅力。它引发了人们前所未有的怀旧思潮，人们开始怀念过去，怀念那个"黄金年代"与"失去的乐园"。在这种特别的怀旧情绪中，在人们建造旅游景点、举办50周年纪念会、发行特别邮票和纪念品的纪念行为中，《飘》的历史主题和偏见也常常被评论家和宣传员们忽视。

女性眼中的历史

　　首先，我们要明白，人类理解过去、理解本国以及他国历史的方式是很复杂的。历史学家在解读历史时常常会意见相左。人们通常认为，历史学家不同于历史小说家，但在研究方法和解读历史的策略上，他们和小说家极其类似。朱利安·巴恩斯曾在《福楼拜的鹦鹉》中写道："我们常常会被迫承认，历史是另一种形式的文学——历史只是一部披着国会报告外衣的自传体小说。"[1]换言之，历史是对过去的主观记录，每个人都可以有自己的见解。

　　进一步说，历史不仅仅是官方历史学者们对于过去的研究，我们每一个人都是历史的见证者。我们都是研究"现在"的历史

---

[1] 朱利安·巴恩斯（Julian Barnes），《福楼拜的鹦鹉》（*Flaubert's Parrot*），第90页，伦敦，斗牛士出版社，1985年。

学家；社会和集体产生的"大众记忆"就是历史发展的大纲。通过个人的回忆、日记、信件、照片、家庭逸事、朋友的笑话，或者通过历史教科书、官方资料、博物馆、媒体以及历史小说和电影这些公共资源，我们可以审视现在与过去的关系。[①]

女人们常常热衷于看历史小说、古装电影和电视剧，显然，这是获取历史知识、愉快地了解历史的一种重要方式。比起男人们喜欢的关于战争的日志、报告、小说和电影，这种了解历史的方式更加容易被接受。有些来信者表示，她们平时不会读浪漫爱情小说或者传统的历史书籍，但是会广泛地阅读历史小说，并指出她们之所以喜欢读《飘》，是因为它的历史背景引人入胜，能够引发她们对那段美国历史的兴趣。英国一项关于民生的民意调查显示，第二次世界大战期间以及第二次世界大战之后，历史浪漫小说大受女性，尤其是中产阶级女性的欢迎，而男性读者们更喜欢阅读海明威、侦探小说这类讲述"真实历史"的作品。女性在描述她们阅读历史小说的快乐时，说她们获得了"分寸感、逃避感以及身临其境的真实感"。[②]

然而，女性们常常羞于表达这种阅读的快乐，因为她们觉得这类小说登不了大雅之堂。一直以来，评论家们都鄙视那些受

①理查德·约翰逊等著，《创造历史：历史与政治写作研究》，伦敦，哈金森出版社，1982年。"大众记忆"是由米歇尔·福柯创造的术语；安东尼奥·葛兰西把它称为"历史珍贵的记忆"。
②苏·哈珀，《历史的乐趣——庚斯博罗古装剧》，引自克里斯汀·葛兰希尔等著，《家是心之所在：研究女性电影中的情节》，第172页，伦敦，英国电影协会出版社，1987年。

女性欢迎的历史小说，就像鄙视浪漫小说一样，他们也极少正视过像乔吉特·海尔（Georgette Heyer）、诺拉·洛夫茨（Norah Lofts）和珍·普莱迪（Jean Plaidy）这类创作女性小说的作者。然而，在近几年里，女性主义评论家们开始关注历史小说和电影，以便研究它们对女性产生的影响。她们的研究显示，这类历史小说中的女性人物，通常是某个优秀男人的情人、妻子、母亲或是女儿，她们都被置于国家大事、战争、王权之外。这些角色让读者明白，"个人的事务关乎个人，也关乎社会。"①尽管女性一直远离权力的中心，但是家庭关系、家庭结构以及女性的力量对历史事件以及历史转变仍然有着深远的影响。

另外，女性读者们也对历史浪漫剧中的时尚、服饰、装饰品等有着浓厚的兴趣，并从中获得了极大的快乐。古装剧的照片，尤其是胶片电影，给了人们无限的想象和视觉的享受；人们常常热烈地探讨剧中风格、背景、服饰和场景。庚斯博罗工作室在20世纪40年代出品了许多小说改编的古装电影，例如．1943年的电影《灰衣人》（*The Man in Grey*）、1945年的《地狱圣女》（*The Wicked Lady*）和1947年的《饥饿群山》（*Jassy*）。这些电影跟原著一样，其中展现的历史让观众获得了极大的感官愉悦，其中的服饰更是让女性观众津津乐道。在整个40年代，英国女性电影观

---

① 莉莲·鲁滨孙，《性别、阶级与文化》中的《阅读垃圾一样的作品》，第221页，纽约、伦敦，梅休因出版公司，1986年；艾莉森·莱特，《美国英语研究》中的《女性主义文化研究——第二次世界大战后英国中产阶级女性和小说》，第58—72页，1987年1月。

众们共同获得了史无前例的视觉享受，这比之后的任何一个十年都要多。从1941年开始，衣服开始实行定量配给制，制衣工们被分派到了军需品制造业，因此，女人的衣柜里装满了"实用"的衣服。那些日常单调的制服、低跟鞋、实用的裤子，全都质地粗糙且没有任何装饰，相比之下，庚斯博罗电影中的服饰是那么华丽——紧身的胸衣、层层的装饰、精美的刺绣、闪亮的钻饰，让女性观众们大饱眼福。一名年仅16岁的理发师说，每当看电影时，她就会想象自己"是电影里可爱的女主角，穿着漂亮的蓝色衬裙，头上别着羽毛发饰"。[1]

在20世纪40年代的电影中，有些女演员会穿上男戏服，男演员也会穿着和女演员一样华丽的服装。这种亦男亦女的服装风格常常让观众们忍俊不禁。这些电影中，女性角色通常是束紧胸衣，丰满的乳房呼之欲出，以展示自己的性魅力。1939年，电影《飘》的导演维克多·弗莱明就曾要求费雯·丽在许多主要场景中多裸露她的胸部，这让费雯·丽十分恼火。那些华丽的服饰，大都色彩绚丽、面料昂贵，女人们裸露着性感撩人的乳沟，男人们则穿着紧身裤，凸显出男性器官的轮廓，再搭配上奢华的假发、夸张的妆容，无一不给予女性观众精彩绝伦的视觉享受，也无疑使过去的生活看起来更加宜人，更像适合人类生活的"地方"。历史小说家们笔下详尽的细节描述、历史影视剧中华丽的

---

① 苏·哈珀，《历史的乐趣——庚斯博罗古装剧》，第189页。

服饰，完美地迎合了女性们喜爱穿衣打扮的天性。不管这是否使女性对历史事件和人物产生了与男性相同的认知，毫无疑问的是，这类小说和电影深深地影响并鼓舞了女性观众。电影《飘》就用宏大的场景、精美的服饰以及魅力四射的人物，为之后的历史剧提供了一个极其成功的模型，并且，到现在为止，它仍然是最受女性欢迎的历史浪漫电影之一。

《飘》："真"历史还是"假"历史？

当然，女性理解某部历史小说或者电影的方式，取决于她对这段历史时期的观点、认知，还取决于她所了解到的他人对这段历史的观点。举个例子来说，女性读者或者影迷们是如何根据记忆中英国王朝复辟时期的历史来解读色情电影《琥珀》的？通过学校的历史课、身边献殷勤的男人、妮尔·格温（Nell Gwyn）的传说，还是复辟时期的诗歌与戏剧？那些对美国内战历史并不熟悉的英国读者和观众们观看美国内战题材的小说和电影时，会产生多少困惑呢？几乎所有的美国女性，尤其是南方女性，都是在从学校、战争遗址、战争纪念馆、图画、照片、家族逸事、小说或者林肯纪念堂里听到或者见过葛底斯堡、谢尔曼这些如雷贯耳的名字之后才真正读懂或看懂《飘》。相比之下，一位在1939年读过《飘》的英国读者的回信更能代表许多其他读者的感受：

　　我从来没把《飘》当成一部历史小说来读。读它的时候，我从来没听说过美国内战，学校的历史课上也没有讲过。从小到大，我们只了解英国的历史。所以，我一直认为《飘》中的历史桥段都是虚构的。

　　不是所有来信的人都能坦率地承认，她们曾经认为这本小说的历史背景是虚构的。但是当她们在问卷上回答"你是否认为《飘》真实地再现了美国内战前后南方的历史？"时，她们的答案暴露了她们的紧张和困惑。有三分之一的人回答"是"，但是大多数人的回答是"不清楚""有一些吧"。只有十分之一的人明确地回答"不，我认为不是"，这项回答需要对历史"真相"极其了解与确定。在我的印象中，许多人觉得她们读《飘》时对历史事实十分了解，但大多数情况下并非如此。少数女性认为，《飘》是美国南方的政治宣传；更有极少数读者认为，《飘》中对于种族问题的描述"不准确"或是带有"偏见"。许多来信者觉得，《飘》教会她们很多，并且一小部分读者宣称，她们已经投身于南联盟的伟大事业中。这些人中有一位女性，在大学期间学习了美国历史，并且阅读了大量关于美国内战的资料。大部分《飘》迷会反复使用"原创""准确""真实"这样的词汇来形容《飘》与美国南方历史的关系。

　　这些表示赞同的词汇，与《飘》的宣传员和早期的评论家所用的词汇如出一辙。的确，早期的书评都谈到了《飘》的"权威性""民俗的可信性""确定性、真实性和完整性"。公众们通常认为，作者能够利用准确的历史材料进行创作，是因为她熟知这一主题。在《飘》的简介、评论文章和宣传语中，反复提到了米切尔在内战时期的记者身份，所以，读者们会认为，她们读的是一部历史学家的纪实作品，而不是少数评论家所说的，是一部情绪化的、带有党派性的小说。例如，1974年出版的《飘》的简装本就强调了米切尔的权威性："玛格丽特·米切尔出生于佐治亚州的亚特兰大。她的父亲是一名律师，曾经是亚特兰大历史协会的会长。米切尔的家人都对历史有着浓厚的兴趣，因此，她是在内战故事的熏陶下成长起来的。"

因此，我们都想当然地认为，米切尔作品中体现的历史是"真实"的。

许多持相反观点的评论家时常会对《飘》中的细节提出质疑，相对来说，他们对米切尔的历史解读及其历史材料的组织却没有异议。评论家弗洛伊德·沃特金斯，在他多次被引用的文章《〈飘〉，庸俗的文学》中，总体上对其进行了犀利的批判，但他的论据显得不够充分，因为他过分执着于一些微小的细节性错误，比如贫穷的白人斯莱特里的农场公顷数、斯嘉丽让人难以置信的17英寸腰身、杰拉尔德·奥哈拉在工作日扎的领带等。①

----

① 理查德·哈维尔等著，《〈飘〉小说与电影》中的《〈飘〉，庸俗的文学》（*Gone With the Wind as Vulgar Literature*），第204—206页，哥伦比亚，南卡罗来纳大学出版社，1983年。

那么，我们纠结于《飘》中关于南方、内战以及战后重建期的每一个历史细节，会有什么意义？如果我们证明了玛格丽特·米切尔做了详细的研究，证明她提到的扎领带的日子是准确的，也证明了她描述的种植园的面积和地形分毫不差，我们就能证明她是一位伟大的历史小说家了吗？我并不这样认为。相反，我认为这样做毫无意义。斯嘉丽的腰是否真的是17英寸？这样的问题误导了我们对历史真实性的理解，把我们卷入了毫无意义的争论中。正如历史学家拉斐尔·塞缪尔所说的那样："历史永远不可能被一字不差地抄写下来，但它能够以新的方式被呈现出来。"[①]

在大多数评论家和读者的眼中，米切尔无疑是恰到好处地再现了历史。美国南方的评论家小路易斯·鲁宾虽然指出了书中的许多历史错误，但是他仍然认为，"最终说来，她所呈现的历史相当准确，也十分感人。它通过斯嘉丽这个商人和机会主义者，让我们'体验了过去的时光'。"[②]另一位评论家达顿·阿斯伯里·派朗评论说，这部作品让我们审视了"南方社会的不和谐"。米切尔把历史看成"战败、失去以及不可避免的死亡"，创作了一部宏大的南方史诗。[③]因此，《飘》中恰如其分地记录的那些"史

---

① 拉斐尔·塞缪尔（Raphael Samuel），《守卫者》中的《小狄更斯》，第23页，1988年2月19日。

② 小路易斯·鲁宾，引自达顿·阿斯伯里·派朗（Darden Asbury Pyron），《〈飘〉对美国文化的改造》中的《斯嘉丽·奥哈拉与两个昆丁·坎普森》，第95页，迈阿密，佛罗里达大学出版社，1983年。

③ 达顿·阿斯伯里·派朗，《南部地区研究》中的《南方历史中的内部战争》，第17页，1981年。

实"，并不必拘泥于细节，也不必遵循什么历史客观性。它所带给人们的，更多的是神秘、恢宏以及悲壮的感觉。

但是，神话里一般都不涉及政治内容，并且神话的含义是晦涩难懂的。一些自由党人士和黑人发出了反对《飘》的声音，这让我们明白，这本书并不是对所有的年代以及所有人都有"神话"的力量，它与某些观点和群体并不相容。自由党评论家弗洛伊德·沃特金斯（就是那个挑出杰拉尔德领带的刺儿的人）把这种"神话"力量形容为：

> 《飘》看似满足了美国南方人的虚荣心以及浪漫情怀。但是，它大肆宣扬了历史，没能抓住险恶人性的复杂以及那个时代人性的内涵。

剧作家卡尔顿·莫斯从"黑人"的视角对这一问题进行了解释说明：

> 《飘》被美化成了好莱坞浪漫爱情电影，表面上呈现出了"南方人眼中"的南方。实际上，《飘》所传达给人们的，无外乎是对过去的怀旧情结，为仍然存在的南方反叛事业摇尾乞怜。[1]

---

① 理查德·哈维尔等著，《〈飘〉小说与电影》中的《〈飘〉，庸俗的文学》，第204—206页。

南方人坚定地宣称内战还在进行，他们的保险杠贴纸和T恤上，印着许多保守的南方人最喜欢的幽默口号"南方会再次崛起"，《飘》对这种思想意识的萌发起到了很大的作用。书中美好的过去、坚忍的品质以及为了所爱的人而战的勇气激起了人们心中的沙文主义，并不断地满足着人们的幻想。《飘》也帮助了许多身处困境、对美好的黄金时代仍抱有幻想的非南方读者与影迷们，帮助他们适应了目前的生活。对那些身陷混乱世界的非南方的读者和观众来说，《飘》激发了他们心中的怀旧情绪，他们渴盼一个美好而神秘的黄金年代，在那个和谐的年代里，无论社会、家庭，一切都井然有序；无论性别、种族、年龄，人们都各得其所。

战争与和平

《飘》引发了人们对理想的"黄金时代"和"失去的乐园"的怀念，同时，作为一部历史小说和电影，它向世人讲述了一场战争，也像其他史诗般的小说和电影一样，它生动地讲述了国家内战之下的生灵涂炭。然而，与19世纪的《战争与和平》《名利场》这些史诗巨著不同的是，《飘》中没有持续的关于战争场景的描写。尽管米切尔在书中认真描述了内战中的军事策略以及主要事件，但是她并没有描写战争中死伤的场面，而是把战争限定在了战争后方民众的经历上。

在《飘》中，雄壮的内战场景并不是发生在葛底斯堡和夏伊洛，而是发生在亚特兰大和塔拉庄园里。其中主要的场景都没有重点呈现士兵的无畏，而是刻画了女性的勇敢。这些女性为了联邦缝缝补补、辛苦耕作，她们照顾伤员，甚至能射杀来抢劫的北方逃兵。尽管没有战争的场景，但是，一封封信件和阵亡名单自战场传递而来，人们缺医少药，为战争奉献自己，阿希礼·威尔克斯离家参战被俘，愤怒的瑞德·巴特勒冲破了封锁线，这些都能让我们感受到战争的气息。生死、痛苦、生孩子的危险、被调遣的恐惧、社会准则的丧失、阶级或种族制度的崩塌，一切紧张的氛围都与故事开头那种富足、安逸的生活形成了鲜明的对比。

《飘》从战争后方的人们，如妇女、儿童、老弱病残的视角展开了描述。它告诉人们，女人们在战争后方束手等待的浪漫形象并不是真实的。战争的后方，远非一个被动忍受与等待的地方，那是一个充满活力、智慧与创造力的地方。对于许多女性读者和观众来说，这部作品吸引她们的，是其中折射出来的人们日常生活的场景——远离攸关家国命运、硝烟弥漫的战场，居于一个貌似可有可无、实则不可或缺的空间里，为男人缝补衣服，让家里充满温馨与快乐。《飘》中的女人们突然被迫掌握自己的命运，甚至决定着整个社会体系和经济的发展，对那些觉得自己的人生被男人或者男权社会操控了的女性来说，这是最吸引她们的小说幻想。

此外，作为一部关于战争的小说和电影，《飘》对那些在第二次世界大战期间读过它或是看过它的女性们有特殊的意义，尤其是在那个丈夫和儿子都远赴战场、生活陷入混乱的时代。我发现，和美国南方以及英国的女人们谈论《飘》是一件很有意思的事。在美国南方女性的心中，"战争"通常是指美国内战，是发生在她们的国土之上的最后一次意义重大的战争，对她们的家庭生活产生了巨大影响；对于英国女性来说，"战争"要么是指发生在1914年至1918年的第一次世界大战，要么是指发生在1939年至1945年的第二次世界大战。而对于美国北方人来说，年龄、种族以及党派不同的人会对"战争"产生不同的联想。因此，对于两个不同国家的读者和观众来说，对"战争"本身产生的共鸣会折射出不同的历史含义。当然，那些经历过两次世界大战的女人们的生活已经发生了翻天覆地的变化，在她们心里，《飘》生动地刻画了战争后方的女人们，细腻地体现了她们的恐惧、紧张、隐忍和欣喜的情绪。

20世纪40年代的民意调查表明，女性在读历史小说时会觉得快乐，会获得一种"分寸感、逃避感以及身临其境的真实感"。在漫长而又痛苦的战争期间，她们失去了爱人，失去了家园，却眼看着别人有了新工作，有了信心和快乐。这些女性希望通过小说和电影来满足自己的特殊需求。帕特里克·赖特形容战争会"催人振作"，他也概括描述了这种影响所引发的特殊情绪。[1]他

---

① 帕特里克·赖特(Patrick Wright)，《生活在古老的国家——当代英国历史》，第23页，伦敦，沃索出版社，1985年。

是这样说的：

> 在战争中，不仅仅是男性，每个人的个人行为都会在不
> 同程度上起作用。日常的生活有了更深刻的含义和必要性。
> 我们不仅会经历一些极端的事情，还会有目的地去做一些事
> 情。（我也这样认为。）

《飘》抓住了这种感觉，表明了"不仅仅是男性"才能这
样，许多来信者都赞同这一点。有少数几位通过《飘》回忆起了
她们人生中一些痛苦不堪的过去，正如薇拉·班克罗夫特（Vera
Bancroft）所说，那是一段"不寻常的经历"，它常常会"让我想起
战前那个漫长而美好的夏天，我们人生中最后一段青春洋溢、无
忧无虑的日子"。

许多人描述说，第一次读这本讲述残酷的内战的小说时，她
们正躲在防空洞中，躲避着第二次世界大战的炸弹。1940年，在
曼彻斯特遭遇炸弹空袭时，海尔妲·弗莱彻与她的家人们一起躲
在楼梯下狭小的橱柜中。她一点儿也没觉得害怕，因为"我完全
沉浸在了书中，丝毫没有察觉到炸弹爆炸声和防空炮声。我只觉得
很开心，因为我可以彻夜读书，父母也不会骂我了'。

那时刚13岁的帕迪·费里斯（Paddy Ferris）也被书中的场
面感动了。她的家人都去了避难所，却把她落在了家里，陪伴她
的只有《飘》。后来，她被朋友找到时正流着眼泪。那位朋友误

以为她是害怕炸弹爆炸，事实上，她是因为书中悲惨的剧情才哭的。同样，对于那些眼看着电影中亚特兰大饱受战争摧残，又害怕电影院随时会遭受轰炸的女性们来说，电影《飘》有着特殊的意义。E.M.布鲁姆菲尔德太太（Mrs E.M.Bloomfield）回忆起了1940年，那时电影院还没有固定每周一放映《飘》，考文垂也和电影中的亚特兰大一样战火连天。在一个周六的晚上，雷克斯电影院遭到了炸弹的侵袭。一些女性回忆说，她们躲在了电影院座位底下，听到了飞行炸弹的声音。在闪电战刚开始时，艾尔西·金德姆（Elsie Kiningdom）为电影中火烧亚特兰大的场景所震撼，一下子冲出了电影院，想要看一看战火中的伦敦城和码头。可怜的多莉丝·马斯顿（Doris Marston）看到瑞德向斯嘉丽诀别时，恰巧赶上防空警报响起。她在电影院的地下室里躲了一整个晚上，直到20年后，她才看到了电影的结局。在第六章里，我曾经描述过马格里·欧文逃离电影院并经历空袭的过程，一切虽时过境迁，结局却也圆满。

战争"催人振奋"的力量影响了人们的日常生活，使人们生活中的许多人和事都变得重要起来，也促使人们对《飘》产生了极其强烈的认同感。在所有的来信者中，有些是在战争期间第一次阅读或观看了《飘》，她们怀着饱满的情感，在信中洋洋洒洒地记录了她们的回忆。她们描述了斯嘉丽，那个与她们同样身处困境的女性带给她们的力量。格雷斯·F.因斯（Grace F.Ince）写道："我们深深地了解心爱的人身赴战场时的心痛与折磨。"吉拉·威尔丁（Gila Wilding）解释说：

> 在那个危机四伏、缺衣少食的年代，我们很容易对南方的家庭产生一种亲近感，也不难理解斯嘉丽曾说过的'再也不要挨饿了'。

对于饱受多年战争折磨的女性们来说，斯嘉丽就是一位顺应逆境、坚韧不拔的女性楷模。格温妮斯·卢埃林（Gwenith Llewellyn）来信说：

> 你可以欣赏斯嘉丽面对困难时钢铁般的意志和决心，但是，她的一生都在保护她自己。当家庭和国家的未来都飘忽不定，我们心中惶恐不安时，斯嘉丽的人生态度的的确确鼓励了我。

琼·M.伍德福德（June M.Woodford）在1942年读了《飘》，那年她16岁，与故事开场时的斯嘉丽同龄。她对斯嘉丽的处境感同身受，因为她也经历过战争，那时，没有足够的食物、衣物，就连发夹都是稀缺物品，更不用说浪漫的爱情了。

一些女性对《飘》的同感是如此深切、痛苦，她们总是会回忆起一些悲伤的人生经历。杰西卡·阿波罗（Jessica Alborough）回忆了她同父异母的弟弟的妻子的事情。她的弟弟随军去了缅甸，之后在那里牺牲了。后来，只要看到战争的场景，她的弟媳就会伤心不已。1942年，玛格丽特·伯斯沃斯（Margaret Bosworth）和她的未婚夫一同看了《飘》，不久，她的未婚夫就启程去了战区。玛格丽特觉得电影《飘》的战争场景非常压抑。她说，"我印象中最深刻的一段是战士们从战场上回来的情景。他们无一例外都受了伤，衣衫破烂、颓废不堪。"从那时起，她再也不想看《飘》了。

相比之下，大多数女性觉得，电影《飘》给她们带来了逃离黑暗生活的快乐。多琳·豪厄尔斯（Doreen Howells）曾描述说："在黯然失色、毫无生趣的日子里，《飘》给了我们一段美妙的享受。"如同庚斯博罗的电影一样，电影《飘》中壮观的场面弥补了女人们生活中的单调。G.霍布斯女士（Mrs G.Hobbs）十分喜爱这部电影，因为电影中呈现出的迷人的魅力、斑斓的色彩和浪漫的画面，正是现实生活中缺少的。对许多人来说，战争期间去看电影，本身就是一件乐事。《飘》的时长、色彩、服饰和演员，一直让影迷们觉得，这是一段愉悦的电影记忆。菲莉斯·布什（Phyllis Bush）女士回忆了《飘》带给她的快乐经历，她写道：

> 6月18日，战争结束。我一晚上没睡，去了伦敦西区，和人们一起欢迎温斯顿·丘吉尔的到来。我和朋友错过了末班公交车，所以我们只能走回家。在通往伦敦北部这段漫长的路上，我们一直跟随着一个女孩。她的同伴用手风琴弹奏着

《飘》的主题曲《塔拉》。我永远都不会忘记那一幕，那感觉太棒了！

电影《飘》以它细微、特别的方式，安慰着战争中饱尝物资短缺之苦的人们。在一封又一封的信中，那个时代的女人们描述了她们心中印象最深刻的场景：塔拉庄园中的绿色天鹅绒窗帘经过奶妈的手，成了斯嘉丽穿来诱骗瑞德为塔拉庄园交税的华服。对于这个场景，年轻一代的人几乎不怎么提起，但是它引发了战时一代女性的浪漫情愫。伊迪丝·泰勒就是其中的一位：

> 在战争时期，人们只能用供给券换取数量有限的布匹和衣裙。但是，窗帘的布料是不需要供给券的。看到斯嘉丽用天鹅绒窗帘做了礼服，我也买了窗帘布料，做了一件漂亮的家居服，我的同事都觉得特别好看。这件衣服我一直穿了好多年。

战争、和平与后核时代的《飘》

《飘》对战争的生动刻画，或快乐自由，或心酸怀旧，或两者兼具，让1939年到1945年的女性读者和观众们深受触动。对于她们中的一些人来说，《飘》是抵制战争的一个强有力的例子。布鲁姆菲尔德太太的信就很有代表性，她回忆了1941年电影《飘》对考文垂的观众的影响，那时的考文垂正饱受炸弹的侵袭：

> 我们都被一种虚假的安全感哄骗了。这种感觉来自那些奔赴战场的男人们，他们身着整洁帅气的军装，决心要为信仰而战。我们丝毫没有察觉到将有一场大灾难降临在我们身上。同样，美国内战爆发之前，人们也把它当成了一场盛大的野餐、一次快乐的聚会。

相反，只有不到50人将《飘》看成一部关于战争的小说和电影。对于那些没有在自己的国家亲身经历过战争，也没有在战乱中失去亲人的英国读者和观众来说，《飘》就是一部历史浪漫小说。美国女性对《飘》的记忆也不可能与朝鲜战争或者越南战争扯上关系。对于那些经历过战争的家庭以及20世纪80年代对战争存有记忆的读者和观众来说，强烈的爱国主义和为战争献身的英雄主义主题能够引发她们强烈的情感；但是，《飘》所呈现的对战争与女性的痛苦的观点，对于英国那些曾经历过马岛战争的人们来说似乎过于遥远，也有些矫揉造作。

在电影《飘》放映了大约30年后，来自美国南方的电影制作人罗斯·麦克艾威（Ross McElwee）决定制作一部纪录片，记录谢尔曼将军率部穿越南方各州，从亚特兰大到海边，一路实行焦土政策的征程。后来，由于他的感情生活陷入困境，对核战争也有着难以释怀的热情，他改变了最初的想法，制作了一部宣传语为"在核武器的威胁下，浪漫爱情发生在南方的可能性"的片子。在一幕幕呈现南方地域魅力的画面中，麦克艾威重走了谢尔曼将军曾走过的路，一路上拍摄了战争纪念碑、烧毁的种植园、亚特兰大南部联邦的纪念碑、核废料加工厂、废弃的军事中心，还有一个摩门孤立主义教徒的聚集地，里面设有躲避核战争用的地堡以及网球场。一路上，他遇见并结交了各种各样的女性。其中一位女士支持核战争，认为核战争是《旧约》预言的世界末日的开端；另一位女士极为反对核废料的随意倾倒；还有一位女性朋友催促他尽快结婚，认为活在当下要满怀激情。麦克艾威在萨姆特堡纪念碑前偶遇了一位老妇人，她低头喃喃地说着："战争没有什么荣耀的，战争能带来的只有死亡和毁灭。"

　　麦克艾威的电影关注了战争、毁灭、女人们在战争以及两性关系中的遭遇与态度、男人们爱惹事的天性，这些都与《飘》极其相似。在他的电影中，和平与爱情总是不堪一击，丰裕富饶的土地也极易被摧毁；他用幽默的镜头记录了核时代人与人之间的关系及相处的困难，这一切都能使人们回忆起《飘》的主题和创作动机，也使我们能以现代的视角来解读《飘》。毫无疑问，正如布鲁姆菲尔德太太所说的那样，《飘》可以被当成一本反战小说来读，促使了当代许多女性投身于反战和平运动以及生态保护活动之中。在塞尔兹尼克的电影中，受伤的士兵一排排地躺在亚特兰大临时医院的外面，斯嘉丽小心翼翼地越过他们，寻找医生去给梅兰妮接生，这一场景给许多观众留下了深刻的印象，在许多来信中都有被提及。小说的描述以及电影中令人惊恐的画面，让人们看到了美国内战给战士以及平民百姓们带来的巨大灾难。同时，它也提醒了我们，任何未来的战争都具有毁灭性的力量，不仅会摧毁一个国家的武装力量，更会打击到每一个战争后方的百姓，他们不知道需要拿出多少勇气、要付出多少劳动，才能重建饱受战争摧残的家园！第二次世界大战后，《飘》在日本大受欢迎，大概是因为广岛和长崎遭受了原子弹爆炸的打击，战后的人们需要十足的勇气来重建家园，《飘》更加让日本人认识到，战争就是一种悲剧性的资源浪费，他们迫切地希望国与国之间能够和平共处。

怀旧的产业

《飘》在方方面面让女人们产生了历史的共鸣，也滋生了她们的怀旧情结。它刻画了一段既真实又神秘的历史，引发了人们对战争摧毁家园的悲痛、心酸，成了许多女性的个人经历以及家庭记忆中弥足珍贵的一部分。我曾经描述过人们是如何把对《飘》的狂热融入到日常生活中的：把自己的房子命名为"塔拉"；管自己的宠物叫"瑞德"或是"斯嘉丽"；收集关于《飘》的各种海报、纪念盘、书籍、玩偶等。或许，没有任何一部作品能像《飘》这样，在小说和银幕之外的生活中也有着鲜活的生命力。这种生命力，依赖于纪念品的制造商们，也依赖于粉丝们的狂热之情。她们对《飘》的热爱，似乎永远都不会消退。如今，《飘》的文化遗产和旅游业发展虽然姗姗来迟，但已然成了《飘》流行的新风尚，而这恰恰是玛格丽特·米切尔所担心的。

　　在撰写这本书的最后那段日子里，我决定再去一次玛格丽特·米切尔的家乡、《飘》大部分的背景所在地——佐治亚州的亚特兰大。我的目的是看一看亚特兰大是如何纪念这位本土最著名的作家和她的著作的。我知道，美国和英国一样，也逐渐地认识到，开放作家的出生地与故居对发展本地的旅游业极其有利。英国把莎士比亚的出生地斯特拉特福以及位于多塞特郡的托马斯·哈代的故居都当成了当地旅游业的中心。因此，美国也效仿这种做法，对外开放了路易莎·梅·奥尔科特、威廉·福克纳，还有因创作了《兔子拉比的故事》而闻名世界的亚特兰大作家乔尔·钱德勒·哈里斯的故居。

　　许多人希望通过参观作者故居的方式来理解作者的想法，并重温一下小说的情节。的确，参观约克郡的沼泽地有助于美国人理解小说《呼啸山庄》中的场景。毕竟，如玛雅·安吉罗（Maya Angelou）所说，大多数美国人对于"沼泽地"没有什么概念。同样，拜访位于密西西比州的福克纳故居，也有助于美国南方之外的人们理解其小说及改编电影中的哥特氛围。读者和观众们对作者与他的故居、现实与虚幻的关系有着无尽的兴趣，他们常常希望去感受小说作者与电影编剧从真实的地区、城镇、房子以及人物中获得的灵感。文学作品通过一系列的生活原型创造出某个合成的地方或者人物，这是诗歌或者小说区别于旅游手册的一个特征，而这也是我们十分反对的。我们中的许多人会沿着巴斯路和莱姆瑞吉斯路漫步，想要重新体会简·奥斯汀的《劝导》；游客们也想要寻访查尔斯·狄更斯笔下的"伦敦城"，却无功而返。在查尔斯顿，我们可以回想起《飘》的续集作家亚历山德拉·瑞普利，她在童年时给去"瑞德·巴特勒的墓地"的游客们胡乱地指路。

当我真正地身处亚特兰大之后，许多人告诉我，每年有成千上万的游客想参观"塔拉庄园"，当被告知"塔拉庄园"并不存在时大失所望。人们在达拉斯见到过"南福克牧场"（Southfork Ranch），在好莱坞环球影城见到过电影《惊魂记》（Psycho）里的汽车旅馆，他们就想当然地以为，亦真亦幻的"塔拉庄园"一定在亚特兰大或在其周围。然而，在这座钢筋混凝土铸成的城市里，旧南方早已不复存在，取而代之的是新南方，诸如可口可乐公司、天天旅馆以及美国有线电视新闻网总部的许多地方就位于此。许多组团坐长途汽车奔波而来的游客们失望地看到，在亚特兰大，找不到多少用来纪念《飘》及其作者的东西。

为数不多的米切尔纪念物零星地散布在这里。米切尔的墓地在奥莱克公墓；有一条米切尔街道和一个玛格丽特·米切尔纪念广场（事实上，这个广场只是一小块三角形的土地，是一位中国女雕刻家设计的）；亚特兰大历史协会、公共图书馆以及报社里有一些米切尔的纪念品或者人造品；这座城市的锦伦旅运标记出了残损、破败的米切尔故居、米切尔在桃树街被酒驾司机撞死的地方以及米切尔创作《飘》时所居住的公寓；商店里可以买到米切尔的传记和亮光纸印刷的《飘》，在机场能买到碧西糖。游客们可以在一家叫作"贝蒂姑妈家的门廊"的饭店里品尝正宗的种植园户外烧烤以及维达利亚黑虾，然后前往美国有线电视新闻网总部看一次电影《飘》，在这里，《飘》固定每周播放七天，每天播放两次。

　　每一个与我交谈过的亚特兰大及其周边地区的人都认为，建立《飘》博物馆或者发展纪念品产业，都蕴含着巨大的商业潜力，这可以吸引游客，为这座城市创收。这种共识其实在早年间就已经形成了。多年以来，总有人大胆提出筹集资金、为博物馆选择地址的建议，但是都没有取得实质性的进展。玛格丽特·米切尔本人并不希望亚特兰大为她或者《飘》建立纪念碑。只是随着亚特兰大的发展，这里变成了一种传统，成了一个旅游中心，人们才又开始计划建立博物馆。在距离亚特兰大几公里远的克莱顿县，传说中塔拉庄园和十二橡树园的所在之地，这里的人很善于利用这座县城在文学方面的声望。这里有塔拉大道、自动售货机、活动房区以及其他吸引游客的设施。当地的沃伦之家酒店以其某面墙上的弹孔为傲，据说这是一个南联邦女人在楼梯上射杀一名北方士兵时留下的。根据推测，这名女性就是斯嘉丽·奥哈拉在塔拉射杀北方士兵这一壮举的原型。另外一座著名的房子是一座"L"形的农舍，由隔板造成，门廊已经塌陷。这座房子是属于玛格丽特·米切尔的祖先菲茨杰拉德家族的，一直被当地人认为是塔拉庄园的原型。这座房子接近于米切尔在书中对塔拉庄园的描述，同塞尔兹尼克在摄影棚的空地上建造的那座带有白色圆柱的府邸相去甚远。这座农舍被一名亚特兰大的女商人贝蒂·塔尔梅奇（Betty Talmadge）买了下来。这位商人把这座农舍的一砖一瓦从琼斯伯勒平移到了自己的土地上。有人告诉我，这座农舍原先所在的那块土地已经被指定要建造一座非营利性的玛格丽特·米切尔博物馆。

与此相比，达纳韦园林有限公司的目的则更加商业化，它计划筹集200万美元，在罗斯科附近建造一个《飘》的主题娱乐公园，不过这个公园与《飘》毫无关系。这个计划的重点是菲茨杰拉德的农舍以及塞尔兹尼克电影中塔拉的原始建筑。贝蒂·塔尔梅奇用5 000英镑买下了这座建筑，并把它分解，储存在了箱子里，等有了合适的地点，便将其重建为永久的历史景点。当地人对达纳韦公司的宏伟计划持怀疑态度，也怀疑电影中的塔拉庄园的建筑的牢固性，不确定这样一座在好莱坞片场建造的道具房屋是否能经受得起佐治亚大雨的侵袭。达纳韦公司与克莱顿县之间的竞争十分激烈。双方都意识到，无论哪一方最先筹集到资金，一旦建立起引人注目的主题公园或纪念中心，游客们都会趋之若鹜。

精明的贝蒂·塔尔梅奇最先看到了商机。与当地的历史学家一样，她声称，她的那座宏伟的白色圆柱环绕的洛夫乔伊种植园，就是米切尔创作的十二橡树园的原型。她说："人们去西部时，就会寻找牛仔；人们来到亚特兰大时，会寻找塔拉、斯嘉丽和瑞德。我已经找到了与塔拉最接近的地方。"①贝蒂·塔尔梅奇公司在洛夫乔伊举办了烧烤聚会和"玉兰晚餐"，种植园内的音响播放着电影《飘》的原声带音乐。宴请100名客人，配有11道菜品，一共花费5 000美元。美国以及很多国外的大公司，尤其是日本的公司，都享受过贝蒂热情而奢华的招待。1988年7月，在民主党大会期间，许多游客也享受了这一待遇。另外，贝蒂的《洛夫乔伊种植园食谱》卖出了两万册之多。②

我游历亚特兰大期间，曾参观了一处已经破败不堪的建筑。这座位于新月大街的公寓楼建于1913年至1927年，玛格丽特·米切尔曾在那里居住并进行小说创作，她非常讨厌这个地方，称其为"垃圾场"。现在，这座公寓楼极有可能成为最热门的《飘》的旅游景点。然而，这座公寓楼所在的那片土地亩已被规划建造一处公园，如今只剩下这座公寓楼还矗立在那里。这引起了亚特兰大、米切尔房产公司以及特拉梅尔·克劳开发公司之间的龃龉。特拉梅尔·克劳公司曾经尝试从市长那里获取拆迁许可，一

---

①　大卫·莫罗，《亚特兰大商业》中的《贝蒂》，第38页，1987年12月。
②　贝蒂·塔尔梅奇，《洛夫乔伊种植园食谱》(*Lovejoy Plantation Cookbook*)，亚特兰大，桃树街出版社，1983年。我要感谢贝蒂·塔尔梅奇以及她的秘书为我安排采访，此后还给我邮寄了塔尔梅奇公司的相关资料。

开始，计划进展得十分顺利，但在最后一刻，亚特兰大市长安德鲁·杨拒绝签署这份许可文件。此举为希望保留这座公寓楼的一方争取了筹集资金的时间。

米切尔房产公司的成立基于其商业目的。在此之前，为玛格丽特·米切尔博物馆筹集资金的计划泡汤，但这已经使当地人认识到了这座公寓楼的历史重要性。支持建立米切尔博物馆的一方认为，这座公寓楼应当被保存，因为这是"我们仅有的"纪念米切尔生活的实物，而且有些人说，他们可以在米切尔曾写书的公寓窗前强烈地感受到她的精神。相比之下，米切尔房产公司的观点要更加实际一些。其总裁约翰·泰勒（John Taylor）曾引用过一所大学对这座公寓楼做过的一项研究。这一研究的数据主要来自旅游业以及会议和游客办公署。研究表明，许多来亚特兰大的人都想参观关于《飘》的景点。据办公署估计，修复后的米切尔故居每年可吸引30万名至40万名游客前来。当我离开亚特兰大时，特拉梅尔·克劳公司一方扬言要提出诉讼，控告市长不签署拆迁许可的行为。到1988年的圣诞节，许多地产公司计划与米切尔房产公司进行会晤，希望能够在这一问题上达成共识。

无论保护这座公寓楼的行动能否成功，这都将成为亚特兰大的一场伟大的文物保护斗争。多年以来，一直有人提出，很多具有历史意义的古建筑物都被摧毁，取而代之的，是一座座钢筋混凝土建造的办公楼、旅店、体育场。这些现代化设施代表了城市的发展，使它变成了一个会议中心、休闲中心。市长曾经把亚特兰大里最古老的建筑比作"垃圾中的大块头"，但是他没有同意拆除米切尔的故居，这一举动或许意味着他的态度有所缓和，如果他这么做是因为他看到了这所故居的旅游前景就好了。这项保留米切尔故居的计划，是由米切尔的继承人们提出的，获得了来自亚特兰大都市基金会、杰克丹尼酿酒场、全国房屋建筑商协会以及一位日本商人的支持，是保护文物和遗产的一个模范举动。①

对《飘》博物馆说"不"

这一系列的计划遭到了许多人的反对，其中甚至有米切尔的朋友以及一些《飘》的粉丝。1988年离世的理查德·哈维尔是研究米切尔的一位知名学者，他生前发表了多篇关于《飘》的文章，也出版了很多相关书籍。他认为，这个"垃圾场"不应该被保留，因为米切尔本人也不喜欢这个地方。《亚特兰大宪政报》的记者塞莱斯汀·西伯利（Celestine Sibley）和哈维尔一样了解米切尔，她也反对建立米切尔博物馆，因为米切尔自己并不希望别人为她建立纪念馆，违背米切尔的想法是无礼的。至于人们说的米切尔的精神仍然存在于这座公寓楼中，西伯利回应说："这些人太多愁善感了。"她对文学遗产衍生的商业活动持怀疑态度：

---

① 信息来源于《亚特兰大宪政报》（*Atlanta Constitution*），第 12 页，1987 年 12 月 31 日。我要感谢黛波拉·詹姆斯为我提供相关信息。

"那些建造者们可不是傻子，米切尔的房子被拆除后，他们会把垃圾当作纪念品来卖。佐治亚州已经有一大堆人跟我说过，他们家有米切尔用过的马桶，有米切尔的浴缸等乱七八糟的东西。"

也有人认为，是米切尔的灵魂飘到了那些想建造博物馆的公司，给他们带来了霉运，导致了建造计划屡次失败。

还有一些反对建立博物馆的理由，得到了记者们和米切尔的粉丝们的赞同。这些理由更具有政治敏感性，与这座城市古往今来的种族传统有关。我曾经指出，亚特兰大给人的第一印象是一座反对种族分裂的城市。从前种植园遍地的旧南方所吹嘘的荣耀与财富早已消失殆尽，那些隔离住宅区、学校、医院甚至隔离公交车的行为似乎也已不复存在了。亚特兰大的大多数居民是黑人，而且有很大一部分的黑人是中产阶级。这座"忙得没有时间去恨"的城市的居民们宣称，现在的亚特兰大统一民主、欣欣向荣。对于黑人们来说，这座城市是一个神圣的地方。诺贝尔和平奖获得者马丁·路德·金就长眠于此，这里有他的历史遗迹、修缮了的故居以及非暴力社会变革中心。杰西·杰克逊（Jesse Jackson）牧师是这座城市第一位竞选民主党总统被提名的黑人。在20世纪80年代，他一路"自由乘车"从芝加哥顺利到达亚特兰大州议会大厦，这似乎也是一件极其自然的事情。

当然，杰西·杰克逊最后并没有获选，因为"当时的时代背景并不适合"产生一位黑人总统，而且亚特兰大也没有发展成一座宣传中那样的现代化大都市。在竞选的过程中，杰克逊遭到了无数次的死亡威胁。在他前去参加议会时，三K党正举行大游行，反对同性恋、黑人以及南非种族隔离的民主党人，而杰克逊被认为是其中的代表。一条攻击市长的横幅上写着："安德鲁·杨，亚特兰大黑鬼们的头头！"回顾三K党近期的历史，一位白人记者W.J.韦瑟比评论道："当你与佐治亚州的白人讨论亚特兰大的权利被黑人掌控时，他们会表现得像黑手党的首领听到他们的毒品交易被亚洲人抢走了一样。"①

虽然三K党总部在这几年搬出了亚特兰大，但是它仍时不时地影响甚至存在于这个城市。1979年至1981年，曾发生多起黑人儿童谋杀案，这些案件虽然被判定为韦恩·威廉姆斯（Wayne Williams）所为，但是仍有许多人怀疑，这是三K党成功策划的一大阴谋，目的是恐吓黑人。1985年，有人建议复审这个案子。詹姆斯·鲍德温在关于亚特兰大的一篇文章中谈到了这件事情：

> 一想到这些谋杀案，亚特兰大人不可避免地就会想到"昭昭天命论"（一种惯用措辞，表达美国凭借天命对外扩张、散播民主自由的信念）的继承者们血腥的历史，因而他们最先怀疑的，必定是仍然生机勃勃地存在于美国的三K党。②

---

① W.J.韦瑟比（W.J.Weatherby），《守卫者》，第11页，1987年7月31日。
② 詹姆斯·鲍德温，《隐藏的证据》，第79页，纽约，霍尔特莱茵哈特和温斯顿公司，1985年。

幸运的是，在玛格丽特·米切尔的青年时期，20世纪五六十代残酷的公民权利斗争期间，三K党的影响力被削弱了不少，他们近期的活动也收效甚微。但是，从这座城市本身及其历史来看，曾经的奴隶制、白人统治、种族分离以及三K党的暴力行为，在某种程度上以一种光荣体面的方式展现了出来。在引人入胜的亚特兰大历史博物馆的大画幕上，栩栩如生的立体画面呈现了亚特兰大战役的场景，提醒着人们南方联盟的惨败。当地的书店颇为自豪地出售大量描写联邦战役、英雄主义以及战争的艰苦书籍。这场战役中的一个至关重要的战场位于肯尼所山脉，这里已经被开发成一处"战场"主题公园，配有一座博物馆、一个野餐场地以及一条远足小径。参观一下美国内战前的房子，逛一逛艾伦布鲁克历史协会的古董店，人们或许可以"走近历史"。在亚特兰大市附近，人们可以沿着长约100英里的"战前小径"走上一遭。根据亚特兰大旅游指南所说，这条小径提醒着世人，佐治亚州是"美国南方腹地的一部分"。走在这里，人们或许可以感受到美国内战前的种植园生活仍然历历在目。

最著名的地标建筑当属那座占地3 200公顷的佐治亚石山公园了。这座石山以其世界最大的花岗石雕像闻名于世，雕像上雕刻了内战中的英雄人物，如斯通威尔·杰克逊（Stonewall Jackson）、杰弗逊·戴维斯（Jefferson Davis）和罗伯特·E.李（Robert E.Lee），公然地颂扬了这场"败局已定"的战争。除了敬仰一下这些雕像的英雄，欣赏一下公园里娱乐性的夸张表演，人们还可以去游览一个重建的内战前的种植园，坐一坐轮桨式的游船，参观一下美国内战展览，在石山遗迹管理公司买些仿制的枪、剑和皮带扣等。1915年，三K党宣誓复兴，1988年，在美国民主党议会召开之际，其领导人以三K党的前"皇家巫师"詹姆士·R.维纳布尔（James R.Venable）的名字命名了一个公园，这一举动可谓挑衅意味十足。①

这座石山为亚特兰大的市民和游客们提供了休闲娱乐的场所，对于那些"还能听见战争的枪声"、仍然相信旧南方将再次崛起的人们来说，它具有深刻的象征意义。比如，《蓝灰杂志》是美国和英国支持南部联邦的出版物之一，其1983年版曾经刊登了卡尔·弗里曼为这座山的雕像作的一首诗，它的最后一段是这样的：

> 亲爱的朋友，当你踏上这座山，
>
> 抬头看看这些伟大的人，
>
> 虽然时光已然飞逝，
>
> 但是请记住，梦想永不会终结。②

弗里曼心中永不停止的梦想，受到了南方各州许多支持南联盟的个人、团体以及国外无名人士的赞同。英国盟军最高指挥部

---

① 艾利克斯·布鲁梅尔，《保卫者》中的《民主党塑造的新形象》，第6页，1988年7月16日。

② 卡尔·弗里曼（Carl Freeman），《蓝灰杂志》（*Blue and Gray Magazine*）中的《石山的倒影》，第53页，1983年10月11日。

一直致力于研究并改正历史文学家的作假行为；迪克西叛军再现了内战时的战斗以及兵营的状况（妇女们穿着粗布麻衣，用19世纪60年代定量的口粮做饭）；极具争议的《国际联盟士兵乔尼·莱波》（*The International Confederate Johnny Reb*）传播了相关资讯，传承了联邦的精神。另外，国家之间也有大量的通讯以及相互合作。近年来，亚特兰大的报社和电视台对飘扬在佐治亚州的南联邦旗帜是否应该被撤掉这一话题产生了热议，这也是英联邦一些群体十分关心的问题。

这些群体传承了石山的雕像所传达的不朽的信仰，他们认为，内战中错误的一方取得了胜利，此后，美国实现了经济统一，种族关系也最终平等了，然而，内战前的社会经济生活才是这些人想要的。尽管盟军最高指挥部以及许多出版物的言论都被以合理的方式限制了，但每当三K党在南方各城镇出现并对亚特兰大产生影响时，他们就会清晰地表达出他们的立场。

作家罗伯特·拉姆利曾经描述了20世纪末期博物馆数量激增的情况，他把博物馆看作"一个强有力的社会隐喻，是各个社会展示它们与自己的历史以及与其他文化的关系的方式"。他还谈道，历史就是一种"政治源泉，通过历史，民族的身份得以构建，权力与荣誉被合理化，并得以颂扬"。[1]在亚特兰大，我看到了市区日益繁荣兴旺的城市生活，也看到了这个城市仍然沉迷

---

① 罗伯特·拉姆利（Robert Lumley）等著，《博物馆——历史的时光机》，第2页，伦敦，劳特里奇出版社，1988年。

于颂扬过去白人贵族的权利以及黑人奴隶制，这两种城市面貌交叉存在，相互矛盾。马丁·路德·金纪念中心规模不大，设计简单，其中的展品十分感人；非暴力社会变革中心和金的墓地外貌倒映在了闪闪发光的池塘里。相比之下，斥巨资打造的亚特兰大画幕、石山以及巴克海特郊区仿造的内战前风格的富人别墅，更加色彩斑斓、景色壮观，更多了些令人眼花缭乱和金碧辉煌的气势。毫无疑问，这座城市饱受争议的历史已被包装得如此诱人，深深地吸引着好奇的人们。只要乘坐升降梯欣赏一下南部联邦的雕像或者参观一次战前的老式建筑，大众的想象力就会被再次激发出来。

在亚特兰大这座城市里，反动与开明、怀旧和前瞻矛盾地并存着。如此，我们便不难理解为什么亚特兰大的市长会允许特拉梅尔·克劳拆除米切尔的故居，抹去一部曾经给这座城市带来无尽声名的作品的记忆。毕竟，《飘》站在了支持南联邦这一极具争议的立场上，蕴含着旺盛的能量和情感力量，维护并颂扬了石山所传承的军国主义思想，而不是颂扬那位被暗杀、安息在池塘边的墓地里的黑人英雄。这一点，对他这样一位有着深厚的家族遗产和历史背景的人来说，不可能看不清楚。

后记

我对《飘》有种强烈的感觉，因为我从中读到了所有重要的东西：爱、性、暴力、新生、战争以及种族主义。

——莱斯利·迪克

在写这本书时，我越来越觉得自己是所有女性读者和观众大家庭中的一员，这成了我快乐的源泉。这些日子，每当我静下心来写书，或者坐下来看看这部电影时，我的耳边便会回响一些声音，这些声音不仅来自玛格丽特·米切尔的小说中的人物们，还来自那些给我写信，分享她们关于《飘》的记忆的女人们。我想起了20世纪40年代的女性，她们带着三明治，在电影中场休息的时候拿出来吃，或者在空袭来了时躲到座位底下；我想起了吉莉安·达沃德（Gillian Darward）和她的朋友们，她们在午后一边看电影录像一边抽泣，吃的、喝的、用的都堆在地板上。当感人的《塔拉》主旋律奏响时，我就会想起菲莉斯·布什，在战争期间，她跟着一个用手风琴弹这首曲子的男人，一路跋涉到了伦敦北部。每当看到斯嘉丽一把扯下绿色天鹅绒窗帘时，我就必定会想到，对那些衣料配给年代的女人们来说，这简直就是一个奇思妙想。我曾经顺口把斯嘉丽称作"幸存者"，后来我读到了安妮·卡普夫的文章，她将《飘》与她父母从犹太人大屠杀中幸存下来的故事联系了起来，这使我产生了深刻的共鸣。还有，每当我想起莱斯利·迪克的老师说过的关于三K党的话，或者想起何西亚·威廉姆斯的杰迈玛，脑海中浮现出她握紧拳头一脸严肃的样子时，我就无法再嘲笑奶妈和碧西了。

这部小说和电影，能在多大程度上给女性以安慰，并帮助她们厘清问题、渡过困境，这就是我的研究所要揭示的。来信者和读者观众们对《飘》有种强烈的情感，这种情感十分特殊，但并不少见。在日常生活中，我们都会遇到许多矛盾。这些矛盾，必须要靠自己去克服或者要靠朋友们给点儿帮助。我们大多数人，都会沉溺于虚构的故事里，从书籍、电影、电视节目、肥皂剧中寻求一种间接的共鸣。许多来信者把《飘》当成"朋友"，这个"朋友"把她们和亲密的朋友、母亲、女儿、同事联系了起来。这个事实表明，在书架、图书馆、电影院和宣传机器之外，《飘》有着鲜活的生命力和影响力。

在前面的内容中，很多女士提到了这部作品对她们的人生的意义，这些意义各不相同，有些还相互矛盾，使得人们对《飘》不可能形成单一的理解。给我写信或者和我交谈过的数百位女士，从《飘》中获得了一种个人的但常常是共同的联想。在读这本书或者看这部电影的时候，或者在她们人生中为之着迷的某个特殊的时刻，每一位女士都会赋予《飘》或者从中带走某种适合她的东西。当然，正如我所提到的，玛格丽特·米切尔创作这部书的方式、大卫·塞尔兹尼克拍摄和宣传这部电影的方式、在过去的50年里这部作品的历史、政治、种族和女性主义主题的发展方式，都影响着每一位女性粉丝的阅读和观看经历。但是，那些叫作瑞德、阿希礼、邦妮的小猫小狗和孩子们，那一处处叫作塔拉的房子，那一间间墙上贴满了明信片的盥洗室，那一次次产生新的理解的阅读，还有一遍遍关于小说的结局的大讨论，都体现出了这些女人的聪明才智。尽管家人朋友嘲笑她们，但在评判《飘》的价值时，她们绝不受他人左右。《飘》就是她们的家人，已经融入到她们充满想象的日常生活中。

我十分不赞同《飘》表现黑人人物以及种族问题的方式，我认为，它所讲述的失去的南方乐园的故事，在20世纪末期很难得到传承或者颂扬。但是，在来信和采访中我常常发现，这部作品带给人们的经历是如此令人回味无穷，它以各种各样的方式维系并丰富了人们的生活。如果再去谴责它，未免会有些吹毛求疵，也未免忽略了许多女性对这部作品不合常理的反应。她们常常认为，这是一部倡导和平以及人类平等的小说，而不是一部战争小说。如果这部小说没有被拍成电影并打破好莱坞票房，很难说它会不会在全球一直畅销下去；如果没有塞尔兹尼克的才华，或者电影不是恰好在第二次世界大战爆发时首映，也很难说这部电影会不会打破票房纪录。如果再考虑到它获得的普利策文学奖、八项奥斯卡奖、作者和男女主角的英年早逝，我们就会明白，这部小说和电影有理由成就今天的传奇。这虽不能完全解释《飘》的成功，但这的确反映出，《飘》适时地抓住了人们的想象，再加上传记作家、评论家、纪念品、旅游业、电视公司、续集作者的推动，使得《飘》在很多国家、很多人的想象中，一直占据着核心地位。

就我个人而言，自从年少时第一次读《飘》，在之后的20多年里，我对它的感受发生了巨大的变化。现在的《飘》似乎不再像过去那样引人入胜、激情澎湃。在我是个羞怯的小女孩时，邪恶的斯嘉丽让我欢欣鼓舞；在我成了脾气暴躁的中年妇女时，她对社会、对其他女人以及对孩子的粗心大意，让我气愤不已。现在我依然佩服她的无畏和韧性，但是在可以做她的母亲的年纪里，我更加认同年长一些的来信者的看法，对她的自私自利十分不满。另外，我已经不会再去幻想像瑞德一样的男人，我清楚地知道这种幻想的不良后果，从巴黎买帽子或者像宠邦妮那样宠溺女儿，只会让我付出惨重的代价。瑞德的幽默和潇洒依然吸引着我，但我永远不会再相信一个吹嘘自己的吻技的男人。现在，让我更加感兴趣的，不是米切尔或者其他续篇作者会如何让斯嘉丽和瑞德重归于好，而是读一些书或者看一些电影，看看它们如何挑战和重新解读《飘》。

　　为避免显得过于假正经了，我还是要坦率地承认，电影中华丽的服饰、奢靡的南方聚会、壮观的场景和效果，一直愉悦着我。和许多女性一样，直到现在，看到克拉克·盖博在楼梯口的第一次亮相时，我依然会微微赞叹；看到他最后一次摔门而去时，我依然会心叹神伤。

致谢

　　在酝酿以及撰写这本书的过程中，我有幸得到了很多人的热情鼓励，我的朋友、同事，还有一些偶然结识的人。写作的过程是孤独的，也是一段集思广益的经历，让我心满意足。帮助我的人数量众多，在这里无法一一提及。我尤其要感谢的有：伊丽莎白·贝德（Elizabeth Bird）、朱迪·卡梅伦（Judy Cameron）、黑兹尔·V.卡比（Hazel V.Carby）、弗兰克·德·卡罗（Frank de Caro）、莎拉·戴维斯（Sara Davies）、马奇·德雷瑟（Madge Dresser）、凯特·富布鲁克（Kate Fullbrook）、林迪·吉本（Lindy Gibbon）、南希·霍姆伍德（Nancy Homewood）、唐纳德·J.乔丹（Donald J.Jordan）、罗桑·乔丹（Rosan Jordan）、冯丽莲·朱利安（Merrilyn Julian）、科拉·卡普兰、杰拉尔丁·凯伊、吉姆·派恩斯、达顿·阿斯伯里·派朗、路易丝·里维尔比（Louise Reverby）、戴安·罗伯茨、玛丽·罗伯茨（Marie Roberts）、帕特·罗伯茨（Pat Roberts）以及布里斯托尔曼诺公园医院的病人和工作人员、瑞秋·史蒂芬斯（Rachel Stevens）、瑞妮·斯莱特（Renee Slater）、温·克雷格·韦德。布里斯托尔理工学院研究委员会及人文系为我的旅行提供了帮助。

在亚特兰大，我获得了一些帮助和资料，它们来自：亚特兰大会议及旅游局的工作人员、亚特兰大伏顿公共图书馆和历史学会、詹妮斯·卡普兰（Janis Caplan）和罗杰·卡普兰（Roger Caplan）、克里斯·科尔伯特（Chris Colbert）、黛博拉·詹姆斯（Deborah James）、林恩·迈耶（Lynn Meyer）、布鲁斯·希曼（Bruce Seaman）和黛安·希曼（Dianne Seaman）、塞莱斯汀·西伯利、贝蒂·塔尔梅奇、约翰·泰勒。赫布·布里奇斯让我体会到了南方人的热情好客，使我对《飘》和南方有了更深入的了解。

露西·皮特里（Ruthie Petrie）给了我弥足珍贵的意见和鼓励。苏·斯温格勒（Sue Swingler）、艾莉森·莱特（Alison Light）和德里克·普莱斯（Derrick Price）读了我的每一份修改稿，他们的建议和热情激发了我的创造力，伴随我走过了许多艰难的日子。德里克就像瑞德·巴特勒一样，一直给我无微不至的关怀。我还要感谢我的母亲——艾达·M.泰勒（Ida M.Taylor），感谢她引领我走进了《飘》的世界，感谢她为我所做的一切。

数以百计的人给我写了信，回复了我的问卷调查，慷慨地与我分享了他们的思想，对他们，我要致以最深切的谢意。尽管我只提到了少数，但我从每一位来信者的思想中汲取了灵感，构建起了我对《飘》的解读。没有他们，这本书就不可能完成。

参考文献

Andrews, Eliza Frances, *The War-Time Journal of a Georgia Girl, 1864–1865*, New York, D. Appleton & Co., 1908.

Ang, Ien, *Watching Dallas: Soap Opera and the Melodramatic Imagination*, London, Methuen, 1985.

Baldwin, James, 'Nobody Knows My Name: A Letter from the South', in *Nobody Knows My Name*, New York, Dell, 1961.

—— 'Everybody's Protest Novel', in *Notes of a Native Son*, London, Michael Joseph, 1964.

—— *The Evidence of Things Not Seen*, New York, Holt, Rinehart & Winston, 1985.

Barnes, Julian, *Flaubert's Parrot*, London, Picador, 1985.

Batsleer, Janet *et al.*, 'Some women reading', in Batsleer *et al.* (eds), *Rewriting English: Cultural Politics of Gender and Class*, London, Methuen, 1985.

Behlmer, Rudy (ed.), *Memo from David O. Selznick*, New York, Viking, 1972.

Bennett, Tony and Woollacott, Janet, *Bond and Beyond: The Political Career of a Popular Hero*, London, Macmillan, 1987.

Boothe, Clare, *Kiss the Boys Good-bye*, New York, Random House, 1939

Bourne, Stephen, 'Pride and Prejudice', *The Voice*, 1 September 1984, p. 16.

Bridges, Herb, '*Frankly, My Dear . . .*' *Gone With the Wind Memorabilia*, Macon, Ga., Mercer University Press, 1986.

Bridges, Herb and Leff, Leonard J., *The Filming of Gone With the Wind*, Macon, Ga., Mercer University Press, 1984.

Brownmiller, Susan, *Against Our Will: Men, Women and Rape*, Harmondsworth, Penguin, 1976.

Campbell, Edward D.C., Jr, *The Celluloid South: Hollywood and the Southern Myth*, Knoxville, The University of Tennessee Press, 1981.

Carter, Angela, 'The Belle as Businessperson', in *Nothing Sacred*, London, Virago, 1982.

Collins, Joan, *Past Imperfect*, London, Coronet, 1979.

Conrad, Peter, 'In Praise of Profligacy', *Times Literary Supplement*, 10 September 1976, p. 1094.

Cripps, Thomas, *Slow Fade to Black: The Negro in American Film, 1900–1942*, London, Oxford University Press, 1977.

Didion, Joan, 'John Wayne: A Love Song', in *Slouching Towards Bethlehem*, Harmondsworth, Penguin, 1974.

Douglass, Frederick, *Narrative of the Life of Frederick Douglass: An American Slave*, New York, Signet, 1968.

Dudovitz, Resa Lynn, 'The Myth of Superwoman: A Comparative Study of Women's Bestsellers in France and the United States', D.Phil, thesis, University of Illinois at Urbana-Champaign, 1987.

Dyer, Richard, *Stars*, London, British Film Institute, 1979.

Edwards, Anne, *Vivien Leigh, A Biography*, London, Coronet, 1978.

—— *The Road to Tara: The Life of Margaret Mitchell*, London, Hodder & Stoughton, 1983.

Ellis, John, *Visible Fictions: Cinema: Television: Video*, London, Routledge & Kegan Paul, 1982.

Ellison, Mary, 'Blacks in American Film', in Davies, Philip and Neve, Brian (eds), *Cinema, Politics and Society in America*, Manchester, Manchester University Press, 1981.

Farr, Finis, *Margaret Mitchell of Atlanta: The Author of 'Gone With the Wind'*, New York, William Morrow, 1965.

Flamini, Roland, *Scarlett, Rhett, and a Cast of Thousands: The Filming of Gone With the Wind*, London, André Deutsch, 1976.

Fox-Genovese, Elizabeth, 'Scarlett O'Hara: The Southern Lady as New Woman', *American Quarterly*, 33, 4 (1981) pp. 391–411.

Freeman, Carl, 'Stone Mountain's Reflecting Pool', in *Blue and Gray Magazine*, 1, 2 (October–November 1983), p. 53.

Gardner, Gerald and Gardner, Harriet Modell, *The Tara Treasury: A Pictorial History of Gone With the Wind*, Westport, Conn., Arlington House, 1980.

Garner, Lesley, 'The greatest love story yet to be told', *The Daily Telegraph*, 16 February 1987, p. 14.

Halliwell, Leslie, *Halliwell's Film Guide* (5th edn), London, Grafton, 1986.

Harper, Sue, 'Historical Pleasures: Gainsborough Costume Melodrama', in Gledhill, Christine (ed.), *Home is Where the Heart Is: Studies in Melodrama and the Woman's Film*, London, British Film Institute, 1987.

Harwell, Richard (ed.), *Gone With the Wind as Book and Film*, Columbia, SC, University of South Carolina Press, 1983.

—— (ed.), *Margaret Mitchell's 'Gone With the Wind' Letters 1936–1949* (1976), London, Sidgwick & Jackson, 1987.

Haskell, Molly, *From Reverence to Rape: The Treatment of Women in the Movies*, London, New English Library, 1975.

Hobson, Dorothy, *Crossroads: The Drama of a Soap Opera*, London, Methuen, 1982.

Hoggart, Simon, 'President for Slumberland', *Observer*, 6 November 1988, p. 15.

hooks, bell, *Ain't I a Woman: Black Women and Feminism*, London, Pluto Press, 1981.

Howard, Sidney, *Gone With the Wind: The Illustrated Screenplay*, ed. Andrew Sinclair, London, Lorrimer, 1986.

Jackson, Kenneth T., *The Ku Klux Klan in the City 1915–1930*, New York, Oxford University Press, 1967.

Jacobson, Sallyann, " When I put on that gown, people get out of my way"', *Woman*, 9 August 1986, p. 52.

Johnson, Richard *et al.* (eds), *Making Histories: Studies in History-Writing and Politics*, London, Hutchinson, 1982.

Jones, Anne Goodwyn, *Tomorrow is Another Day: The Woman Writer in the South, 1859–1936*, Baton Rouge, Louisiana State University Press, 1981.

Jones, Marian Elder, 'Me and My Book', *Georgia Review*, 16 (Summer 1962), p. 186.

Kaplan, Cora, 'The Thorn Birds: Fiction, Fantasy, Femininity', in Sea Changes: Essays on Culture and Feminism, London, Verso, 1986.

Kirby, Jack Temple, Media-Made Dixie: The South in the American Imagination, Baton Rouge, Louisiana State University Press, 1978.

Kuhn, Annette, Women's Pictures: Feminism and Cinema, London, Routledge & Kegan Paul, 1982.

Lambert, Gavin, GWTW: The Making of Gone With the Wind, New York, Bantam, 1973.

Leff, Leonard J., 'David Selznick's Gone With the Wind: "The Negro Problem"', Georgia Review, 38, 1 (1984), pp. 146–164.

Light, Alison, '"Returning to Manderley" – Romantic Fiction, Female Sexuality and Class', Feminist Review, 16 (Summer 1984), pp. 7–25.

—— 'Towards a Feminist Cultural Studies: Middleclass Femininity and Fiction in Post Second World War Britain', Englisch Amerikanische Studien, 1 (1987), pp. 58–72.

Lovell, Linda M., 'Perceptions of the Ku Klux Klan Activities in the 1920s with particular reference to the Congressional Hearing of 1921', Special Study, BA Humanities, Bristol Polytechnic, 1982.

Lumley, Robert (ed.), The Museum Time-Machine: Putting Cultures on Display, London, Comedia/Routledge, 1988.

Mellon, Joan, Big Bad Wolves: Masculinity in the American Film, London, Elm Tree Books, 1977.

Melosh, Barbara, 'Historical Memory in Fiction: The Civil Rights Movement in Three Novels', Radical History Review, 40 (Winter 1988), pp. 64–76.

Miner, Madonne M., Insatiable Appetites: Twentieth Century American Women's Bestsellers, Westport, Conn., Greenwood Press, 1984.

Mitchell, Margaret, Gone With the Wind (1936), London, Pan, 1974.

—— A Dynamo Going to Waste: Letters to Allen Edee 1919–1921, ed. Jane Bonner Peacock, Atlanta, Ga., Peachtree Publishers, 1985.

Morley, Dave, 'Texts, readers, subjects', in Hall, Stuart et al. (eds), Culture, Media, Language, London, Hutchinson, 1980.

Morrow, David J., 'Betty', Business Atlanta, December 1987.

Myrick, Susan, White Columns in Hollywood: Reports from the GWTW Sets, ed. Richard Harwell, Macon, Ga., Mercer University Press, 1982.

Nadelson, Reggie, 'Joy Writer', Elle, January 1938, p. 23.

Naipaul, V.S., 'The Mahatma of Forsyth County', The Independent Magazine, 17 September 1988, pp. 44–48.

Naylor, Gloria, 'The Myth of the Matriarch', Life, Spring 1988. (Special Issue, 'The Dream Then and Niow')

O'Donnell, Victoria, 'The Southern Woman as Time-Binder in Film', Southern Quarterly, 19, 3–4 (1981), pp. 156–263.

Pines, Jim, Blacks in Films: A Survey of Racial Themes and Images in the American Film, London, Studio Vista, 1975.

Pratt, William, Scarlett Fever: The Ultimate Pictorial Treasury of Gone With the Wind, New York, Macmillan, 1977.

Pyron, Darden Asbury, 'The Inner War of Southern History', Southern Studies, 20, 1 (1981), pp. 5–19.

—— Recasting: Gone With the Wind in American Culture, Miami, University Presses of Florida, 1983.

—— Towards a Feminist Apprenticeship: Margaret Mitchell's Juvenile Fiction (Occasional Papers in Women's Studies), Women's Studies Center, Miami, Florida International University, 1985.

Radway, Janice A., Reading the Romance: Women, Patriarchy, and Popular Literature, Chapel Hill, University of North Carolina Press, 1984.

Ripley, Alexandra, Charleston, New York, Avon, 1981.

Roach, Jacqui and Felix, Petal, 'Black Looks', in Gamman, Lorraine and Marshment, Margaret (eds), The Female Gaze: Women as Viewers of Popular Culture, London, The Women's Press, 1988.

Roberts, Diane, 'Faulkner's Women', D.Phil, thesis, Oxford University, 1987.

Robinson, Lillian S., 'On Reading Trash', in Sex, Class, and Culture, New York and London, Methuen, 1986.

Roller, David D. and Twyman, Robert W. (eds), The Encyclopedia of Southern History, Baton Rouge, Louisiana State University Press, 1979

Russ, Joanna, 'Somebody's Trying to Kill Me and I Think it's My Husband: The Modern Gothic', Journal of Popular Culture, 6 (1973), pp. 666–691.

Samuel, Raphael, 'Little Dickens', Guardian, 19 February 1988, p. 23.

Segal, Lynne, Is the Future Female? Troubled Thoughts on Contemporary Feminism, London, Virago, 1987.

Seidel, Kathryn Lee, *The Southern Belle in the American Novel*, Tampa, University of South Florida Press, 1985.

Snitow, Ann Barr, 'Mass Market Romance: Pornography for Women is Different', *Radical History Review*, 20 (Spring–Summer 1979), pp. 141–161.

Stevens, John D., 'The Black Reaction to *Gone With the Wind*', *Journal of Popular Fiction*, 2, 4 (1973), pp. 366–372.

Styron, William, 'Author's Note', *The Confessions of Nat Turner*, New York, Signet, 1968.

Talmadge, Betty, *Lovejoy Plantation Cookbook*, Atlanta, Peachtree Publishers, 1983.

Taylor, Helen, '*Gone With the Wind*: The Mammy of Them All', in Radford, Jean (ed.), *The Progress of Romance: The Politics of Popular Fiction*, London, Routledge & Kegan Paul, 1986.

—— *Gender, Race, and Region in the Writings of Grace King, Ruth McEnery Stuart, and Kate Chopin*, Baton Rouge, Louisiana State University Press, 1989.

Van Deburg, William, L., *Slavery and Race in American Popular Culture*, Madison, The University of Wisconsin Press, 1984.

Van Woodward, C, *Origins of the New South 1877–1913*, Baton Rouge, Louisiana State University Press, 1951.

Wade, Wyn Craig, *The Fiery Cross: The Ku Klux Klan in America*, New York, Simon & Schuster, 1987.

Walker, Alexander, *Vivien: The Life of Vivien Leigh*, London, Weidenfeld & Nicolson, 1987.

Walker, Alice, 'A Letter of the Times, or Should This Sado-Masochism Be Saved?' in *You Can't Keep a Good Woman Down*, London, The Women's Press, 1982.

Walker, Margaret, *Jubilee*, London, W.H. Allen, 1978.

Wayne, Jane Ellen, *Gable's Women*, London, Simon & Schuster, 1987.

Weatherby, W.J., 'Pale Fire', *Guardian*, 31 July 1987, p. 12.

Williams, Sherley Anne, *Dessa Rose*, London, Futura, 1988.

Wright, Patrick, *On Living in an Old Country: The National Past in Contemporary Britain*, London, Verso, 1985.

X, Malcolm, *The Autobiography of Malcolm X*, London, Penguin, 1965.

作者简介

海伦·泰勒（Helen Taylor），艾克赛特大学英语与人文学教授、文化院士，美国研究英国协会的荣誉院士。她曾出版过多部关于美国南部文学及文化的作品和文章，重点关注女性作家以及新奥尔良的文化生活。她的作品包括《格蕾丝·金、露丝·麦克恩瑞·斯图尔特和凯特·肖邦作品中的性别、种族和地域》（*Gender, Race and Region in the Writings of Grace King, Ruth McEnery Stuart, and Kate Chopin*）、《环游美国南部：通过大西洋彼岸的镜头观察当时的南部文化》（*Circling Dixie: Contemporary Southern Culture through a Transatlantic Lens*）、《达芙妮·杜穆里埃指南》（*The Daphne du Maurier Companion*）等。

内容简介

作为出版界有史以来最为成功的作品之一以及好莱坞有史以来人气最高、最受好评的电影之一的原著，《飘》以其他作品所没有的方式融入了世界文化。《斯嘉丽的女人们：〈飘〉与女性粉丝》研究了这部作品及其电影对受众，尤其是女性，产生如此大的吸引力的原因。通过与女性粉丝们的通信及调查，海伦·泰勒搜集了关于美国南部的历史、文化、电影和女性主义等相关资料，并探讨了关于美国内战和种族主义方面的主题。